ラブカは静かに弓を持つ

라부카를 위한 소나타
ラブカは静かに弓を持つ
아단 미오 장편소설
김은모 옮김

RHK
알에이치코리아

목차

ラブカは静かに弓を持つ

# 제 1 악장

# I

자료실은 볕이 들지 않는 지하에 있다. 최상층에 멈춘 엘리베이터 표시등의 숫자가 꼼짝도 하지 않자 다치바나 이쓰키는 부랴부랴 엘리베이터 홀 뒤쪽에 있는 비상계단으로 향했다.

다치바나는 침침한 계단을 뛰어 내려가며 시간을 확인했다. 약속 장소가 문제였다. 자료부와 같은 층인 회의실이라면 여유가 있었을 텐데. 무엇보다 엘리베이터가 멈춰 있는 것이 제일 문제다. 최상층에는 이사실이 있다. 오늘도 변함없이 고명하신 누군가가 드나들고 있는 것이리라.

다치바나의 직장인 일본 음악 저작권 연맹은 그 이름대로 국내의 음악 저작권을 관리하는 업체다.

"오, 왔군."

묵직한 철문을 밀어서 열고 지하 일 층 복도로 들어서자 자료실 유리문 앞에서 시오쓰보 노부히로가 기다리고 있었다. 다치바나를 이곳으로 불러낸 사람도 그다. 평범한 중년 남성인 새 상사는 다소 사이즈가 맞지 않는 양복을 입었어도 행동거지에서는 여유로움이 느껴졌다.

"많이 기다리셨죠. 죄송합니다."

"아직 한 시 전인 걸, 뭐. 일부러 계단으로 왔어?"

"엘리베이터가 내려오질 않아서요."

윗분들도 접대하느라 고생이군, 하고 웃으며 작은 체구의 시오쓰보가 파일 두 개를 끌어안은 채 자료실 문을 열었다.

자료실 외에 중요하게 사용되는 방이 없는 지하 일 층은 독특한 고요함으로 가득했다. 다치바나가 본사로 발령받고 온 지 일 년이 지났어도 지하에 올 기회는 거의 없었다. 자료실에 볼일이 있는 직원은 많지 않다.

자료실에 들어서자 시오쓰보는 허리를 구부려 출입문을 잠갔다.

"잠가도 괜찮습니까?"

보통 사무실에서 일대일로 이야기할 때는 굳이 문을 잠그지 않는다. 오히려 말썽을 피하려고 무조건 문을 조금 열어두는 사람도 있다. 회의실 같은 방이라면 모를까, 이 널찍한 자료실의 출입문을 꼭 잠그다니 심상치 않았다.

"응?"

"자료실을 사용하는 사람이 또 있으면 어쩌나 해서요."

그렇게 말하자 한 발짝 앞서 걸어가던 시오쓰보의 뒷모습에서 웃음이 배어났다. 달리 대답은 없었다. 올봄에 자료부로 이동한 터라 다치바나는 이 상사의 성격을 아직 잘 모른다.

철제 서가 사이의 통로를 지나 안쪽으로 들어가자 익숙지 않은 냄새가 코를 찔렀다. 한곳에 뭉쳐놓은 낡은 신문지 같은 냄새. 여기에 보관된 악보 중에 가장 오래된 악보는 제2차 세계대전이 일어나기도 전에 만들어진 것이라고 들었다.

연맹이 관리하는 악곡의 숫자는 국내외를 합쳐 사백만 작품이 넘는다.

"다치바나, 홍보부에서 이동해 왔지?"

"그렇습니다."

"그 전에는?"

"센다이 지사에 있었는데요."

잡담치고는 딱딱한 대화를 나누다 보니 어느새 자료실 제일 안쪽에 다다랐다. 시오쓰보가 모퉁이를 돌아 오른쪽으로 가니 막다른 곳이었다.

오늘 아침, 할 이야기가 있다며 시오쓰보가 자료실에서 보자고 했다.

그것은 핑계일 뿐이고, 실은 신참에게 서가 정리를 시키고 싶었던 걸지도 모른다. 자료부는 한직이었다. 알고서 이동을 신청했으니 그런 잡무를 맡겨도 상관없었다.

오히려 그게 마음 편할지도 모른다. 매일 남과 얼굴을 마주치는 것보다는.

"저어, 하실 말씀이 있다 그러셨잖아요?"

벽과 서가 사이의 좁은 공간에서 다치바나는 아무 기대도 없이 물었다. 서가가 높아서인지 부근에 희미한 그림자가 드리워졌다.

시오쓰보가 뱀 같은 웃음을 지으며 흰 벽 앞에서 다치바나 쪽으로 돌아섰다.

"자네, 첼로를 켤 줄 안다면서?"

전혀 예상치 못한 말이 상사의 입에서 튀어나와서 다치바나는 한순간 숨이 턱 막혔다.

"학창 시절에 첼로를 배웠더군. 다섯 살 때부터 열세 살 때까지면 어린이 시절이라고 해야 하려나. 팔 년이나 배웠으니 꽤 잘 켜지 않아? 지금도 악보를 주면 한두 곡 연주할 수 있을 정도?"

"……오랫동안 손도 안 대서요."

"제법 겸손하군. 하지만 지금은 그 미덕을 넣어둬야 할 때야. 첼로를 켤 줄 알다니 대단하잖아. 잘생긴 얼굴이 더 빛을 발하겠어."

심장이 귀 옆까지 솟구친 것처럼 쿵, 하고 큰 소리가 났다. 두근두근 세차게 뛰는 심장 소리가 점점 더 커졌다.

갑자기 숨을 쉬기가 힘들어져서 다치바나는 무심코 목 앞 부분을 손으로 문질렀다.

"상급 아마추어라고 보면 되나? 초급은 활로 소리를 내는 정도고, 팔 년이나 했으니 중급에 머무르지도 않았을 테지. 뭐, 조금 잊어버렸어도 상관없어. 활로 문질러서 삑삑 소리나 내는 초심자가 아니라는 게 중요해."

"저기."

"응?"

"누구에게 들으셨습니까?"

절박한 그 목소리가 재미있었는지 시오쓰보가 또 입꼬리를 올렸다.

다치바나는 직장에서 사생활을 이야기하지 않는다. 하물며 첼로에 관한 화제를 스스로 꺼낼 리 없었다.

"자네한테 들은 정보야. 본인 스스로 이야기했잖나."

"그런 적 없는데요."

"기억나지 않는 것뿐이겠지. 2014년 7월 15일에 있었던 최종 면접에서, 자네는 분명 첼로를 켤 줄 안다고 했어. 간단한 곡이라면 초견•도 가능하다고 한 모양인데. 메모가 남아 있어."

시오쓰보가 내민 파일을 넘기던 다치바나는 금방 손끝이 얼어붙었다.

다치바나의 대학생 시절 얼굴 사진이 붙어 있었다. 졸업 예정자 채용 때 넣은 이력서였다. 이력서의 여백에 누군가 빨간 글씨로 휘갈겨 써 놓았다.

첼로. 5~13. 간단하다면 초견도 가능.

"뭐든 완벽하게 기억하는 사람은 없어. 하물며 몇 년 전 채용 면접 때 대답한 내용은 대부분 잊어버리지. 우리 회사에는 음악을 한 사람이 많으니, 다룰 줄 아는 악기가 있느냐고 잡담하듯 물어본 거겠지. 모처럼 자신에게 날아든 화제를 날려 먹고 싶은 취준생은 없어. 긴장한 나머지 오히려 과하다 싶을 만큼 스스로 이야기를 늘어놓지."

"악기를 다룬 경험이 회사 업무와 무슨 상관이 있습니까?"

연맹의 주요 업무는 어디까지나 전문적인 저작권 관리다. 음악에 관련된 권리를 다룬다고는 하나 직원에게 특별한 연주 기술을 요구하지는 않는다.

그렇게 차분하게 물으면서도 다치바나는 내심 겁이 났다.

• 연습 없이 악보를 처음 본 상태로 연주하는 것.

최종 면접 때 정말로 그렇게만 말했을까. 몇 살부터 몇 살까지 첼로를 배웠다. 간단한 곡이라면 초견도 가능하다. 그 외에 뭔가 쓸데없는 소리를 하지는 않았을까.

생각해 내려해도 머릿속에 남아 있지 않은 기억을 더듬어 갈 수는 없다.

"봄까지 홍보부에 있었으니 음악 교실 건은 알겠지?"

갑자기 다른 화제가 튀어나온 덕분에 다치바나는 겨우 어깨에서 힘이 빠졌다.

"대형 음악 교실에도 저작권 사용료를 징수한다는 거요?"

"그 일에 관해 어느 정도까지 알고 있나?"

"회사가 주장하는 바와 근거 그리고 여론의 비난이 거세다는 것 정도는 압니다."

연맹이 대형 음악 교실에도 저작권 사용료를 청구하겠다고 발표한 후, 언론에서 이를 다루는 빈도가 높아졌다. 특히 온라인상에서는 돈독이 오른 연맹이 대중에게서 음악을 빼앗으려 한다고 규탄하는 의견도 자주 눈에 띄었다.

저작권이라는 권리를 올바로 이해하는 사람은 별로 없다.

"이력서를 좀 훑어봤지. 대학에서는 저작권 관련 학회에 있었다면서? 원래 음악 저작권에 흥미가 있어서 우리 회사에 들어왔나?"

"딱히 그런 건 아니고요."

"그럼 형편에 맞춰서?"

그런 셈입니다, 하고 솔직하게 대답하자 시오쓰보가 또 웃음을 지었다. 키가 큰 다치바나를 올려다보며 입꼬리를 살짝 올렸다.

특별한 삶의 목표 없이 평범하게 살아온 사람들처럼 다치바나도 큰 뜻을 품고 여기에 다다른 것은 아니었다. 문과 계열 학부라는 이유로 법학부를, 가입할 수 있을 법한 학회라는 이유로 저작권 학회를 선택했고 저작권 학회를 지망 동기로 잘 써먹을 수 있을 법한 구직처를 찾다가 이곳에 다다랐을 뿐이다.

문득 서가 하단에 눈길을 주자 파일과 책등의 일정한 위치에 새빨간 스티커가 붙어 있었다. 연맹의 로고마크였다.

세상 돌아가는 일에 조금이나마 관심이 있다면 한 번쯤은 봤을 유명한 마크다.

"다음 달에 우리 회사는 제소당할 거야."

그 말에 고개를 들자 웃고 있는 상사의 얼굴이 보였다.

"미카사에서 운영하는 '음악 교실 협회'가 도쿄 지방 법원에 소장을 제출할 태세라는군. 음악 교실에서 연주되는 곡은 저작권 대상이 아니므로 연맹에 사용료를 지급할 의무가 없다는 걸 확인해 달라고 법원에 요청할 모양이야. 만에 하나 소송에 진다면 우리 회사에 큰 타격이 되겠지."

미카사는 악기와 음향 기기를 제조 및 판매하는 미카사 주식회사를 가리킨다. 세계 최대의 악기 제조사로서 국내외에 널리 알려져 있다.

미카사의 수많은 사업 중에서도 음악 교실은 특히 유명하다. 국내 총 학생 수는 삼십오만 명이 넘고 유아부터 성인까지 폭넓은 연령층에 음악 교육을 받을 기회를 제공한다. 아주 작은 동네에서도 미카사 음악 교실의 간판을 찾아볼 수 있을 만큼 아주 친밀한 존재다.

대형 음악 교실을 비롯해 이백오십 곳이 넘는 사업자로 구성된 '음악 교실 협회'의 중추 역할을 하는 것도 미카사였다. 음악 교실 레슨에 사용되는 곡에도 저작권 사용료를 징수하겠다는 연맹의 주장에 대처하기 위해 업계 내부에서 결성한 조직이 '음악 교실 협회'였다.

"소송에 지면 징수하지 못하는 금액은 어느 정도인가요?"

"많으면 연간 십억. 최상층에 계신 분들이 졸도할 만한 금액이지."

몇 달 전에 연맹이 발표한 규정안에 따르면 음악 교실이 얻는 연간 수강료 수입의 2.5퍼센트를 징수하겠다는 방침이었을 것이다. 만약 연맹 측이 저작권을 행사할 권리가 없다고 판결이 난다면 사업 계획에 큰 차질이 생기리라는 것 정도는 다치바나도 예상할 수 있었다.

"하지만 설마 지지는 않겠죠."

우리 회사가 저작권 사용료 관련 소송에서 졌다는 이야기는 못 들어봤으니까요, 하고 말을 잇자 그 반응에 만족한 듯 시오쓰보는 분홍빛 잇몸을 내보였다.

"미카사 측은 어떻게 주장하고 있습니까?"

다치바나가 묻자 시오쓰보는 이내 다른 파일을 쳐들었다. 그 파일의 책등 부분에도 눈길을 잡아끄는 빨간 마크가 있었다.

"음악 교실에서 연주하는 건 '공중(公衆)'을 대상으로 하는 연주가 아니다. 그게 놈들이 내세우는 주장의 골자야. 연주권에 대해서는 자네도 잘 알지?"

바로 고개를 끄덕였는데도 시오쓰보는 파일의 자료를 넘겨 또랑또랑한 목소리로 법조문을 읽었다.

> 제22조 상연권 및 연주권
>
> 저작권은 그 저작물을 일반 공중에게 직접 보여주거나 들려줄 목적으로(이하 '공중에게'라고 한다) 상연 또는 연주할 권리를 독점한다.

"이 연주권이 인정되는 한, 저작자는 본인의 저작물이 연주될 때 사용자에게 사용료를 징수할 수 있어."

음악의 권리 구조는 복잡하다.

작사나 작곡을 한 음악가는 해당 악곡을 정당하게 판촉해 주는 조건으로 악곡의 저작권을 음악 출판사•에 양도한다. 그리고 저작권자가 된 음악 출판사는 대부분 음악 저작권 등의 관리 사업자에 저작권의 관리를 신탁한다. 그러한 관리 사업자 가운데 최대 규모를 자랑하는 곳이 다치바나가 소속된 연맹이다.

즉, 관리하는 악곡의 저작권이 침해당하면 부정 이용자에게 직접 대응하고 조치할 권리와 의무를 지닌 조직이다.

"성인을 대상으로 한 음악 교실은 정원이 다섯 명 이하인 그룹 레슨이 주류더군. 또는 강사와 학생이 일대일로 수업하는 개인 레슨. 어쨌거나 기본적으로 요일을 정해놓고 레슨을 하니까 그 자리에 있는 사람도 고정될 테지. 레슨실은 아주 협소해서 그곳에서 다섯 명 이하의 특정인을 대상으로 연주하는 것이 '공중'을 대상으로 하는 연주 행위라 할 수 없다는 게 미카사 측의 주장이야."

그 외에도 음악 교실에서 연주하는 건 '들려주기 위한 연주'가 아니라는 주장, 음악 교육을 위해 저작물을 이용하는 것은 문화적 소산을 정당하게 이용하는 거란 주장도 있어서

• 작곡가와 작사가 같은 음악 저작권자의 저작 권리를 획득해 수익을 정산 및 분배하는 회사.

이것이 '공중'을 대상으로 하는가 아닌가가 최대의 쟁점이 될 것이라며 시오쓰보는 파일을 다치바나에게 건넸다.

"여기까지 들으니 어때? 우리가 이길까, 미카사가 이길까?"

"이변이 없는 한 우리가 이기겠죠."

다치바나의 대답에 시오쓰보는 다시 기분이 좋아진 것 같았다.

"그럼 음악 교실에 고용된 강사가 몇몇 학생을 위해 시범 삼아 연주할 경우, 그 곡에 대한 저작권 사용료를 징수할 수 있다. 다치바나 군 생각은 그렇다는 거지?"

"제 개인의 의견은 제쳐놓고 판례에 비춰보면 그렇습니다."

판례에 비춰보면이라, 하고 시오쓰보가 재미있다는 듯 말을 되뇌었다.

다치바나는 전혀 생뚱맞은 말을 한 것이 아니었다. 이 정도는 연맹 직원 이라면 누구나 다 아는 바였다.

"만게쓰 클럽 사건의 노래방 법리가 논거입니다⋯⋯ 이건 우리 회사 사람이라면 누구나 다 아는 이야기 아닐까요."

자기는 잘 모르니까 저작권 학회 출신인 자네가 가르침을 주길 바란다고 시오쓰보가 장난기 어린 말투로 재촉하는 바람에 다치바나는 미심쩍은 기분이 들었다. 굳이 지하로 불러낸 이유를 포함해 시오쓰보의 진의를 전혀 파악할 수 없었다.

"클럽 만게쓰라는 스낵바 점포에 노래방 기계를 설치해 가창함으로써 연주권을 침해했다고 연맹이 저작권 사용료를 청구한 사건입니다. 피고였던 남자 사장이 해당 점포의 노래방 기계로 노랠 부른 적은 없었고요."

"피고 본인이 노래방 기계로 노래를 부르지도 않았는데 연주권 침해가 인정된 건가?"

"이 사건의 쟁점은 누가 '연주의 주체'였느냐입니다."

만게쓰 측이 주장한 연주의 주체는 점포에서 노래방 기계를 실제로 사용해 가창한 여종업원과 불특정 다수의 손님이었다. 이 주장을 근거로 하면 피고는 분명 연주의 주체가 될 수 없다.

"하지만 법정에서 단순 명쾌한 논리만 통하는 건 아니죠. 연맹은 클럽 만게쓰의 관리 및 지배와 수익성의 주체에 초점을 맞췄습니다."

"관리 및 지배와 수익성?"

"관리 및 지배란 노래방 기계를 설치하고 조작한 것이 누구냐는 뜻이죠. 수익성이란 노래방 기계를 내세워 손님을 점포로 끌어들여 수익을 올린 것이 누구냐는 뜻이고요."

이 두 가지 요소로 부각되는 연주의 주체는 클럽 만게쓰 자체입니다, 하고 다치바나가 담담히 설명하자 참 별난 이야기로군, 하고 시오쓰보는 머리를 설레설레 흔들었다.

"가게 자체가 '연주의 주체'가 되어 종업원과 손님에게 가창을 허용함으로써 연주권을 침해했다. 이렇듯 이용 주체를 확장하는 법 해석을 노래방 법리라고 합니다."

"그 노래방 법리가 음악 교실 건에도 적용된다고?"

"아마도요."

"즉, 이번 사건에서 '연주의 주체'는 음악 교실 자체……라는 거지? 실제로 악기를 연주한 강사나 학생들이 아니라?"

"그런 해석으로 재판에 임하지 않을까 싶습니다."

"음악 교실이 강사와 학생이라는 인간 악기를 이용해 대중음악을 내보냈다는 식으로 판단하려는 건가. 이야, 정말 별나군. 난 평생 법조인들의 사고방식을 이해하지 못할 거야."

하지만 '공중'에 대한 설명이 빠졌어 다치바나 군, 하고 웃는 모습에 다치바나는 상사가 눈치채지 못할 만큼 작게 한숨을 쉬었다.

"저작권법에서 말하는 '공중'은 이른바 불특정 다수를 가리키는 게 아닙니다. 일반적인 단어의 쓰임과 차이가 있습니다."

"그래?"

"저작권법에서 말하는 '공중'의 정의는 두 가지입니다. 첫 번째는 특정된 다수의 사람. 그리고 두 번째는 불특정한 사람. 이번 음악 교실 사건에는 후자가 적용됩니다. 미카사 음악 교실은 등록이 제한돼 있지 않죠. 다니기를 원하고 수강료를 내면 누구나 손쉽게 레슨을 받을 수 있습니다. 즉, 음악 교실 자체가 '연주의 주체'라면 아무리 좁은 공간에서 단 한 명의 학생에게 시범 삼아 연주했더라도 악곡의 연주권은 침해되는 셈이죠. 왜냐하면 그 교실은 만인에게 열린 '공중'의 장소이기 때문입니다."

공조 설비의 소리가 달라진 기척이 느껴져서 다치바나는 무심코 천장을 올려다봤다. 시간이 얼마나 흘렀을까. 더는 이야기에 진전이 없을 것 같았다.

"저어, 이만 실례해도 될까요?"

"설마. 본론은 이제부터야."

본론이요? 하고 묻자 시오쓰보는 이력서가 들어 있는 파일에서 색색의 전단지를 꺼냈다. 삼등분으로 접힌 광택 있는 종이를 받아서 펼치자 미카사 음악 교실 후타코타마가와점이라고 적힌 검은색 인장이 눈에 들어왔다.

"다치바나 군. 자네가 미카사 음악 교실에 잠입해서 조사해줬으면 해."

그 말이 나온 순간, 여기저기 흩어져 있던 퍼즐 조각이 머릿속에서 순식간에 맞춰진 것 같아서 다치바나는 움직임을 딱 멈췄다.

다시 심장 소리가 귀에 거슬릴 정도로 커졌다.

"미카사 음악 교실에 수강생으로 등록해서 다른 학생과 똑같이 레슨을 받아 봐. 교실에서 실제로 어떤 일이 일어나는지 알아내는 거야."

"……스파이 짓을 하라는 말씀이십니까?"

"그렇지. 그리고 보고 들은 정보를 법정에서 증언해 줘. 다가올 증인 신문에 미리 대비해 미카사 쪽에 카운터펀치를 날리는 거지."

숨이 막혀서 가슴에 손을 얹은 다치바나를 보고 시오쓰보는 뭔가 오해한 듯했다. 뭣 때문에 이렇게 긴장하는지 남은 절대로 모른다.

"스파이라고 한들 적대 국가에서 첩보 활동을 해달라는 건 아니잖아. 상대는 시아이에이도 케이지비도 반사회조직도 아니야. 동네의 음악 교실이라고. 자네의 신변이 위험할 일은 절대로 일어나지 않아. 자네 그저 퇴근길에 음악 교실에 들러서 특기인 첼로를 켜기만 하면 돼. 취미 활동을 하듯, 지친 몸과 마음을 힐링하면서 말이야. 간단하지?"

"채용 면접 때 나온 질문은."

"응?"

이런 사태를 예상하고 몇 년이나 전부터 후보자를 찾고 있었던 겁니까, 하고 중얼거리듯이 억누른 목소리가 새어 나왔다. 중요한 서류를 보관하는 곳이라서인지 지하 자료실은 공기가 몹시 건조해 이상하게 목이 칼칼했다.

우리 회사는 아주 큰 조직이야, 하고 시오쓰보가 다소 초연한 말투로 의미심장하게 속삭였다.

"큰 조직에선 하루아침에 뚝딱 계획을 세우지 않아. 노래방 법리의 판결이 나오고 몇십 년이 지났나? 개정 저작권법이 시행돼 예전 저작권법의 부칙 14조가 폐지됐고 녹음물의 재생 연주에 대해서도 저작권의 제한이 철폐됐어. 시대가 바뀌면 사법도 달라져. 우리가 음악 교실에서 저작권 사용료를 징수하겠다고 발표하기까지 대체 첫수부터 몇 수가 필요했는지 원."

오해하지 않도록 말해두자면 악기를 다뤄본 경험이 있는지 없는지는 면접 합격 여부와 무관해, 라면서 몇 년 전부터 인사 업무에 관여해 온 시오쓰보는 웃었다.

"졸업 예정자 채용 때 알아보길 잘했군. 잠입 조사 건을 숨긴 채, 직원들에게 악기 경험이 있는지 알아보려면 고생이 이만저만 아닐 테니까. 적어도 다치바나 군은 점심시간에 넌지시 물어봐도 솔직하게 알려주지 않을 것 같아."

"이거, 자료부가 해야 할 일입니까?"

내가 왜 잠입을, 하고 무람없는 말투로 중얼거리며 다치바나는 짧게 숨을 들이마셨다. 느닷없이 특별한 임무를 맡게 돼 십이 년 만에 첼로를 켜야만 했다. 스파이 행위고 뭐고, 그 점 때문에 몹시 동요했다.

"이건 자료부와는 무관한 업무야. 조사위원회 직할 업무지."

"조사위원회요?"

"잠입 조사는 전부 그쪽에서 관리할 거야. 여러 부서 사람들로 구성된 위원회에서. 난 위원회 소속이기도 해."

"미카사는 초심자를 환영하잖습니까. 피아노를 칠 줄 아는 사람도 회사에 드물지 않을 텐데요. 오래전에 첼로를 배웠다는 이유만으로 왜 제가?"

이질적 분위기가 감도는 지하 자료실 한구석, 다치바나에게는 높아진 자신의 심장 소리가 폭탄 터지는 소리처럼 들렸다. 하지만 동요했다는 사실을 결코 들킬 수는 없다는 마음에 다치바나는 꼿꼿한 자세로 무표정하게 서 있었다.

"아니야, 경험자가 바람직해. 그것도 상당한 실력자가. 생각해 보면 알 텐데? 제한된 시간 안에 우리가 관리하는 악곡이 부정 이용되는 현장을 확보해야 하니까. 처음 반년을 첼로 활쓰기 교본을 소화하느라 허비해서는 곤란해. 유행하는 대중음악을 어렵지 않게 연주할 수 있는 사람이 좋겠지."

"그 정도는 다른 직원 중에 얼마든지."

"자네를 추천한 건 나야. 어려운 임무는 아니라도 적격자와 부적격자가 있겠지. 아무리 악기를 잘 다뤄도 정에 휘둘리는 성격이어서는 임무를 완수할 수 없어. 어쨌거나 이 년이면, 잠입한 곳에서 인간관계가 형성되기에는 충분한 시간이야."

"이 년요?"

다치바나가 놀라서 목소리를 높이자 그래, 하고 시오쓰보는 촘촘한 치열을 내보였다.

잠입 조사 자체는 드문 일이 아니다. 비밀리에 관리 지역의 음식점을 조사하러 나가는 건 업무상 흔한 일이다. 바나 카페에 손님으로 방문해 점포에서 관리 악곡을 부정 사용하지 않는지 확인하는 실지 조사. 센다이 지사에 있었을 적에 다치바나도 그런 임무를 몇 번 맡았다.

하지만 아무리 길어도 며칠 정도였다. 이 년에 걸쳐 잠입 조사를 한다는 이야기는 처음 들어봤다.

"이 년이나 퇴근길에 미카사에서 첼로를 켜라는 말씀이십니까?"

"맞아, 그게 다야. 조직의 경비로 취미 생활을 하러 다닌다고 생각하면 나쁜 것도 아니잖아?"

미카사 음악 교실 후타코타마가와점이 자네가 스파이로 잠입할 곳이야, 하고 시오쓰보가 다치바나의 손안에 있는 전단지를 가리켰다.

"몇 년 전에 새 단장한 점포지. 이른바 플래그십 스토어야. 학생도, 근무하는 강사도 많아. 미카사를 조사하기에는 안성맞춤인 곳이지."

삼등분으로 접힌 전단지를 펼치자 세련된 라운지 사진이 눈에 들어왔다. 피아노, 바이올린 등 수강할 수 있는 다양한 악기의 사진이 각각 작게 실려 있었다. 건반악기, 관악기, 현악기에 일렉기타와 드럼.

그중에는 끌어안을 수 없을 만큼 커다란 현악기인 첼로도 있었다.

"걱정할 것 없어. 자네는 임무를 완수할 수 있는 사람이니까."

첼로의 윤곽을 멍하니 바라보고 있으니 또 오해했는지 시오쓰보가 그렇게 말했다. 이 특이한 상사는 분명 눈앞의 부하가 스파이 임무에 겁먹었다고 착각한 것이리라.

다치바나가 보기에 잠입 조사 자체는 대단할 것 없을 듯했다. 시오쓰보 말대로 그저 퇴근길에 미카사에 들르기만 하면 된다. 설령 이 년간 다닌들 특별한 인간관계가 생기지는 않으리라.

다치바나는 폐쇄적 성격이라 인간관계에 서툴다. 마음 편히 연락을 주고받을 친구조차 없는데 잠입한 곳에서 안면을 튼 사람과 친해질 리 없었다. 장기간의 잠입 조사에 적격자와 부적격자가 있다면 다치바나는 틀림없이 적격자라 할 수 있었다.

하지만 거기서 첼로를 켜라고 한다면 이야기가 다르다.

"이번 건은 반드시 비밀리에 진행해 줘. 앞으로 보고할 일이 있을 때는 여기서 직접 만나 이야기하자고. 자료실 관리자가 나거든. 잠입 건으로 하고 싶은 말이 있거든 언제든지 말해."

자료실을 나서서 엘리베이터 버튼을 누르자 표시등의 숫자가 바로 바뀌었다. 천천히 바뀌는 그 불빛을 올려다보며 다치바나는 얕은 호흡을 되풀이했다.

불길한 조짐이구나 싶었다.

이렇게 심장이 몹시 두근거린 날은 반드시 심해의 꿈을 꾼다.

"미카사의 강사가 어떻게 레슨을 진행하는지는 모르겠지만."

아무도 없는 엘리베이터에 올라타 문이 닫히자 시오쓰보가 은밀히 속삭였다. 어울리지 않는 페퍼민트 방향제 냄새가 불쾌하게 퍼져나갔다.

"연주하고 싶은 곡이 있느냐고 물어보면 이렇게 대답해. 클래식은 재미없으니까 대중음악을 연주해 보고 싶다고."

올라가는 엘리베이터 속에서 다치바나의 의식은 깊은 곳으로 계속 잠겨 들었다. 빛 한 줄기도 비치지 않는 깊은 바닷속에서 커다란 황갈색 현악기가 떠오르는 듯한 이미지가 머리를 스쳤다가 사라졌다.

## II

미카사 음악 교실 후타코타마가와점은 도큐덴엔토시선의 후타코타마가와역에서 조금만 걸어가면 나온다. 급하지 않다면 메구로길에 있는 연맹 본사 건물에서는 도큐버스를 타고 가는 것이 편하다.

황혼이 드리운 창문을 이슬비가 두드리기 시작하자 버스 승객이 단숨에 늘어났다. 다치바나는 혼잡해진 차 안을 보며 도저히 첼로를 들고 탈 수는 없겠다고 생각했다.

두께가 바이올린의 세 배쯤 되는 첼로는 길이도 약 백이십 센티미터나 된다. 통근 전철에도, 비 내리는 날의 버스에도 들고 타기에는 적합하지 않은 악기다.

갑자기 빗발이 거세졌을 무렵, 다치바나는 가슴께에 꽂은 볼펜으로 손을 뻗었다. 위쪽 버튼을 누르자 찰칵, 하며 버튼이 평평하게 쏙 들어갔다.

"엄마, 도착하면 꼭 아이스크림 사줘."

마침맞게 떼를 쓰는 남자아이의 목소리가 크게 울려 퍼지는가 싶더니 곧 하차 안내 방송도 차내에 흘러나왔다.

오늘 체험 레슨을 신청한 후, 다치바나는 잠입할 음악 교실에 대해 조금 조사했다. 특히 신경 쓰인 것은 강사다. 미카사의 인터넷 홈페이지에는 강사의 이름과 얼굴, 주요 경력이 올라와 있다. 몇 되지 않는 첼로 강사 목록에서 후타코타마가와점의 강사를 찾아보자 한 명뿐이었다.

|| 아사바 오타로

‖ 헝가리 국립 프란츠 리스트 음악원 졸업.

강사 목록을 아무리 뒤져봐도 이렇게까지 경력이 간소한 강사는 없었다. 그래서인지 아사바는 나쁜 의미에서 눈에 확 띄는 느낌이었다. 몇 살부터 누구에게 가르침을 받았고 어느 음대를 졸업했고 무슨 콩쿠르에서 상을 탔는지가 아주 중시되는 세계다. 자기 경력뿐만 아니라 학생에게 보내는 메시지를 올린 강사도 적지 않건만 자기 홍보가 없어도 너무 없다.

사진은 연주 도중에 찍은 것인 듯 음악가다운 정장 차림이었다. 눈을 내리깔고 있어서인지 얼굴 전체의 특징은 파악하기 힘들었지만 윤곽이 날렵하니 볼품은 나쁘지 않을 것 같았다. 다치바나와 나이가 비슷한 남자로 보였지만 어디까지나 이 사진이 찍힌 시점에서나 그렇다. 현재 몇 살인지는 모른다. 이 사진은 젊은 시절에 찍은 인생 사진일 가능성도 있다.

융통성 없는 성격이면 난감하다.

싹싹하지 못한 정도라면 상관없지만 만약 음악이라고는 클래식밖에 인정하지 않는 고지식한 인간이라면 골치 아프다. 미카사 자체는 그런 방향성을 추구하는 곳이 아니어도 어느 조직이나 독자적 사고방식으로 일하는 사람은 존재하는 법이다. 순순히 대중음악을 지도해 주지 않으면 곤란하다.

"그럼 주스 사줘! 아이스크림이나 주스, 꼭이야."

종알종알 떠들던 남자아이와 엄마가 버스에서 하차하는 모습을 바라보며 다치바나는 가슴께에 꽂은 볼펜을 한 번 더 눌렀다. 그 후 이어폰을 두 귀에 끼우고 플러그 끄트머리를 볼펜 옆쪽에 꽂고 나서 클립 안쪽에 있는 작은 돌기를 손톱 끝으로 밀어 내렸다.

'엄마, 도착하면 꼭 아이스크림 사줘. 사줘, 사줘.'

'여러분 동네의 진료소. 내과, 소아과, 피부과. 방문 진료도 가능합니다. 미나모토 의원에 가시려면 이번 정류장에서 내리시는 게 편리합니다.'

"다음은 종점인 후타코타마가와역입니다. 두고 가시는 물건이 없도록 주의하시기 바랍니다."

운전기사의 안내 방송에 창밖을 보자 정류장이 코앞이었다. 버스 소리가 시끄러워서 귀에서 이어폰을 빼도 빗소리는 들리지 않았다.

시오쓰보가 준 볼펜 녹음기는 성능이 우수했다. 잡음이 많은 버스에서도 목표 대상의 소리를 확실하게 포착했다.

방음 설비를 잘해뒀을 미카사의 레슨실에서는 두말할 것도 없으리라.

버스가 길가에 정차한 후 자리에서 일어서자 근처에 있던 중년 여자가 반사적으로 다치바나를 올려다봤다. 그 시선에서 달아나듯 재빨리 발판을 내려갔다.

직장에서 거리가 제법 된다. 버스로 약 40분. 앞으로 일주일에 한 번씩 이 일을 반복해야 한다고 생각하자 어쩐지 내키지 않았다.

미카사 후타코타마가와 빌딩은 긴자, 신주쿠를 잇는 세 번째 플래그십 스토어로서 몇 년 전에 준공되었다. 격조 있는 외벽은 거리 풍경과 조화를 이루면서도 시선을 끌기에 충분해 약속 장소로도 자주 사용되는 듯했다.

길에서 빌딩을 올려다보며 자본력이 있구나, 하고 다치바나는 생각했다.

지상 육 층 빌딩의 일이 층은 악기와 악보 판매점이고 삼사 층은 음악 교실의 레슨실이다. 오륙 층을 차지한 자체 콘서트홀은 외부에 빌려주기도 한다고 들었다. 도심에서도 베드타운에서도 접근성이 좋아서 늘 활기가 넘치는 후타코타마가와역 주변에 우뚝 서 있기에 적합한 시설로 느껴졌다.

다치바나는 예약 시간이 되기까지 일 층 악기점을 구경하려다가 문득 라운지가 있다는 것이 생각났다. 음악 교실 학생이 휴식하는 공간이겠지만 곧 음악 교실에 다닐 사람이 이용한다고 문제가 되지는 않으리라.

악기점 내부의 엘리베이터로 삼 층에 올라가자 눈앞이 탁 트였다.

위쪽이 뻥 뚫린 실내 한복판에 멋들어진 계단을 큼지막하게 설치해 놔서 마치 호화 여객선 같은 인상이었다. 계단 앞쪽에 펼쳐진 라운지의 테이블과 의자는 심플한 디자인에 아직 새것이라 누구나 좋아할 법한 청결함이 느껴졌다. 도심의 카페와 달리 혼잡하지 않고 한산한 분위기가 이 공간의 가치를 더욱 높였다.

"첼로 체험 레슨을 예약하신 다치바나 님이시군요. 아직 시간이 좀 남았으니 괜찮으시다면 저기서 설문지를 작성해 주시기 바랍니다."

다치바나는 목에 스카프를 감은 아담한 미인 직원에게 설문지를 받아들고 라운지의 의자에 앉았다. 설문지에 적당히 동그라미를 치고 있는 동안 커다란 계단 위에서 학생 같은 사람이 한 명, 또 한 명 내려왔다. 마침 레슨이 끝난 것이리라.

바이올린 케이스를 품에 안은 사람도, 색소폰 케이스를 등에 멘 사람도 중장년층 남자였다. 둘 다 키와 체격이 비슷한 것이, 작달막하면서도 풍채가 좋고 선한 사람 같은 느낌이 배어났다. 아까 안내 데스크의 여직원과도 어쩐지 일맥상통하는 유복해 보이는 분위기다.

안쪽 엘리베이터가 열려서 다치바나는 그쪽으로 시선을 돌렸다.

샴페인골드 빛 하드 케이스.

첼로다.

그 커다란 윤곽이 눈에 들어오자 심장이 쿵 뛰었다. 숨을 한껏 들이마셔도 산소가 부족한 것처럼 가슴이 답답했다.

그 모양새를 보기만 했는데도 말로는 다 표현할 수 없는 불안감이 몰려왔다.

이럴 바에야 거짓말이라도 할 걸 그랬다. 예전에 손가락을 다쳐서 다시는 첼로를 못 켠다고 시오쓰보에게 우겼어야 했다. 그 정도 재치도 발휘하지 못한 스스로가 원망스러웠다.

이제 다시는 첼로를 만질 일이 없을 줄 알았다.

겁이 나서 위팔에 오돌토돌 소름이 돋는데도 다치바나는 첼로 케이스에서 눈을 뗄 수 없었다. 그리고 케이스가 조금 떨어진 테이블 근처 바닥에 놓인 순간, 첼로 주인과 눈이 마주쳤다.

대학생쯤으로 보이는 순박한 분위기의 여자였다.

동그란 눈을 크게 뜬 여자가 가볍게 고개 숙여 인사를 보내자 다치바나도 따라 했다. 그리고 설문지로 재빨리 눈을 돌린 후, 무례했던 자신의 행동을 몰래 부끄러워했다.

낯선 사람이 빤히 바라보면 불쾌할 테니까.

"다치바나 님. 준비됐습니다. 레슨실로 안내할게요."

안내 데스크에서 이름이 불리자 다치바나는 바로 일어섰다. 로비만 몇 발짝 걸어봐도 공기가 맑다는 게 피부로 느껴졌다.

악기는 습도 변화에 약하다. 학생과 악기에 최적의 공간을 제공하려는 미카사 음악 교실의 배려가 다각도에서 엿보였다.

발은 안 젖으셨어요? 하고 안내 데스크 여직원이 묻자 네, 하고 다치바나는 큰 계단을 올라가며 짧게 대답했다.

"갑자기 비가 쏟아졌다고 들었는데……."

"마침 버스에 있었거든요. 내릴 때는 이미 그쳤더군요."

"그렇군요. 정말 다행이에요."

말투가 고상한 여직원이 뭔가 말을 망설이는 걸 알면서도, 다치바나는 계단을 마저 올라가서 통로 저편에 시선을 던졌다. 완만하게 휘어진 사 층 통로의 좌우에 있는 문 여러 개가 레슨실인 듯했다.

제일 안쪽의 문은 바깥쪽으로 활짝 열려 있었다.

"저 방이에요. 아사바라는 강사님이 오늘 체험 레슨을 담당하실 텐데요. 실은 다치바나 씨와 반대라서요."

"반대라니요?"

"마침 밖에 나왔을 때 비가 퍼붓는 바람에……."

오늘만 그런 거니까 양해 부탁드립니다, 하고 여직원이 난처한 듯 고개를 까닥 숙였다. 뭘 양해해 달라는 건지 생각할 겨를도 없이 휘어진 복도 끝에 있는 방 안쪽이 보였다.

아사바 선생님, 하고 부드럽게 부르는 소리와 함께 그 남자가 일어섰다.

"체험 레슨을 수강하실 다치바나 님을 모셔왔어요. 개인 레슨, 상급을 희망하십니다. 시간이 되면 다시 올 테니 잘 부탁드려요."

그 인사에 맞춰 고개를 숙이면서도 뭐야 이 인간, 하고 다치바나는 생각했다.

음악 교실의 분위기에 전혀 어울리지 않게 집에서 대충 입는 듯한 운동복 차림으로 머리엔 새하얀 수건을 감고 있었다.

"강사 아사바입니다. 짧은 시간이나마 잘 부탁드립니다."

가까이에서 이야기하기에는 약간 큰 목소리에서 사교적 성격 아닐까 짐작됐다. 가슴을 쭉 펴고 서 있는 모습에서는 음악 강사라기보다 무대 배우가 연상됐다. 앞에 있는 상대를 바라보는 눈빛도 또렷하고 힘이 느껴졌다.

하지만 다치바나는 그런 인상보다도 TPO에 어긋난 차림새에 정신을 빼앗겼다.

"아사바 선생님이 입으신 이 옷은 아까 편의점에서 사 오신 거예요."

온몸이 흠뻑 젖은 채로 돌아오셨죠, 하고 도움의 손길을 뻗듯 안내 데스크의 직원이 미소를 지었다.

"비가 좍좍 쏟아졌거든. 편의점에 도착해 보니, 도저히 그 꼴로는 레슨실에 못 돌아가겠더라고."

"돌아오셨을 때 대체 누군가 싶었다니까요."

머리를 좀 자르는 게 좋겠군, 하고 어깨를 흔들며 아사바가 웃었다.

아까 샀다는 티셔츠에는 이상하게 접힌 자국이 있었다. 검은색 운동복 바지와 고무 샌들만으로 충분히 파격적이었다. 그보다 문제는 머리의 수건이다. 머리카락이 덜 말라서인지 흰색 수건을 반다나처럼 단단히 감아놓았다.

뼛속부터 외향형 인간이라는 사실을 그 몇 초 사이에 파악할 수 있었다.

"시간을 빼앗아서 죄송해요. 지금부터 삼십 분 후에 올게요."

안내 데스크 여직원이 사라지자 한순간 통로가 고요해졌다. 안으로 들어오시죠, 라는 아사바의 재촉에 다치바나는 한 번 더 고개 숙여 인사했다.

레슨실은 상상했던 것보다 훨씬 좁았고 만듦새도 단순했다. 노래방의 소규모 룸에서 소파와 모니터를 없앤 것 같은 공간이었다. 예전에 다치바나가 다녔던 단독 주택의 첼로 교실과는 분위기가 완전히 달랐다.

바닥에 눕혀놓은 첼로 두 대에 시선을 주자 심장 소리가 한층 커졌다.

"다치바나 씨, 상급반을 희망하셨죠. 그럼 경험자시겠군요. 첼로를 시작한 지 몇 년쯤 되셨습니까?"

앉으시죠, 하며 문 옆 의자를 가리키기에 다치바나는 거기 앉았다. 아사바가 벽 앞 책상에 놓인 리포트 패드를 집어 들고 뭔가 적기 시작했다.

"다섯 살 때부터 열세 살 때까지 배웠습니다. 그 이후로는 손을 뗐고요."

이야 다섯 살, 하고 감탄 섞인 목소리를 흘리며 눈앞의 의자에 아사바도 앉았다.

"저보다 일찍 첼로를 시작하셨군요. 대단하신데요."

"그런가요."

"저는 원래 피아노를 하다가 첼로는 열한 살 때 시작했습니다. 다치바나 씨가 훨씬 빠르죠."

다치바나는 하잘것없는 잡담을 나누면서도 은연중에 방을 구석구석 관찰했다. 시간대에 따라 사용하는 강사가 다른지 사용감은 느껴지지 않았다. 레슨에 필요한 것 외에는 아사바의 개인 물품도 없는 듯했다. 최소한의 물건밖에 없는 정갈한 공간이었다.

벽을 흘끔 올려다보자 시계 초침이 똑딱 움직였다.

"그럼 십이 년 만에 첼로를 켜는 셈인가. 오랜만에 첼로를 연주하려고 마음먹은 이유를 여쭤봐도 될까요?"

"일만 하느라 취미고 뭐고 없어서요. 오랜만에 첼로라도 해볼까 싶었죠."

"그렇군요. 일이 많이 바쁘신가요?"

"나름대로요."

"음악은 기분 전환에도 좋으니까요. 마음을 풀어주는 효과도 있고요."

머리에 수건을 두른 남자가 활짝 웃었다. 아까 안내 데스크 직원과 나눈 대화만 들어봐도 남에게 호감을 주는 성격이리라. 나이는 다치바나와 비슷하거나 조금 많아 보였다.

인터넷 홈페이지에서 봤을 때는 깐깐하게 느껴지는 인상이었는데, 라는 생각이 머리를 스친 순간 다치바나는 황급히 셔츠 가슴주머니에 꽂아둔 볼펜에 손을 뻗었다.

"아, 그거."

"네?"

"악기에 닿으면 흠집이 나니까 펜은 빼주세요."

한순간 뭔가 눈치챈 것 아닌가 싶어 목덜미가 서늘해졌다. 죄송합니다, 하고 볼펜을 빼서 근처 보면대 위에 슬쩍 얹어놓자 더는 뭐라고 하지 않았다.

소리도 없이 누른 녹음 버튼은 제대로 쏙 들어간 상태였다.

실은 레슨실에 들어오기 전부터 녹음할 생각이었는데 깜빡했다. 긴장하기도 했거니와 설마 머리에 수건을 둘렀을 줄은 몰라서 얼떨떨해진 탓이었다.

첼로를 눈앞에 두자 난리가 난 심장이 다른 감정도 불러일

으켰다. 보이지 않는 실에 칭칭 얽힌 것처럼 온갖 불안감이 뒤섞였다. 초장부터 사소한 실수를 저지르는 바람에 생겨난 불안감이기도 했고 아사바가 뭔가 눈치챘을지도 모른다는 스파이 특유의 의심병에서 생겨난 불안감이기도 했다.

레슨 중에 강사와의 거리는 생각했던 것보다 훨씬 가까운 것처럼 느껴졌다.

예전에 조사하러 갔었던 바나 레스토랑과도, 어릴 적에 다녔던 단독 주택의 첼로 교실과도 다르다. 이 좁고 닫힌 공간에서 바로 맞은편에 앉아 있는 사람을 계속 속이기는 상상했던 것보다 힘들지도 모른다. 다치바나의 속마음이 어떤지도 모르고 아사바는 음악 이야기를 이어나갔다.

"뭐였더라, 마음을 풀어주는 효과가 있다는 이야기였지, 참. 음악에는 정말로 치유력이 있습니다. 아무리 지친 인간의 마음에도 음악만큼은 전달되죠. 특히 첼로의 음역은 사람 목소리에 제일 가깝다고 해요."

그럼, 하고 아사바가 바닥의 첼로 한 대를 일으켜 세워서 다치바나에게 내밀었다.

"일단 등급을 나눠야 해서요. 뭐든 한번 연주해 보시겠어요? 악보가 필요하면 여기 있습니다. 잠깐 워밍업을 하고 분위기만 슬쩍 보여주세요. 테스트는 아니니까 마음 편하게요."

자, 하고 재촉하자 다치바나는 첼로에 손을 뻗었다. 목 부분을 살짝 잡기만 했는데도 또 심장 소리가 거세졌다.

하지만 나무 몸체를 끌어당기자 그리움도 희미하게 솟아올랐다.

다치바나는 무릎 위에 첼로를 눕히고 아랫부분에 수납된 막대 모양 금속을 빼냈다. 대형 악기인 첼로에는 바닥에 몸체를 고정하기 위한 엔드핀이라는 도구가 달려 있다. 핀의 길이를 조정해 뾰족한 끝부분을 바닥의 목제 스토퍼에 꽂고 거기를 중심 삼아 첼로를 지탱한다.

무릎 사이에 첼로 몸체를 끼우자 뭔가 위화감이 느껴졌다.

첼로 상부의 목 부분이 기억하던 것보다 낮은 위치에 있었다.

"핀을 좀 더 길게 뽑아도 되지 않을까요. 다치바나 씨, 키가 크시니까."

"……그런 것 같네요."

아사바의 지적에 다치바나는 첼로를 다시 무릎 위에 눕혔다. 조정 나사를 살짝 풀어서 핀을 좀 더 꺼냈다.

놀라움이 안개 걷히듯 서서히 가슴에 스며들자 어느덧 심장 소리가 잦아들었다.

다치바나는 두 가지 사실을 알아차렸다. 기억 속의 자신과 현재의 자신은 몸집에 큰 차이가 있다는 것. 그리고 첼로를 두려워하는 감정 말고 다른 감정이 아직 자신의 내면에 남아 있었다는 것.

"옛날에 배울 때에 비해 몸이 커져서 그런가. 느낌이 좀 다른가요?"

"그러네요."

"성장기 전에 그만두셨다면 꽤 낯설지도 모르겠군요."

그러네요, 하고 한 번 더 중얼거리며 다치바나는 다시 자세를 취했다. 엔드핀의 길이를 늘인 덕분에 이번에는 왼쪽 가슴의 적당한 위치에 첼로 테두리가 닿았다.

여기에 첼로가 닿는 것은 그 사건 이후로 처음이었다.

"송진은 발라뒀으니 그대로 켜셔도 괜찮습니다.• 조현도 해뒀고요."

아사바가 내민 활을 받아들자 다른 의미에서 긴장감이 높아졌다. 첼로 앞판을 내려다보자 하얀 브리지를 지지대 삼아 팽팽하게 매어진 현 네 줄이 이쪽을 향해 똑바로 뻗어 있었다.

활을 쥔 다치바나는 지판••의 현은 누르지 않고 일단 개방현•••으로 소리를 내봤다.

부웅, 하고 묵직한 저음이 방의 공기를 진동시켰다. 첼로가 닿아 있는 왼쪽 가슴의 쇄골 아래에 짜릿한 음압이 바르르 전

• 활털과 현을 밀착시켜 부드러운 소리를 내기 위해 활털에 송진을 바른다.
•• 손가락으로 짚어서 음정을 낼 수 있는 부분.
••• 현악기에서 왼손 손가락으로 현을 누르지 않은 상태.

해졌다.

오랜만에 첼로 음을 듣자 눈이 번쩍 뜨인 듯한 기분이었다.

“소리가 좋군요.”

그동안 첼로에 손을 안 대셨다니까 소리의 깊이가 더 감동적으로 다가오겠네요, 하고 아사바가 명랑하게 말했다. 그리고 몇 번 활을 움직이자 부드럽고 깊은 음색이 나왔다.

“저기, 아무 곡이나 켜도 상관없나요?”

“물론이죠. 테스트하는 건 아니니까.”

“기억이 아주 흐릿하니, 제목도 생각 안 나는데요.”

뭐든지 괜찮습니다, 하고 등을 떠밀 듯이 말하자 다치바나는 예전에 자신이 제일 많이 켰을 연습곡으로 정했다.

왼손 손가락으로 지판의 현을 누르고 가볍게 숨을 멈춘 후 시선을 떨어뜨렸다. 오른손에 쥔 활을 살짝 현에 댔다.

불안감이 남아 있어도 손은 움직였다.

그림 속의 샘물처럼 아주 맑은 멜로디.

음원도 없지 않을까 싶을 만큼 간단한 연습곡이다. 프리드리히 도차우어의 첼로 교본에 실린 곡 중 하나.

“감사합니다. 정말 좋았어요.”

사 분쯤 되는 연주를 마치자 아사바가 박수를 치며 그렇게 말했다.

좋은 소리야, 하고 중얼거리며 리포트 패드에 뭔가를 추가로 적었다. 입꼬리가 아까보다 더 올라간 것 같아서 이만하면 괜찮은 건가 싶었다.

"이 정도인데, 상급 레슨을 따라갈 수 있을까요?"

"충분합니다. 공백이 있어서 조금 거칠긴 해도, 기초가 탄탄해서인지 활 놀림도 비브라토•도 정말 아름답습니다. 곡도 끝까지 잘 연주하셨고요. 당시에 상당히 진지하게 배우셨나 봐요?"

아사바의 기쁜 표정을 보고 다치바나는 어쩌면 여기 학생들의 평균 수준보다는 자신이 나을 수도 있겠다는 자신감을 맛봤다. 그 조그마한 기쁨이 필름같이 얇은 자존심을 약간 밝게 비췄다.

"첼로를 시작하신 계기는요? 다섯 살 때라면 부모님이 시키신 건가요?"

"할아버지가 첼로를 좋아하셨거든요. 음악 교실도 할아버지 친구분이 운영하는 곳에 다녔습니다."

"이 곡 말고 또 뭘 켰는지 기억하세요? 발표회에서 연주한 곡이라든가."

"선생님의 방침으로 시디가 나오지 않은 연습곡만 계속 연습했어요. 베르너부터 시작해서 도차우어, 리, 시로이더, 뒤포

• 음정을 짚고 있는 왼손 손가락을 떨면서 연주하는 기법.

르도 조금."

"이야, 제대로 지도하는 선생님이셨군요."

그럼 앞으로 무슨 곡을 켜보고 싶다는 목표 같은 건 있으십니까, 라는 질문이 나온 순간 다치바나는 보면대 위에 올려둔 볼펜을 강하게 의식했다.

"대중음악을 켜보고 싶은데요."

작은 정사각형 방에 그 목소리가 확실하게 퍼져나갔다.

"좋아요. 어떤 느낌의?"

"……아까 말씀드린 옛날 선생님이 엄하신 분이라 클래식 외에는 못 켜게 했는데."

아아 그렇게 가르치는 분도 계시죠, 하고 아사바가 쓴웃음을 지었다.

"그래서인지 괜히 더 관심이 생겨서, 영화음악이나 유행가 같은 대중음악을 꼭 첼로로 켜보고 싶네요."

고요한 열의를 숨긴 것처럼 조금씩 말을 끊어가며 다치바나는 준비해 온 대사를 또박또박 꺼냈다.

"영화음악이라, 그거 괜찮군요. 저도 대중음악을 켜는 걸 좋아합니다. 특별히 켜보고 싶은 장르나 좋아하는 뮤지션은 있으세요?"

"지금 제 수준이 어느 정도인지 몰라서 구체적으로는."

"다치바나 씨 실력이면, 어느 정도 연습만 하면 뭐든지 켜실 수 있을 거예요. 기본적으로는 등급에 맞는 교재로 진행하지만, 원하시면 레슨 방식은 변경할 수 있습니다. 특히 다치바나 씨는 개인 레슨을 희망하시니까요."

첼로는 가지고 계세요? 하고 아사바가 묻자 다치바나는 고개를 저었다.

"이미 처분했습니다. 출퇴근길에 가지고 다니기는 힘들 테니, 여기서 빌리는 형태로 레슨을 받을 수는 없을까요?"

"물론 되죠. 그런 분도 많아요."

성인반은 꼭 집에서 연습을 해야 하는 것도 아니니까요, 하며 아사바는 자기 첼로에 손을 뻗었다. 다치바나가 사용한 대여용 첼로와는 겉보기부터 달랐다. 아사바의 첼로는 몸체에 좀 더 광택이 흘렀다.

"환경이 허락한다면 열심히 연습하는 게 최고죠. 하지만 집에서 연습하기엔 방음 문제도 있고, 게다가 직장인은 바쁘니까요. 다만 매일 악기를 만져야 실력이 빨리 느는 건 분명합니다. 욕심을 부리자면 악기를 장만하시는 편이 좋아요. 꼭 그래야 하는 건 아니니 일주일에 한 번, 첼로를 켜고 집에 간다는 정도의 마음가짐으로 시작하셔도 문제없습니다."

미카사의 방침을 설명한다기보다 아사바의 본심에서 나온 말처럼 들렸다. 숙제는 안 내시는 것 같아서 안심했습니다, 하며 다치바나가 웃음 짓자 그런 식의 교실은 아니라서요, 하고 아사바도 싹싹하게 웃음으로 답했다.

막상 뚜껑을 열어보니 의외로 간단한 일일지도 모르겠다 싶었다.

매주 금요일 퇴근길에 빈손으로 여기 들르기만 하면 된다.

"그런데 지금 다른 음악 교실도 둘러보고 계신가요?"

"아니요, 딱히."

"그럼 마음에 드시면 꼭 등록하시기 바랍니다. 다치바나 씨는 기초가 탄탄하니까 레슨을 받으시면 실력이 쭉쭉 늘 겁니다. 좋아하는 곡을 마스터하는 건 몇 살이 돼도 즐거운 일이니까요."

그럼 강사의 실력을 보여드리는 걸로 체험 레슨을 마무리하겠습니다, 하며 머리에 수건을 두른 남자는 첼로를 세우고 고개를 약간 숙인 자세로 활을 현에 댔다.

아사바가 선보인 십수 초의 첼로 속주는 체험 레슨을 받으러 온 사람을 끌어들이기 위한 눈요기로는 제격이었다. 연주라기보다는 축제의 곡예에 가까웠다.

눈을 내리깐 채 첼로를 켜는 그 모습을 보자 다치바나는 홈페이지의 사진이 떠올랐다.

"강사의 실력과 분위기는 보신 바와 같습니다. 수강료나 요일 등 여러모로 따져보시고, 조건이 맞을 것 같다면 꼭 긍정적으로 검토해 주시기 바랍니다."

"저기, 다음 주부터 꼭 아사바 선생님께 레슨을 부탁드리고 싶은데요."

다치바나가 그렇게 말하자 활털을 느슨하게 풀고 있던 아사바가 고개를 번쩍 들었다. 문을 똑똑 두드리는 소리와 함께 시간 다 됐습니다, 라는 목소리가 들렸다.

보면대 위에서는 볼펜 모양 녹음기가 소리도 없이 돌아가고 있었다.

## III

다치바나는 어릴 적에 오래 다녔던 첼로 교실 주변의 풍경을 지금도 또렷이 떠올릴 수 있다. 아무 특색도 없는, 지방 도시의 전철역에서 조금 떨어진 평범한 주택가였다. 부근에 첼로 교실 광고지를 몇 개 붙여놨고 그 사건이 발생한 골목에도 눈에 잘 띄도록 간판을 달아뒀다.

그 기억이 선명하다.

"이번에는 한 단계 센 약을 처방하겠습니다. 이걸로도 개선이 안 되면 다른 방법을 고려해 봐야겠군요."

의존성이 높아지기 전에 투약 외에 잘 듣는 방법을 찾아내야 할 텐데요, 하며 세련된 안경을 쓴 정신건강의학과 의사가 눈앞의 단말기에 뭔가 입력하기 시작했다. 그레이지 색깔의 단발머리 사이로 세모난 노란색 피어스가 보였다.

"요즘 커피는 줄이셨나요?"

"업무 중에 졸리면 큰일이라 아무래도 줄일 수가 없네요."

"최대한 줄이려고 노력하시는 게 좋아요. 잠을 깨려고 드시는 분도 많지만 카페인, 수면제, 카페인이 반복돼서는 악순환을 끊을 수 없으니까요."

주량은 어떠냐고 묻자 다치바나는 술은 전혀 안 마신다고 대답했다. 일상적으로 하는 운동은 있느냐는 말에는 가끔 수영장에 가는 정도라고 중얼거렸다.

"수영하고 오신 날은 밤에 어떠신가요? 그래도 잠이 잘 안 오시나요?"

"별 차이 없는데요."

별 차이가 없군요, 하고 아쉬운 듯 말하자 다치바나는 머쓱해져서 시선을 옆으로 돌렸다.

"갑자기 약이 안 듣다니 혹시 업무 쪽에서 스트레스를 받으셨나요? 업무량이 늘었다거나 직장의 인간관계가 달라졌다거나."

"업무가 늘어난 탓이겠죠…… 그게 좀 찜찜한 일이라서요."

힘드시겠군요, 하고 가볍게 위로하는 말에 그러게요, 하고 가볍게 대꾸했다.

"다음 날까지 졸릴 수도 있으니 이대로 계속 약을 늘리는 건 추천할 수 없어요. 투약과 병행해 다른 방법도 써보지 않으시겠어요? 아로마라든가 독서라든가."

"……그런 방법은 뭐랄까."

효과가 있습니까, 하고 다치바나가 의심스러워하자 있고말고요, 하고 의사가 말했다.

"물론 개인차는 있지만, 아무 효과도 없다고 무시할 수는 없겠죠. 아, 음악은 어떠세요? 힐링 뮤직은 날카로워진 신경을 가라앉혀 준답니다."

이 병원에서 불면 치료를 받은 지 일 년이 지났다. 만약 앞으로 약을 잘 처방해 주지 않을 것 같으면 슬슬 다른 병원을 찾아봐야 할 듯했다.

다치바나는 어째선지 한곳에 자리를 잡고 쭉 머무르기가 쉽지 않았다.

"그럼 한 달 후에 뵐게요. 계속 상태를 살펴보도록 하죠."

진찰실 문에 손을 댔을 때 다치바나 씨, 하고 세모난 피어스를 단 의사가 불러 세웠다.

"한 가지 제안하자면, 이제 불면의 원인을 찾아봐도 되지 않을까 싶은데요. 저희 병원에서는 심리상담실도 운영하고 있으니 괜찮으시다면 꼭."

지금까지 몇 번 들은 적 있는 제안을 또 꺼내는 바람에 대답하기도 귀찮았다. 감사합니다, 하고 인사하고 진찰실을 나섰다. 대기실까지 이어지는 복도가 몹시 길게 느껴졌다.

누구와도 마주친 적이 없을 뿐, 자신과 비슷한 사람이 얼마든지 존재한다는 건 알고 있었다. 도쿄 도내의 불면 외래 클리닉은 초진 예약을 잡기 힘들다. 자연스럽게 잠들 수 없는 사람이 세상에는 아주 많다.

다치바나는 만성적인 불면증에 시달렸지만 최근 며칠은 특히 더 심했다.

"왜 우리 이사실을 대기실처럼 사용하는지 모르겠네. 아카사카파는 정말 유난스럽다니까."

탁, 하는 경쾌하고 메마른 소리에 오후 들어 가물가물 흐려진 정신이 맑아졌다.

불쾌한 표정으로 지하 자료실 제일 안쪽에 나타난 시오쓰보는 돌돌 만 보도자료 출력물로 짜증스럽게 손바닥을 내리쳤다.

"……아카사카파가 뭡니까?"

다치바나가 묻자 몰라? 하고 시오쓰보가 의외라는 표정으로 이쪽을 바라봤다. 환영회 겸 송영회에 반강제로 참석한 후, 회식 자리에 얼굴을 내민 적이 거의 없었으므로 사내 정치에 관해서는 남들보다 잘 몰랐다.

"아카사카파. 가구라자카파. 상층부는 회합에 사용하는 장소에 따라 파벌이 나뉘어 있지. 아카사카파는 천박해서 난 별로야."

그 말을 듣고 시오쓰보는 가구라자카파에 줄을 섰구나 싶었다. 확실히 오늘은 아침 일찍부터 간부급 직원이 많이 드나들었고 고급차가 정면 현관에 정차하는 모습을 다치바나도 봤다.

"아까 문화청이 그렇게 대응한 건 아카사카파의 사전 공작이 잘 먹혔기 때문이라는군. 진위는 확실치 않지만 말이야. 그래서 그쪽 녀석들은 완전히 축제 분위기야."

오늘 오전에 연맹은 기자회견을 열어 음악 교실에서도 저작권 사용료를 징수하겠다고 정식으로 발표했다. 동시에 '음악 교실에서의 연주 등'이라는 항목을 저작권 사용료 규정에 새로이 추가해 달라고 문화청에 서류를 접수했다.

재판 결과가 나올 때까지 서류 수리를 보류해 달라고 예전부터 미카사 측이 신청했는데도 문화청은 바로 처리해 버렸다.

"미카사 쪽에서도 문화청에 접촉했다고 들었는데요."

"음악 교실에서는 저작권 사용료를 징수하지 않도록 청원서를 제출한 거? 눈물 어린 서명운동에도 정력적으로 임하고 있다던데."

쟁쟁한 전관 출신들이 모여 계시는 연맹을 너무 얕보는 거 아닌가, 하며 시오쓰보가 음습한 웃음을 지었다.

문화청과 연맹은 원래부터 밀접한 관계였다.

"이제 미카사 쪽도 발등에 불이 떨어졌겠지. 곧 제소할 거야. 자네 일도 순조롭나?"

"문제없습니다."

실제로 레슨을 받아보자 단순한 일이라는 걸 알았습니다, 하고 대답하자 참 든든하군, 하고 시오쓰보가 눈을 가늘게 떴다. 눈에 확 띄는 외모에 비해 음울한 성격 때문인지 다치바나를 못마땅하게 여기는 연장자들이 많았다. 하지만 어째선지 이 새로운 상사는 다치바나를 높이 평가하는 듯했다.

"이번 주부터 대중음악 악보로 레슨을 받기로 했습니다."

"융통성 없어 보이는 강사라 했던 것 같은데, 잘 해결됐나?"

"그건 그저 괜한 걱정이었습니다."

비위를 맞추듯 웃음을 짓자 그렇겠지, 하고 시오쓰보도 촘촘한 치열을 내보였다.

"성인을 대상으로 하는 음악 교실은 요컨대 접객업이야. 음악가랍시고 자존심이 센 사람은 못 해먹을 짓이겠지. 뭘 어떻게 연주해도 정말 잘했다고 칭찬하며 학생에게 알랑방귀를 뀌어야 하니까 말이야."

그 비아냥거리는 발언이 다치바나의 가슴속을 거칠게 문질렀다. 좋은 소리라는 칭찬을 듣고 그만 기분이 좋아졌던 것이 떠올랐다.

"녹음기기도 딱히 문제는 없는 것 같군. 소리가 깨끗하게 잘 들려. 현재로서는 레슨 상황을 녹음한 파일 자체를 물증으로 삼을 계획은 없지만, 언제 뭐가 필요해질지 모를 일이지. 그러니 녹음 파일은 보고서를 보낼 때마다 메일에 첨부해 줘. 다만 파일명은 남이 봐도 눈치채지 못하도록 바꾸고. 무슨 사고라도 생겨서 시스템부에 이쪽 동향이 새어 나가면 곤란해. 그쪽의 어르신은 아카사카파니까."

다치바나 군, 시오쓰보가 부르는 소리를 듣고서야 다치바나는 선 채로 의식이 반쯤 날아갔었다는 사실을 깨달았다.

"……실례했습니다."

"점심때 과식했나? 뭐, 건강하다는 증거 아니겠어?"

시오쓰보가 가볍게 넘긴 덕분에 다치바나는 안심했다. 건강한 젊은이라고 여겨준다면 다치바나 입장에서도 나쁠 것 없다.

불면증을 앓은 지 십 년도 넘었지만 최근 며칠은 이상하리만치 잠을 이루지 못했다. 약을 먹어도 뜬눈으로 있다가 새벽녘에야 겨우 까무러치듯 잠에 빠진다. 하지만 얼마 지나지 않아 시끄러운 알람 소리에 깨어 산송장 같은 얼굴로 이를 닦고 흐리멍덩한 정신으로 전철을 탄다. 토할 것 같은 졸음을 질질 끌며 직장에 도착하면 커피를 내려서 여러 잔 마시는 탓에 속

쓰림도 심했다. 자료실에 오기 전에도 만약을 위해 한 잔 마셨건만 그 직후에 이 꼴이다.

그날부터 잠을 이루지 못했다. 미카사에서 다시 첼로를 켠 날부터.

"다음 주나 다다음 주에는 이쪽에 소장이 전달될 거래. 또 저쪽에서 움직임이 있으면 연락할게. 앞으로도 잘 부탁하네."

상사의 말에 고개를 끄덕이면서도 실은 그럴 상황이 아니었다. 잠깐만 방심하면 구역질이 올라올 것 같았다. 머릿속만 싸늘하게 식은 듯 묘한 흥분 상태가 가시질 않았다.

역시 첼로 탓일까.

진짜 첼로를 만진 순간, 자신의 내면에서 부풀어 오른 무시무시한 환영으로부터 겨우 달아난 것 같은 기분이었다. 하지만 단지 그때뿐, 그 후로 마음이 편안하지 않았다. 이상하게 신경의 일부분이 날카로워져서 밤에 잠을 이룰 수 없었다.

레슨 자체에 문제가 없더라도 이대로는 오래 못 버틴다.

"초견으로 이 정도까지 켤 수 있다니 정말 대단한데요. 공백도 긴 편인데, 감이 좋은 건가."

후렴부에서 어깨가 약간 올라가니까 좀 더 팔 전체로 켜볼까요, 하고 아사바가 부드럽게 지적했다.

매주 금요일로 결정한 레슨 첫날, 다치바나는 유명 해적 영화의 주제가에 도전했다. 로비의 매점에서 구입한『첼로로 즐기는 대중음악』이라는 악보에 실린 악곡이다.

수건을 두르지 않은 아사바는 머리털이 길었다. 회사원이라면 저렇게 못 다닌다. 편의점에서 산 운동복을 입진 않았어도 지난번과 별 차이 없는 털털한 스타일의 후드티를 입었다.

이제 두 번째 만난 사이인데도 아사바는 벌써 허물없는 말투를 쓰기 시작했다.

"그리고 좀 더 그럴싸한 느낌이 나면 좋겠는데."

"그럴싸한 느낌이라 하시면."

"이건 모험을 떠나는 곡이잖아요. 그러니 좀 더 신나고 즐기는 마음이 담겨도 괜찮달까, 좀 더 활기찬 편이 나을 것 같거든. 왜, 마지막 부분에서 피치가 올라가니까 기분도 같이 들뜨잖아요."

아사바가 팔락팔락 악보를 넘기더니 마지막 페이지를 손바닥으로 꾹 눌렀다. 자기 첼로를 세우고 재빨리 마지막 부분을 켜기 시작했다.

경쾌하게 고개를 흔들며 활을 놀리는 모습에 서양인 같다고 안이한 감상을 품었다. 그러고 보니 경력을 그쪽에서 쌓았다. 분명 헝가리에서 유학했던 걸로 기억한다.

통통 튀는 첼로 소리가 좁은 방에 기분 좋게 울려 퍼졌다. 아까 다치바나의 연주와는 전혀 달랐다. 멜로디 자체는 같을

지언정 입체감에서 차이가 났다.

소리 구석구석까지 피가 전달되는 것처럼 살아 있는 느낌이 났다.

"뭐, 이런 식으로. 연주자가 흥이 나면 주변 분위기도 함께 따라가는 법이니까. 즐거운 곡은 즐겁게. 떠들썩한 곡은 떠들썩하게."

가볍게 시범을 보여줬을 뿐인데도 그의 연주에는 뭔가가 깃들어 있었다.

체험 레슨 시간에 속주를 선보였을 때만 해도 긴가민가했는데 어쩌면 엄청난 실력자일지도 모르겠다는 생각이 들었다.

"한꺼번에 너무 이것저것 말했나. 다치바나 씨가 경력자라 그런지 그만 주문이 많아지네."

그럼 어깨에 유의해서 한 번 더, 라는 말에 다치바나는 다시 활을 쥐었다. 어깨가 올라가지 않도록 신경을 썼지만 한순간에 서양인처럼 온몸으로 리듬을 탈 수는 없었다.

그래도 연주하는 동안 다치바나는 기분이 조금 편안해졌다. 집과 회사를 왕복하는 일상 속에서는 절대 볼 수 없는 드넓은 바다 풍경이 머릿속에 확 펼쳐졌다.

음악은 신기하다.

지금 눈앞에 없는 정경을 불러일으킬 수 있다.

"응, 어깨가 내려갔네요. 잘했어요. 그런 만큼 팔을 제대로 뻗어서 소리의 울림이 좋아졌어요. 아까보다 그럴싸한 느낌도 잘 살렸고."

다치바나 씨는 지적하는 점을 바로 반영하네, 라는 아사바의 칭찬에 별말씀을, 하며 다치바나는 악보를 처음으로 되돌렸다.

이 악보에 실린 악곡은 전부 연맹의 관리하에 있다.

노래방 법리에 따르면 이 좁은 레슨실에서 다치바나가 연습을 위해 첼로를 켠 것도, 아사바가 시범을 보여준 것도 똑같이 연주권 침해 행위에 해당한다.

"옛날에 기초를 잘 배운 덕분이기도 하겠지만 첼로와 궁합이 잘 맞는 거겠지. 사람과 악기 사이에도 궁합이 있는 법이거든. 음색이 좋은 곳에서 소리가 나도록 잘 찾아가며 연주하는 인상이에요."

분명 음악가의 재능이 있는 거야, 하고 아사바가 자신 있게 말했다.

접객업이야, 하고 어딘가에서 야유하는 목소리가 들린 것 같았다.

"앞으로 어떤 식으로 진행할까요? 한 곡을 완벽하게 마스터하거나, 아니면 다양한 곡을 켜보고 싶다거나? 무슨 곡이든 어느 정도는 켤 수 있을 것 같으니, 한 곡을 정해서 진지하게 몰두해 보는 것도 좋을지 모르겠군요."

어떻게 할래요, 하고 선택을 맡기자 다치바나는 한순간 망설였다.

"……다양한 곡을 연주해 보는 게 기분 전환에 좋을지도 모르겠네요."

"그런가. 그럼 앞으로는 그렇게 진행하죠."

레슨 때 연주한 악곡의 숫자는 될 수 있는 대로 많은 편이 재판에서 유리할 것 같았다. 다음 수업 때 오늘에 이어서 연주해 보고 다른 곡으로 넘어가죠, 하며 아사바가 자기 첼로를 바닥에 눕혔다.

돌아갈 때 다치바나는 악보를 가방에 넣으면서 볼펜도 회수했다.

"중학교 때였나요, 첼로를 그만둔 거."

그만큼 공백이 있으면 보통은 이렇게 못 켭니다, 하고 아사바가 붙임성 있게 웃었다. 분명 순수하게 남과 이야기하는 걸 좋아하는 성격이리라.

할 수만 있다면 되도록 남과 얽히기 싫은 다치바나로서는 신기할 지경이었다.

"네. 중학교 일 학년 겨울까지 배웠죠."

"정말로 기초가 탄탄하다니까. 음악 고등학교 지망이었나? 그만둔 이유는 입시 준비가 힘들어서?"

맞습니다, 입시 때문에 때려치웠죠, 하고 장단을 맞춰주고는 가방을 들자 일반 고등학교와 음악 고등학교 사이에서 망설이는 사람이 많죠, 하고 대답하며 아사바도 의자에서 일어섰다.

오늘은 깜박하지 않고 레슨실에 들어오기 전에 녹음 버튼을 눌렀다.

"다음 주에 새로 배울 곡을 정해둘까요? 아니면 다음 주에 기분을 보고?"

"그럼 그때 정하죠."

다치바나가 적당히 대답하자 그럼 다음 주에 봅시다, 하고 아사바가 웃었다.

"올라가는데 탈래요?"

엘리베이터 안에서 미모의 여자가 미소를 지으며 말하자 다치바나는 탈게요, 하고 일부러 쌀쌀맞게 대답했다. 점심시간에 엘리베이터는 늘 사람으로 북적북적하건만 성가시게도 사람이 없을 때 딱 걸렸구나 싶었다.

총무부의 미후네 아야카는 다치바나가 홍보부에 있을 적에 같은 층에서 일한 사람이다. 요즘 묘하게 집적거린다.

"점심은 또 세븐일레븐이에요? 편의점에서만 사 먹어서는 건강과 거리가 멀어지지 않겠어요?"

"그렇게 걱정할 정도는 아니겠죠."

"요 부근에서 천 엔 밑으로는 점심을 먹기 힘드니까, 매일 나가서 먹기가 좀 그렇기는 하죠. 하지만 다치바나 씨와 함께라면 나가서 먹을 기분이 날 텐데."

이렇듯 서슴없이 거리를 좁히려는 게 거북해서 되도록 얽히고 싶지 않은 상대였다. 어지간한 일이 없는 한 오래 다닐 직장에서 골치 아픈 소문의 주인공으로 입방아에 오르기 싫었다.

하지만 그런 반응을 보이는 건 다치바나 정도였다. 조직 내에서 미후네는 특별한 존재였다. 재색을 겸비한 인재로 칭찬이 자자하다. 통과되지 않을 법한 안건도 매끄럽게 통과시키는 수완 때문에 누구나 미후네를 한 수 위로 인정했다.

일반 직원인데도 최상층에 출입이 허용될 정도다.

"큰길 안쪽에 이탈리안 레스토랑이 새로 생겼더라고요. 거기라면 회사 사람도 안 올 것 같은데, 다음에 같이 갈래요?"

"점심은 사무실에서 먹어서요."

"그럼 저녁이 괜찮겠어요? 금요일 저녁에 시간 돼요?"

금요일 저녁에는 볼일이 있어서요, 하고 삼 층에서 엘리베이터를 내리자 그럼 다른 날에 봐요, 하고 은구슬 같은 목소리가 쫓아왔다. 청초한 생김새에 어울리지 않게 제법 적극적이다.

문득 긴장이 풀리며 끈적끈적한 졸음이 덮쳐와서 눈구석을 꾹 눌렀다.

"다치바나, 잠깐 볼까."

회의실 옆에서 나온 미나토 료헤이가 불렀다. 다치바나는 무거운 눈꺼풀을 억지로 비집어 열다시피 눈을 떴다. 그대로 복도를 나아가자 유리문 너머로 보이는 자료부는 점심시간 절전 중이라 어두침침했다.

미나토의 몹시 진지한 표정에 찜찜함이 몰려왔다.

"방금 들었는데, 미후네 씨와 사귀는 거야?"

엘리베이터에서 우연히 마주쳤을 뿐인데요, 하고 사실을 말해도 다른 날에 보자는 건 무슨 뜻이야, 하고 두 살 많은 선배는 물고 늘어졌다. 그건 저도 잘 모르겠습니다, 하고 퉁명스럽게 대답한 것이 잘못이었을까. 약간 살집이 있는 미나토는 바로 언짢은 표정을 지었다.

"관리본부에서 네 앞으로 문의가 들어왔으니까 밥 먹기 전에 대응해. 그렇게 깝죽거리기 전에 일부터 제대로 하라고."

다음에 부서 이동을 희망할 때는 누구와도 얼굴을 마주칠 일 없는 지하 자료실 부속 정리과가 좋겠다 싶었다. 정말로 그런 부서가 있다면.

연맹의 데이터베이스에는 국내외를 합쳐 약 사백사십만 곡이나 되는 음악 작품 정보가 수록돼 있다. 작사가와 작곡가 같은 권리자가 제출하는 신고서를 바탕으로 만든 데이터베이스를 날마다 갱신하는 것이 자료부의 주된 업무다. 권리자에게 분배하는 액수도 이 데이터로 정해진다.

단순해도 신중히 처리해야 하는 작업이라 다치바나의 성격과 잘 맞았다.

관리본부에 전화를 걸고 드디어 점심을 먹으려는데 또 메일이 들어왔다. 영어로 된 제목을 보고 손이 딱 굳어버렸다.

상호 관리 계약을 맺은 해외 단체와는 빈번히 연락을 주고받는다. 어학에 능통했던 전임자가 이런 유형의 업무도 다치바나에게 인계하는 바람에 해외에서 메일이 올 때마다 우울해졌다. 기존 양식을 이것저것 이어 붙여서 답장을 보낼 때마다 뭔가 이상한 말을 적지는 않았을까 꺼림칙한 불안감이 고개를 쳐들었다.

영어라도 배우면 될까.

영어를 배워서 토익 같은 시험이라도 쳐보면 될까.

독신이고 매일 정시에 퇴근하니까 시간은 남아돈다. 앞으로 죽을 때까지 대체 어디에 시간을 쓰면 좋을지 짐작도 가지 않았다.

모니터 옆에는 관례상 자리마다 나눠주는 탁상 달력이 있다. 다치바나는 불면 치료 예약일에만 바늘구멍처럼 작게 동그라미를 쳐놓았다. 그것이 지금 잡혀 있는 유일한 일정이다. 친구고 연인이고 없으므로 그 외에 다른 약속은 없다.

학창 시절에야 같은 곳에서 함께 오랜 시간을 보내는 환경 덕분에 친구 관계가 간신히 유지됐지만 지방에서 일하는 사이 자연스럽게 친구들과 소원해졌다. 다치바나는 인생의 전환점마다 관계가 초기화되는 유형이다. 사회인이 된 후에도 그를 신경 써주는 사람은 없었다. 다치바나도 특별히 그러기를 바라지 않았다. 숫자가 쌓이는 걸 보기 싫어서 그룹 채팅방의 알림 표시를 해제하자 사람들의 기척도 뚝 끊기고 스마트폰도 좀처럼 울리지 않게 됐다.

결혼식 때 영상으로 보여줄 법한 평범한 연애의 추억이 없는 것은 아니다. 하지만 남들보다 훨씬 빨리 연애에서 마음이 떠났다. 신경이 몹시 예민해 남이 있으면 잠을 못 이룰 정도를 넘어서 누가 집에 오면 정신이 어수선해진다. 그 사실을 밝힌들 잘 이해하고 포용해 준 교제 상대는 없었다. 대개 마지막에는 다치바나가 악역이 됐고 의도하지 않게 안 좋은 소문도 퍼졌다.

나이를 먹을수록 모든 면에서 평범함이라는 것과 간극이 크게 벌어졌다. 주변 사람들이 수월하게 올라타는 보트에 자신만 타지 못한 기분이었다.

센다이 지사를 떠날 때 당시 사귀던 여자 친구가 같이 가고 싶다고 하자 다치바나는 형언할 수 없는 불쾌감을 느끼는 동시에 커다란 체념을 맛봤다.

평범한 인생이라는 공상 속의 물거품이 펑 터지는 것이 보였기 때문이다.

다치바나는 여자 친구와 헤어져 홀로 도쿄로 돌아왔다. 아직 아무것도 없는 새 보금자리의 문을 혼자 열어본 순간, 세상에서 말끔하게 사라지는 데 성공한 것만 같았다. 화창한 봄 햇살을 받으며 이사업자를 기다리는 동안 문득 생각이 나서 업무 관계 이외의 알림을 전부 꺼버렸다.

정기적으로 소방 점검을 하는 설비기사 말고 찾아오는 사람은 없었다. 세 평짜리 방은 좁긴 해도 볕이 잘 들어서 쾌적했다. 물건도 방을 어지르려고 해도 어지를 수 없을 정도였다. 다만 이사 도중 쓰레기통이 트럭에서 부서지는 바람에 지금도 방구석에는 투명한 비닐봉지가 아가리를 벌린 채 축 늘어져 있다.

다치바나는 평소처럼 퇴근길에 전철에서 이어폰을 끼고 적당히 라디오를 듣다가 내일이 금요일이라는 게 떠올라서 별 생각 없이 첼로라고 검색해 봤다. 클래식 첼로 명곡집이 음악 스트리밍 앱 맨 위에 떴다. 플레이리스트를 재생하자 갑자기 라디오 소리가 끊기고 아리따운 첼로 소리가 단숨에 퍼져나갔다.

멍하니 귀를 기울이다 괜찮다는 걸 알아차렸다.

첼로 음색을 듣는 것만으로는 심장이 격하게 반응하지 않는다.

그렇다면 뭐가 공포를 불러오는 걸까, 하고 곰곰이 생각해 봤다. 아마도 첼로의 시각적 이미지인 것 같았다. 그 모양새가 신경을 건드린다.

눈을 살짝 감자 첼로 소리가 머릿속을 어루만졌다.

현악기 중에서 가장 음역이 넓은 악기가 첼로다. 바이올린처럼 높은 음에서 콘트라베이스처럼 중후한 낮은 음까지 낼 수 있다. 사람 목소리에 제일 가깝다고 일컬어지는 악기가 바로 첼로였다.

그 음색에 취해 있자니 갑자기 자신이 연주하는 첼로의 음색이 마음에 걸렸다. 십 년 넘게 첼로를 만지지 않은 것치고는 연주법이 머릿속과 손가락에 남아 있었다. 간신히 초견으로 켜는 데도 성공했다. 하지만 소리가 몹시 탁해서 이 아름다운 연주와는 도저히 비교가 안 된다.

현을 타고 나오는 맑은 음색이 사소한 일상사 때문에 뿔뿔이 흩어진 의식을 높은 곳에서 하나로 모아줬다.

실은 이런 음색을 낼 수 있는 악기다. 첼로는.

누군가와 툭 부딪치는 바람에 다치바나는 눈을 떴다. 싱그

럽고 풍성한 음악의 세계와 달리 혼잡한 전철의 풍경은 초라하게 빛바랜 것처럼 보였다.

"여기 이 절의 앞쪽을 조금 길게 늘여볼까요. 음정도 약간 낮은 것 같은데. 온몸이 굳었으니까 좀 더 긴장을 풀고요. 긴장하면 어깨가 점점 올라가니까."

그리고 후렴부를 좀 더 깊이 있게 켜면 멋있겠죠, 하고 아사바가 후렴부를 연주했다. 다치바나도 익히 들었던 옛날 드라마의 주제가였다.

뭐가 이렇게 다를까 생각하며 다치바나는 아사바의 가벼운 활 놀림을 바라봤다. 공들이지 않고 켜는 것 같으면서도 자신과는 완전히 소리가 달랐다.

햇빛을 받은 꿀처럼 고음이 허공에서 반짝였다.

다치바나는 악보대로 멜로디를 연주할 수는 있지만 그게 전부였다. 첼로 특유의 깊은 울림을 끌어내지 못하고 그저 음표를 무미건조하게 따라가는 것에 불과하다.

악기에서 소리를 제대로 꺼내지 못하는 것이다.

"이런 느낌으로, 특히 후렴부를 느긋하고 세심하게 켤 것. 한 번 더 처음부터 가볼까요."

"저기."

이야기의 흐름을 끊는 듯한 타이밍에 말을 꺼내는 바람에 더 겸연쩍게 느껴졌다.

"…… 좀 더 좋은 소리를 내려면 어떻게 해야 할까요?"

선생님의 연주와는 울림이 전혀 달라서요, 라는 말을 마치기가 무섭게 창피해졌다. 연습 한 번 따로 하지 않고서 실력이 좋아질 리 없다.

아사바는 프로다.

흉내를 내봤자 하루아침에 그렇게는 못 된다.

"혹시 내가 깊이 있게 켜라고 해서?"

아사바가 이해했다는 표정으로 손을 들어 자기 목덜미를 쓰다듬었다. 버릇인지 문지르는 것처럼 손바닥을 반복해서 움직였다.

"그것도 그렇지만 제가 켰을 때는 전혀 좋은 소리가 나질 않아서요."

"어떤 느낌이죠?"

"기껏해야 지상 1.5미터 높이라는 느낌이랄까요."

설명을 모조리 생략한 것이 잘못이었는지 엥, 하고 갑자기 아사바가 히죽거렸다.

"미안, 계속해요."

"……이상하게 들린다면 이만 됐습니다."

"이상하기는. 진지한 얼굴로 대뜸 그리 말하니까 왠지 재미있었을 뿐이에요."

첼로 소리가 울리는 범위 같은 거로군요, 하고 거들어 주자 그런 셈입니다, 하고 다치바나는 작아진 목소리로 대답했다.

아사바의 첼로 소리는 머릿속 높은 곳까지 잘 울려 퍼진다.

"그럼 다치바나 씨가 듣기에 내 첼로 소리는 그것보다 높은 곳에서 울린다는 거로군. 그거 영광인걸. 어느 정도 높이에서 소리가 나는 것처럼 들리나요?"

"높을 때와 깊을 때가 있는 것 같은데요. 이번 곡은 시계탑 정도요."

"긴자?"

"런던."

그건 과대평가잖아요, 하고 아사바가 웃음을 터뜨렸다.•

"기쁘지만 나로서는 빅벤 높이까지는 다다를 수 없을 테고, 다치바나 씨의 소리가 지상 1.5미터 높이라는 것도 너무 자기비하예요. 좀 더 괜찮은 소리가 나는 것 같은데."

"그럼 몇 미터 정도인가요?"

그 기준이라면 삼 미터 정도려나, 하고 아사바가 오른손 손가락을 세 개 세웠다.

"짜게 평가해서 삼 미터. 다른 생업에 종사하면서 삼 미터 높이까지 다다르는 소리를 낸다면 충분히 훌륭한 수준이라고

• 긴자의 세이코 시계탑은 약 39미터, 런던의 시계탑 빅벤은 96미터 높이다.

생각하는데. 음, 어디 보자, 다치바나 씨는 칭찬받는 걸 좋아하지 않는 성격인가요?"

"그런 건 아닌데요."

"그럼 내 말이 못 미더운 거로군."

레슨을 받으면서 칭찬받은 적이 거의 없었을 뿐입니다, 하고 대꾸하자 그런 가능성도 있었나, 하고 아사바가 헐겁게 팔짱을 꼈다.

"이야기를 되돌리자면 어려운 질문인걸. 어떻게 하면 좋은 소리를 낼 수 있느냐."

"연습해야겠죠. 괜한 질문을 해서 죄송합니다."

"하지만 집이고 직장이고 연습하기 어려운 환경이라고 했잖아요. 집은 연립주택이나 맨션?"

악기를 가지고 통근할 수 없다면 일단 여기서 다른 첼로를 빌려 연습용으로 쓰고 레슨 날에는 빈손으로 와서 평소처럼 이걸 사용하는 게 어떨까요, 하고 아사바가 구체적으로 제안했다. 그 말에 다치바나는 문득 현실로 되돌아왔다.

이 음악 교실에 다니는 건 어디까지나 임무의 일환일 뿐이다. 깊이 빠져들어서 어쩌자는 건가.

"집합주택에서 연습하기는 힘들 테니 밤이나 주말에 근처 노래방•에 가는 거지."

"……제가 먼저 말을 꺼내놓고 죄송하지만, 실은 퇴근이 꽤 늦어서요. 주말에도 자주 출근해야 해서 레슨 때 말고는 시간을 낼 수가 없습니다."

"그렇게 일이 고된가요? 어떤 직장에 다니길래?"

공무원입니다, 하고 거짓말을 하자 그렇구나, 하고 아사바가 말했다.

"일에 치여서 힘들겠네요. 연습이고 뭐고 할 상황이 아니네."

"기껏 이것저것 생각해 주셨는데 죄송합니다."

뭘 사과하고 그래요, 하고 웃는 아사바에게 뭐라고 맞장구를 쳐야 할지 몰랐다.

되도록 마찰을 일으키지 않도록 사람을 피해 살아오면서 이렇듯 사소한 의사소통마저 방법을 잊어버렸다.

"악기를 배울 때 그런 의문을 갖는 건 중요하죠. 뭐, 그나마 덜 바쁜 시기에 시험 삼아 한번 빌려보면 되겠지. 그보다 고된 업무에 몸 상하지 않도록 조심하고요."

공무원이라고만 말했는데 어느덧 고된 업무라는 설정까지 덧붙여졌다. 앞으로 잡담할 때마다 가공의 설정이 늘어나서

• 한국에서의 용도와 달리 일본에서는 업장에 따라 노래방 안에서 악기 연습을 허용하고 있다.

스스로도 뭐가 뭔지 모르는 지경에 이르지는 않을까.

레슨이 끝날 때쯤 시계를 올려다본 아사바가 아, 하고 중얼거렸다.

"아까 그 이야기 말인데, 요컨대 첼로를 접할 시간이 부족한 거니까 역시 곡을 줄여보는 건 어떠려나. 지금처럼 초견으로 켜고 피드백을 받아서 몇 번 더 켜보고 다음으로 넘어가는 게 아니라, 같은 곡을 찬찬히 음미하고 넘어가는 걸로 방식을 바꿔보는 거죠. 어때요?"

하지만 어느 쪽이든 다치바나 씨가 원하는 대로, 하며 아사바가 손바닥을 위로 펼쳐서 내보였다.

"……아아."

"아니, 그냥 그렇다는 거예요. 아까 말 안 했으니까."

다치바나는 도쿄 지방 법원에서 행해질 증인 신문의 광경을 상상했다. 증언대에 서면 아사바에게 어떤 레슨을 받았는지 세세하게 공개해야 하리라.

"역시 많은 곡을 켜보는 게 기분 전환에 도움이 될 것 같은데요."

그런가, 하고 아사바가 또 시계를 올려다봤다. 마침 레슨을 끝낼 시간이었다.

"그럼 다음 주에 보죠. 과로하지 않도록 몸조심하고요."

다치바나는 큰 계단을 내려가면서 화사한 로비를 멍하니

내려다봤다. 눈 아래에 펼쳐진 라운지 구석에 첼로 케이스를 등에 멘 학생이 보였다.

첼로의 윤곽이 눈에 들어오자 역시 심장이 불쾌하게 두근거렸다. 레슨을 받으며 첼로를 켤 때는 머릿속이 깨끗해진 기분이 들건만 몸과 마음이 반대로 반응했다.

오늘 밤도 잠을 못 이루는 것 아닐까 싶어서 우울해졌다. 그래도 확실한 충실감이 느껴졌다.

소리를 제대로 꺼내지 못하더라도 첼로를 켜는 건 즐겁다.

금요일 밤의 후타코타마가와역 앞은 사람들로 붐볐다. 지상 삼 미터는 어느 정도 높이일까. 인파 속을 걷던 다치바나는 도시의 밤하늘을 문득 올려다봤다.

7월 초순, 소장이 송달됐다며 시오쓰보가 다치바나를 불러냈다.

"오늘 날짜로 도착했다는군. 긴 전쟁의 서막이 올랐어."

철제 서가가 늘어선 지하 자료실은 다른 층보다 천장이 조금 높다. 낡은 공조 설비의 소리가 갑자기 커져서 반사적으로 올려다본 다치바나는 무심코 저기는 몇 미터 정도일까 생각했다.

"좋은 소식과 나쁜 소식이 있어. 일단 좋은 소식부터. 미카사 쪽이 저작권 사용료 규정에 관해 협의하자고 먼저 제안을 해왔어."

예상치 못한 소식에, 화해하자는 겁니까, 하고 묻자 아니, 하고 시오쓰보는 고개를 저었다. 법정에서 전면적으로 맞붙겠지, 하며 자잘한 글씨로 가득한 복사 용지를 내밀었다.

신문 기사를 훑어보자 연맹 쪽이 완전히 악역이었다.

"이걸로 미카사는 두 손 든 거나 마찬가지야. 원래 그들은 음악 교실의 레슨에 저작권은 발생하지 않는다고 주장했으니까. 그런데도 저작권 사용료를 협의하는 자리를 일부러 마련하겠다는 건."

"그쪽도 뭔가 꿍꿍이가 있어서 그러는 것 아닐까요?"

그래, 여기서부터가 나쁜 소식이야, 하고 벌레를 씹은 듯한 표정으로 시오쓰보가 고개를 숙였다.

"협의가 불발되면, 문화청 장관은 협의 재개를 명령할 수 있어. 그러고도 합의에 이를 가망이 없다면, 미카사 쪽은 문화청 장관에게 재정(裁定) 신청을 할 수 있지. 만약 '음악 교실에서의 연주 등'이라는 새 규정이 실시되는 날보다 먼저 재정 신청을 하면, 재정 결과가 나오는 날까지 연맹은 새로운 규정을 적용할 수 없으니까, 음악 교실에서 저작권 사용료를 징수하지 못해."

즉, 미카사 쪽에 불리한 결과가 나오더라도 과거로 거슬러 올라가서 사용료 지급 의무를 부과할 수는 없다는 뜻이야, 하고 못마땅하다는 듯 시오쓰보의 얇은 입술이 일그러졌다.

“내년 1월 1일부터 청구할 예정이었는데, 재정 결과가 나온 다음에야 징수가 가능해지는 거지. 우리에게는 큰 손해야. 꽤 머리를 썼지.”

“그에 따라 제 잠입 기간이 단축될 가능성은 없습니까?”

소급 불가라면 이 년이나 잠입해도 별소용 없을 것 같은데, 하고 중얼거리자 자네가 걱정할 일은 아니야, 하고 시오쓰보가 헤어라인이 밀려 올라간 이마를 이쪽으로 향했다.

“처음에 말했잖아? 만약의 사태에 대비하자는 거지.”

“알겠습니다.”

“즐거워 보여서 다행이군. 열심히 배우는 학생인 척 연기를 잘하던데.”

빅벤을 예로 들어 강사를 치켜세우다니, 하고 코웃음 치며 내뱉은 말에 다치바나는 자기 귀를 의심했다.

“……녹음 파일, 매번 확인하시는 겁니까?”

“설마. 그렇게까지 한가하지는 않아.”

그냥 상황만 파악하는 거지, 하고 속삭인 후 시오쓰보는 자료실의 새하얀 통로를 걸어갔다.

한직이라 좋고 자료실 정리 업무를 맡겨도 상관없다는 생각은 변함없어도 직장을 잃고 싶은 건 아니다. 뭔가 묘한 오해를 초래해서 입장이 곤란해지기는 싫었다.

시오쓰보가 뭔가를 계기로 녹음 파일을 세밀하게 확인할지도 모르니까 섣부른 짓을 해서는 안 된다. 함부로 행동했다가 왜 도중에 굳이 악곡 수를 줄였느냐고 문책이라도 당하면 곤란하다.

그래도 다치바나는 첼로로 지금보다 높은 곳에 다다르는 소리를 내보고 싶었다.

## IV

마쓰모토의 일등지에 자리한 다치바나의 본가는 길고 훌륭한 담장에 비해 본채도 정원도 허름했다. 체면상 담장은 정기적으로 청소하고 수선하기에 얼핏 보면 훌륭한 저택으로 보인다. 반면 자유롭게 쓸 수 있는 돈이 얼마 없어 내실은 겉모습과 딴판이다.

사리 분별을 할 무렵부터 다치바나가 남의 시선에 민감했던 건 겉만 번지르르한 집 때문이기도 했다. 저 훌륭한 저택에 사는 귀여운 아이라는 이유로 근처에서도 어쩐지 이질적 존재처럼 여겼다. 그런 아이가 커다란 악기를 메고 돌아다니면 한층 시선을 끈다.

할아버지의 권유로 첼로 교실을 다니기 시작했지만 선생님이 엄해 별로 마음에 들지 않았다. 그래도 악기 자체는 좋아했다. 바이올린도 비올라도 아니고 첼로라는 점이 좋았다. 그 커다란 윤곽만으로도 멋있어 보였기 때문이다.

복도 여기저기가 썩어서 조심히 걸어야 할 만큼 집이 낡았어도 부지가 넓은 덕분에 연습할 곳을 찾느라 애먹지는 않았다. 달리 오락거리도 없었기에 틈만 나면 활을 잡았다. 어머니가 할아버지와 몹시 험악한 사이인 데다 첼로도 좋아하지 않아 다치바나는 적당히 눈치를 보며 첼로를 켰다.

아버지는 기억도 나지 않을 만큼 옛날에 집을 나가버려서 딱히 마음에 담아두고 끙끙대지는 않았다. 어머니와 마찬가지로 성미가 괄괄한 할아버지 그리고 무심한 성격의 다치바나, 이렇게 셋이서 의외로 그럭저럭 생활을 이어나갔다. 어머니와 할아버지가 버럭버럭 고함을 지르며 싸워도 정원에 나가서 베르너라도 연주하고 있으면 시간이 해결해 준다는 걸 경험으로 알고 있었다.

지금 돌이켜 보면 그렇게 심각한 문제는 아니었다. 첼로를 배웠던 그 시절은.

새벽녘까지 잠을 이루지 못하다 겨우 얕은 잠에 빠졌을 때 스마트폰 알람이 사정없이 울려댔다. 권태감에 빠져 손도 뻗지 못하고 침대 옆의 벽만 바라보고 있으니 그칠 줄 모르는 전자음 때문에 기분이 더 우울해졌다.

오늘은 금요일이다. 집을 나서서 콩나물시루 같은 전철을 타고 직장에 도착해 졸음을 견디며 간신히 업무를 마치면 버스를 타고 후타코타마가와까지 이동해야 한다.

피곤하다.

언제부터 이렇게 피곤했을까. 미카사에 잠입한 후부터일까. 아니면 취직한 후부터일까. 어쩌면 훨씬 옛날, 그 사건이 일어난 그날부터일까.

그저 편안히 자고 싶다. 심리상담은 무슨 얼어 죽을.

몸을 일으키자 두통이 나서 다치바나는 손끝으로 관자놀이를 눌렀다. 묘한 꿈에 시달리고 나면 아침에 관자놀이 언저리가 아프다. 두통약은 아직 있을 것이다. 조금 더 쉬어본들 현실은 달라지지 않는다.

"어째 안색이 별로인걸."

업무를 마치고 일 층으로 내려가는 엘리베이터에 뒤따라 탄 시오쓰보가 다치바나의 얼굴을 천천히 올려다봤다. 실무에서 접점이 없는 시오쓰보가 자료실 밖에서 말을 거는 건 드문 일이었다.

"빨리 집에 가서 쉬어. 아무리 젊어도 무리하면 안 좋아."

"……금요일이라서요."

“한 번쯤 빠진들 뭐 어때서. 아직 갈 길이 멀다고.”

첼로만 잠깐 켜고 가면 되니까요, 하고 반쯤 웃으며 중얼거리자 성실하군, 하고 티타늄 안경테 안쪽의 눈에 웃음기가 감돌았다. 엘리베이터 문이 열리고 현관 로비로 나오자 안내 데스크에 있던 직원이 이쪽으로 고개를 숙였다. 물론 다치바나가 아니라 시오쓰보에게.

“열심히 일하는 건 좋지만, 적절한 건강 관리도 일에 포함돼, 다치바나 군. 몸 잘 챙겨.”

상사가 성큼성큼 떠나가고 잠시 후, 다치바나도 정면 현관을 통해 밖으로 나왔다. 도쿄의 가혹한 여름이 일찌감치 찾아왔는지 최근 며칠 사이 기온이 쑥 올라갔다. 습도가 높은 열풍이 기력과 체력을 더 앗아 갔다.

근처 정류장에 버스가 서 있는 것을 보고 다치바나는 몇 미터 앞부터 거리를 생각하지 않고 달렸다. 어깻숨을 쉬며 버스에 올라타자 빈자리는 어디에도 없었다. 머리 회전이 너무 둔해져서 아무래도 생각이 잘 정리되지 않았다. 손잡이를 잡고 축 늘어지듯 서 있자 바로 위에서 에어컨 바람이 정통으로 쏟아져 나왔다.

가슴께의 볼펜 모양 녹음기를 만지며 잊지 말자고 다짐했다. 그 외의 일은 아무것도 떠오르지 않았다. 미카사에서 녹음해야 한다는 생각뿐이었다.

미카사 음악 교실의 화사한 로비에 도착한 순간, 다치바나는 위쪽이 뻥 뚫린 호화로운 공간을 느릿느릿 올려다봤다. 세련된 라운지에 다른 사람은 없었다.

거기에 혼자 서 있으니 일상이 점점 멀어졌다.

다른 세상에라도 온 것처럼 이런저런 일상사들이 빛깔을 잃고 눈앞에 있는 특별한 공간만이 숨 쉬는 것처럼 느껴졌다.

레슨실 문을 연 순간, 다치바나는 볼펜의 녹음 버튼을 눌렀다. 유념했던 일을 무사히 마치자 긴장의 끈이 뚝 끊어졌다.

평소와 다른 분위기를 느꼈는지 눈이 마주치자마자 아사바가 일어났다.

"어, 괜찮아?"

"죄송해요, 좀……."

거기서부터 더는 말이 나오지 않았다. 다치바나는 레슨을 받을 때 사용하는 의자에 쓰러지듯 앉았다. 몸을 앞으로 푹 구부리자 바닥만 시야에 들어왔다.

"큰일이네. 잠깐만 기다려. 물 줄게."

그 다급한 목소리에 고개를 비스듬히 들자 아사바가 내선 전화에 손을 뻗는 모습이 보였다. 다치바나는 괜찮습니다, 하며 어떻게든 일어서려 했다. 여기서 일이 커져서는 곤란하다.

"됐으니까 앉아 있어! 아, 미안한데 안내 데스크에 소금사탕 같은 거 있나? 열사병일지도 몰라서. 아니, 나 말고 다치바나 씨."

곧 염분을 가지고 올 테니까 일단 물 마셔, 하고 뚜껑이 열린 페트병을 억지로 손에 쥐여주는 바람에 하는 수 없이 입에 댔다. 확실히 목이 마르기도 했는지 두세 모금 마시자 호흡이 조금 편해졌다.

문을 똑똑 두드리는 소리가 들렸다. 안내 데스크의 그 여직원이었다.

"괜찮으세요? 구급차 부를까요?"

"아니요. 정말 괜찮습니다."

아니, 부르는 편이 좋을지도 모르겠어, 하고 아사바가 다치바나의 말을 막고 말했다. 포장지를 벗긴 소금사탕을 받으며 다치바나는 애써 사양했다.

"일에 치여서 내내 수면 부족이었을 뿐이에요. 그런데 걷다 보니 어쩐지 기분이 안 좋아져서……."

그러니까 구급차는 됐습니다, 하고 재차 거절하자 알겠습니다, 하고 안내 데스크 여직원은 고개를 끄덕였다. 정말 괜찮으려나, 하고 아사바가 인상을 찌푸렸다.

"뒤에서 접의자 몇 개 가져와서 붙여놓고 누울래? 이 의자는 불편하지 않아?"

"좀 쉬면 안정될 거예요. 조금만요, 죄송합니다."

본인이 이렇게 말씀하시니까 조용히 지켜보는 게 낫지 않을까요, 하고 현명한 목소리가 아사바를 달랬다. 괜찮겠어? 하고 다시 묻는 말에 다치바나는 고개를 크게 끄덕였다.

무슨 일 있으면 바로 내선으로 연락주세요, 하고 안내 데스크 여직원이 조명 밝기를 낮춘 후 나가자 방이 조용해졌다. 몸을 구부린 자세로 앉아서 잠시 눈을 감고 있으니 점차 몸 상태가 회복됐다.

시오쓰보 말대로 오늘은 그냥 집에 갈 걸 그랬다. 잠입 기간은 아주 길다. 한두 번 결석한다고 성과에 차이가 생기지는 않으리라. 그보다는 구급차가 출동해 혹시나 아사바가 보험증이라도 본다면 큰일이다. 다치바나의 보험증은 공무원이 가입하는 공제 조합의 보험증이 아니다.

생각이 멈출 줄 모르고 빙글빙글 돌다가 갑자기 의식이 잠깐 멀어지는가 싶더니 또 그 불길한 기척이 느껴졌다.

어두운 심해가 다가오는 불길한 기척.

"……저어, 실례했습니다."

잠시 후 천천히 상체를 일으켜 의자 등받이에 몸을 기대자 구석에 앉아 있던 아사바가 한 손을 살짝 들어서 답했다.

레슨실의 공기는 건조해 기분 좋았다.

"좀 진정됐어?"

"그럭저럭요."

"좋아졌다면 다행이야. 아까 도착했을 때는 완전히 죽상이었거든."

"소란을 피워서 죄송합니다. 안내 데스크 직원께도 민폐를……."

백육십 엔이면 될까요, 하고 생수 페트병을 가리키자 그런 건 신경 쓸 것 없어, 하고 아사바가 어이없다는 듯 말했다.

"남의 백 엔을 걱정하기 전에 자기 몸부터 잘 챙겨. 백 엔쯤 없어도 난 안 죽어."

수면 부족으로 쓰러질 만큼 일이 바쁘다니 너무하잖아, 하고 아사바는 어쩐지 화난 것처럼 말을 툭 내뱉었다. 일 때문이란 건 거짓말이어도 수면 부족은 사실이었다.

"매일 막차를 타고 퇴근하는 건가? 관공서도 참 무지막지하게 사람을 부려먹는군."

"그런 일상이 계속되다 보니……."

"그럼 일 말고 다른 건 전혀 못 하잖아. 맛있는 밥 먹고, 푹 자고, 여가에 느긋하게 음악 같은 취미 생활을 즐기지 않으면 병나. 좀 더 자기 위주로 살아야지."

남에게 빌린 백 엔은 홀랑 떼어먹고 얼른 집에 돌아가, 라는 말에 그럼 도둑이나 마찬가지잖아요, 하고 그만 핀잔을 주고 말았다. 말이 그렇다는 거지, 하고 아사바는 목덜미를 긁적긁적했다.

"젊다고 방심하면 정말로 죽어. 일본인은 너무 과로하는 경향이 있어. 바쁜 와중에도 짬을 내서 레슨을 받으러 왔는데, 몸이 별로라서 아무 곡도 연주하지 못하면 서글프잖아."

오늘은 첼로를 제대로 지탱하지도 못하겠네, 라는 말에 그 말이 맞다고 속으로 동의했다. 이래서는 뭣 때문에 굳이 여기까지 왔는지 모르겠다.

"아직 시간 있으니까 쉬다가 가도 상관없어. 수강료 받는 입장에서는 좀 미안하네. 여기는 학생의 개인 사정을 이유로 보충 레슨을 해주지 않거든."

지금 음악을 들으면 기분에 거슬릴까, 하고 묻기에 아니요, 하고 고개를 저었다.

"기왕 왔으니 내가 뭐라도 연주해 볼까. 조용한 곡으로."

평소처럼 진지하게 활 놀림을 보지 않아도 되니까 편하게 앉아 있어, 하고 아사바는 황갈색 첼로를 품에 안았다.

조명 밝기를 낮춘 덕분인지 조금씩 어깨에서 힘이 빠졌다.

"음악에는 사람을 치유하는 효과가 있으니까."

"……힐링 뮤직 말씀이세요?"

"그건 장르겠지? 꼭 힐링 뮤직이 아니더라도 음악은 사람을 구해."

음악 요법이라는 분야가 있을 정도니까 말이야, 하고 속삭이는 목소리가 약간 멀리서 들리는 기분이었다. 묵직하고 끈적한 졸음이 다시 의식을 뒤덮기 시작했다.

"오노세 아키라 좋아해?"

다치바나도 잘 아는 유명 작곡가다. 영화음악을 수많이 담당했고 세대를 초월해 인기를 누리는 곡도 수두룩하다.

"지친 사람에게는 오노세의 「비 내리는 날의 미로」가 좋겠지. 멜로디가 풍부하고 섬세해서 첼로 하나만으로도 충분히 빛나는 곡이야."

아사바가 활을 현에 댄 순간, 들려주기 위한 연주라는 말이 다치바나의 머릿속을 스쳤다. 맑은 첼로 음색이 울려 퍼지자 의식이 미끄러져 내렸다.

십이 년 전, 다치바나는 첼로 교실에서 돌아오는 길에 유괴당할 뻔했다.

한겨울에 어두운 골목길을 걷다가 누군가 갑자기 뒤에서 안아 올렸을 때, 다치바나는 무슨 일이 일어난 건지 이해하지 못했다. 갑자기 시야가 크게 흔들렸고 옆의 벽돌담에 달린 첼로 교실 간판만 눈에 깊이 새겨졌다.

무슨 사태인지 몰랐던 다치바나는 물에 빠진 건지도 모르겠다고 대뜸 생각했다.

발이 닿지 않는 심해로 점점 빠져드는 듯한 심상치 않은 공포가 머릿속에 가득 자라나며 그 영역을 폭발적으로 넓혔다.

그대로 자동차에 끌려 들어갈 뻔한 순간, 등에 메고 있던 첼로 케이스가 승합차의 문틀에 세게 부딪혔다. 쿵, 하고 큰 소리가 난 것과 동시에 앞쪽에서 일방통행 골목길로 잘못 들어온 택시의 전조등 불빛이 비쳤다.

냅다 차 밖으로 몸을 날린 다치바나는 자세도 제대로 취하지 못한 채 땅에 떨어졌다.

그러는 동안에도 무슨 일이 일어난 건지 전혀 몰랐다. 왜 지금 뺨이 타는 듯이 뜨거운지, 왜 시야가 아스팔트를 향하고 있는지, 부딪힌 첼로는 무사한지, 그칠 줄 모르는 의문만 빙글빙글 소용돌이쳤다.

그 사건이 결정적 계기가 되어 가족 사이에 균열이 생겼다. 어머니의 뒤틀린 분노는 첼로를 시킨 할아버지에게 향했고 늙은 할아버지의 분노는 지리멸렬해서 누구도 손댈 수 없을 지경이었다. 어디선가 새어나간 사건의 소문은 금세 퍼져서 이웃들은 안 그래도 이질적 면이 있었던 다치바나를 한층 기묘한 존재로 받아들였다.

앞판이 깨진 첼로는 할아버지가 아무 상의도 없이 정원에서 불태웠다. 다치바나는 피어오르는 검은 연기를 툇마루에서서 그저 올려다보는 것이 고작이었다.

낯선 외국의 탑 위에서 내려오는 듯한 아름다운 음색이 단단히 걸어 잠근 영혼의 바깥쪽을 어루만졌다. 이른 아침의 비를 연상시키는 보드라운 선율이 조용히 마음에 내려앉았다. 마음속 한복판에 다다를 수 있는 것은 이제 음악밖에 없다.

소리의 여운이 사라진 공간을 더듬듯 다치바나는 살며시 눈을 떴다. 마음이 차분해지는 희미한 불빛이 미카사 음악 교실의 레슨실을 비추고 있었다.

수많은 기항지를 거쳐 다시 원래 자리로 돌아온 것 같은 신비한 감각에 머릿속이 멍했다. 마치 의식을 덮은 얇은 껍질을 한 장 벗겨낸 것처럼 눈에 비치는 세계가 새로워 보였다.

"방금 연주는 지상 몇 미터 정도였지?"

긴자 아니면 런던, 하고 장난치듯 감상을 묻자 런던요, 하고 다치바나는 대답했다. 그 진지한 말투에 아사바는 어깨를 들먹이며 웃었다.

"……농담이 아니라 정말 좋았습니다."

"뭐가 어떻게 좋았어?"

"뭐랄까, 모르는 집의 정원에 있는 듯한 기분이었어요."

한순간이나마 잠들었다는 사실을 다치바나는 뒤늦게 깨달았다. 뒤엉킨 실이 술술 풀린 것 같은, 둘도 없이 독특한 감각. 온몸에서 뻣뻣함이 가셨고, 불쾌한 긴장감도 풀렸다.

지금이라면 악몽에 시달리지 않고 편히 잠들 수 있을 것 같았다.

"다치바나 씨는 매번 정말로 좋은 감상을 들려주는군. 그럼 오늘은 밥 잘 챙겨 먹고 푹 자도록 해. 부디 일은 적당히 하고. 안 나으면 꼭 의사한테 가. 컨디션 조절 잘해서 다음 주에는 건강한 모습으로 보자."

"저기, 곧 직장에서 바쁜 시기가 끝나는데요."

그래서 시간을 낼 수 있으니 첼로를 빌려주시면 안 될까요, 하고 다치바나는 목구멍을 쥐어짜듯이 빠른 말투로 중얼거렸다.

"출퇴근할 때 가지고 다니기는 불편하니까 선생님 말씀처럼 레슨 때는 레슨실의 첼로를 사용해도 괜찮을까요? 집은 맨션이지만 근처에 노래방이 있거든요."

레슨실 문이 열렸을 때 녹음기는 아직 돌아가고 있었다.

"물론 빌려줄 수 있지. 바쁜 시기가 끝난다니 다행이야."

"그리고 레슨 내용 말씀인데요."

역시 한 곡을 찬찬히 음미하는 식으로 바꿔도 될까요, 하고 결심을 전하자 진실미 있는 열의가 느껴졌는지 아사바의 표정이 풀어졌다.

다치바나가 꾸는 심해의 악몽에는 낡은 잠수함도, 추하게 생긴 물고기도 나오지 않는다.

꿈속에서 펼쳐지는 암흑은 첼로 교실 뒷골목의 색이었다.

시오쓰보가 정례 보고를 받기 위해 다치바나를 지하 자료실로 불러내서 진척 상황을 물었다.

"레슨은 평소대로라 새로운 일은 전혀 없었습니다. 다만."

"다만?"

"컨디션이 별로였던 탓인지 녹음하는 걸 깜박했습니다. 죄송합니다."

아무렇지도 않은 척하자 신기하게도 입매가 누그러졌다. 웬일로 명랑한 분위기를 자아내는 키 큰 부하를 보고 시오쓰보도 환한 표정을 지었다.

"앞으로는 주의하도록 해. 몸은 이제 괜찮나?"

"덕분에요. 푹 잤더니 개운해졌습니다."

그날은 충고하신 대로 쉴 걸 그랬네요, 하고 쓴웃음을 지으며 다치바나는 서가에 죽 꽂힌 파일의 책등으로 시선을 슬쩍 돌렸다.

이 정도는 괜찮지 않을까 싶었다. 설령 제출하는 녹음 파일을 세세하게 듣더라도 레슨 곡을 대하는 태도까지 간섭할 것 같지는 않았다. 요전의 대화만 듣지 않는다면 들통날 일은 없다. 애당초 연주하는 악곡 수가 많든 적든 미카사가 저작권을 침해하고 있다는 사실은 변함없다.

좀 더 진지하게 레슨에 임한들 아무 문제도 없을 것이다.

레슨을 받은 그날, 다치바나는 집에 와서 곤히 잠들었다.

아침에 깨어나자 자기 방의 풍경이 어쩐지 평소와 달라 보였다. 적절한 휴식을 취한 뇌는 잔잔한 수면처럼 고요했고 다치바나는 평온한 기분으로 토요일 낮을 보냈다.

근거 없는 확신이 어째선지 의욕을 돋우었다.

아사바의 첼로는 높이 날아오른다. 자신도 그렇게 첼로를 켤 수 있다면 심해의 악몽에서 달아날 수 있을지도 모른다.

## V

아사바가 학교 축제 광고지 같은 느낌의 출력물을 주자 이건 뭔가요, 하며 다치바나는 고개를 들었다. 대중적 일러스트가 그려진 종이에는 중고등학생이 쓴 것 같은 글씨체로 아사바 선생님과 함께하는 모임, 이라고 큼지막하게 적혀 있었다.

이를 내보이며 실실 웃던 아사바가 어쩐지 자랑스럽게 턱을 쳐들었다.

“이름 그대로 나와 함께하는 모임이야.”

“회식인가요?”

“첼로 상급반에 다니는 사람들이 모이는 교류회지. 내가 담당하는 학생 중에 레스토랑 주인이 있는데, 장소는 거기. 요리가 맛있어.”

이상한 모임은 아니니까 생각 있으면 다치바나 씨도 와, 하고 제안하자 다치바나는 출력물에 적힌 내용을 확인했다.

장소는 후타코신치역 바로 옆의 레스토랑이고 일시는 다음 주 토요일 밤.

"역은 달라도 여기서 걸어갈 수 있는 거리야. 저기 강을 건너면 금방이지."

"갈 수 있으면 가겠습니다."

"그렇게 완곡한 표현으로 거절하지 말고."

그럼 가겠습니다, 하고 내친김에 말하자 무조건 와야 한다고 강요하는 건 아니야, 하며 아사바가 웃었다. 산뜻한 티셔츠 차림이라 퇴근길에 레슨을 받으러 온 다치바나는 부러웠다.

"정말로 마음 편한 모임이야. 평소 첼로를 켜는 사람들과 이야기를 나눌 기회는 많이 없잖아? 연령층도 다양하니까 다치바나 씨가 참석하면 다들 기뻐할 거야."

자신의 입장을 고려하건대 미카사 음악 교실에 다니는 학생들의 분위기를 파악해 두는 것이 손해는 아니리라. 매번 비슷한 내용이 반복되는 정례 보고 때 들려줄 이야깃거리도 얻을 수 있을 것이다. 개인 레슨을 선택한 다치바나는 다른 학생들과 교류해 본 적이 없었다.

"……가도 괜찮다면 참석하겠습니다."

"아, 정말? 그럼 내가 말해둘게."

같은 나이 또래는 귀중하니까 기쁘네, 라는 말에 중장년층이 많은 건가 싶었다. 다치바나가 로비에서 마주치는 학생도 연장자가 많다.

실은 개인적으로도 흥미가 있었다. 첼로를 배우는 사람과 대화해 본 적은 없었고 여럿이 참석하는 술자리는 성미에 맞지 않았다. 그럼에도 아사바의 말을 믿는다면 불쾌한 경험은 하지 않을 것이다. 요령 있어 보이는 사람이니 거기서 뭔가 곤란한 일이 생기더라도 적당히 대처해 주리라.

언젠가는 떠날 몸이라 마음 편하기도 했다. 기한이 정해진 모임이라면 참석해 볼 만하다.

가끔은 남들과 밥을 먹는 것도 괜찮겠지. 웬일로 그런 생각이 들었다.

"자, 지난번에 이어서 계속해 볼까. 후렴부 앞에서 음이 뚝 끊어지던 거, 깔끔하게 이어나갈 수 있도록 연습했어?"

아사바가 지난주 과제를 확인하자 아주 약간 긴장감이 감돌았다. 처음에 상냥했던 태도가 거짓이었던 것처럼 요즘 아사바는 엄격하게 군다.

첼로를 빌려서 집에 가져다 둔 뒤로 다치바나의 생활은 싹 바뀌었다.

살풍경한 방에 놓아둔 대형 악기가 든든하리만치 고독감을 메워줬다. 동시에 공간까지 차지해 버려서 조그마한 세 평짜리 방의 마룻바닥이 조금밖에 눈에 들어오지 않았다. 하드 케이스에 넣더라도 첼로를 세워서 보관하는 건 위험하다. 만에 하나 파손될 위험성에 대비해 침대 옆에 눕혀두는 것이 정답이다.

남아돌던 혼자만의 시간은 전부 첼로에 쏟아부었다.

평일 밤에도 노래방에 첼로를 들고 가서 연습했고 주말 중 하루는 무제한 요금으로 오랫동안 머물렀다. 연주에 몰두하면 시간은 금방 지나간다. 내내 현을 누르고 있는 탓에 왼손 끝이 딱딱하게 부어올랐다. 그 변화에 영향을 받은 건지 요즘 다치바나는 밤에 잘 잔다.

"연습한 성과가 보이는군. 지난주보다 한 꺼풀 더 벗었어."

이제 연주다워졌네, 하고 아사바가 웃자 다치바나의 가슴 속에서 안도감의 불빛이 번쩍 켜졌다. 스스로 듣기에도 지난주보다는 소리가 좋아진 것 같은 기분이었다.

"따로 연습하는 건 좋지만, 건초염을 조심해. 연습하기 전후에는 반드시 스트레칭을 하고, 연습 사이사이에도 스트레칭을 자주 할 것. 다치바나 씨는 무슨 일이든 과하게 몰두하는 성격 같으니까 말이야. 팔 건강도 챙겨야지."

후렴부의 비브라토는 손가락으로 좀 더 꾹 누르면서, 라는 지적에 다치바나는 지판에 얹은 자신의 손끝을 가만히 바라봤다. 아사바가 자기 첼로를 잡고 손가락으로 현을 눌렀다.

"이런 발라드는 손가락을 세우지 말고, 손가락이 닿는 면적을 좀 더 넓히는 편이 좋아. 그렇지, 조금 눕히는 느낌으로."

그렇다고 운지법에만 너무 신경 쓰지 말고, 하며 아사바가 시범 삼아 첼로를 켰다.

어쨌거나 첼로는 활이야, 라는 것이 아사바의 말버릇이다. 벌써 몇 번이나 그 말로 주의를 받았는지 모른다.

연습을 거듭하고 적확한 지도를 받는 동안 다치바나의 첼로 소리는 조금씩 매끄러워졌다. 불필요한 껍질을 벗겨낸 것처럼 탁함이 사라지고 스스로도 나쁘지 않다고 느낄 만한 음색과 울림이 가끔 태어났다.

그러한 음색과 울림이 다치바나를 감싸고 있던 첼로에 대한 막연한 공포를 쫓아냈다. 계속 부풀어 오르던 어두운 상상력을 현실의 소리가 지워냈다.

이제는 아침에 깨면 연습 생각부터 하게 됐다.

"어, 오늘은 버스 타고 가요?"

이런 곳에서 보네요, 하고 미후네가 말을 걸자 다치바나는 천천히 귀에서 이어폰을 빼고 음악 앱의 재생을 멈췄다.

연맹 근처의 버스 정류장에는 약 십 분 간격으로 버스가 온다. 운이 안 좋았다.

"다치바나 씨 집은 어디더라. 오늘은 어디 외출하나요?"

볼일이 좀 있어서요, 하고 대답하자 볼일이라, 하고 미후네가 웃었다. 그대로 포스터에라도 사용할 수 있을 것처럼 고른 치열이었다. 방금 퇴근했다고는 믿기지 않을 만큼 에너지가 넘치는 그 모습에서 자신에게는 없는 터프함이 느껴졌다.

"음악 듣고 있었어요? 아니면 영상?"

"음악인데요."

"이야, 다치바나 씨는 무슨 음악을 들으려나? 개인적으로 궁금한데요."

별것 아닙니다, 하고 무뚝뚝하게 대꾸하고 전화라도 온 척이 자리를 떠날까 싶었다. 하지만 바로 그때 빗방울이 뚝뚝 떨어져서 버스 정류장 지붕 밖의 지면이 짙은 색으로 변했다.

빗발이 가느다란 한여름의 비가 버스 정류장 지붕을 투둑투둑 두드렸다.

"일기예보에서는 맑을 거라고 했는데. 우산은요?"

"이 정도면 금방 그치지 않을까요?"

버스가 늦네요, 하며 다치바나가 슬쩍 안내판 쪽으로 다가붙으니 미후네도 한 발짝 다가왔다. 하는 수 없이 시간을 확인하는 척 손끝으로 안내판을 짚었다. 그 순간 뒤쪽에서 어, 하고 재미있어하는 듯한 목소리가 들렸다.

"다치바나 씨, 현악기 켜요?"

예상치도 못한 질문에 다치바나는 저도 모르게 돌아봤다.

미후네는 동요하는 기색 하나 없이 가지런한 긴 앞머리를 옆으로 쓸어 넘겼다. 아름다운 백조를 연상시키는 총명한 미녀지만 정체를 알 수가 없었다.

"기타를 치는 사람은 손끝에 굳은살이 생기잖아요. 특히 처음 시작했을 무렵에. 혹시 다치바나 씨도 비밀리에 밴드 활동을 하나요? 난 클래식을 좋아하지만, 그런 장르도 꽤 마음에 들어요."

"딱히 아무것도 안 하는데요."

무뚝뚝한 태도로 일관하면서도 다치바나는 내심 동요했다. 버스 시간 안내판을 손가락으로 짚었다고 해서 미후네에게 굳은살이 보이지는 않을 것이다.

얼마 후 도착한 버스는 갑작스레 비가 내린 탓인지 혼잡했다. 다른 승객에게 떠밀리는 사이에 미후네의 모습은 시야에서 사라졌다.

도큐선 후타코타마가와역을 지나 도쿄와 가나가와의 경계를 이루는 다마가와강을 넘어 후타코신치역에 도착하자 주변 환경이 확 바뀌었다. 대형 쇼핑몰을 중심으로 도시적인 거리를 조성해 아이가 있는 가족과 젊은 층을 끌어들이는 후타코타마가와역 주변에 비해 후타코신치역 주변은 아주 고즈넉했다.

아사바 선생님과 함께하는 모임이 열리는 토요일 밤, 다치바나는 처음으로 이 역에서 내렸다. 개찰구를 나서서 지도 앱을 보며 상점가를 걷기 시작했다. 현란한 미카사 빌딩 부근과는 달리 나지막하고 친근한 풍경이 펼쳐졌다.

이어폰에서 흘러나오는 경쾌한 음악을 들으며 가게를 찾고 있으니 평소 자신의 성격에는 어울리지 않게 조금 들떴다. 곡은 바흐의 「무반주 첼로 모음곡」 제1번의 쿠랑트.•

첼로 음색을 좋아하는 다치바나에게는 독주곡이 제일 심금을 울렸다. 제1번부터 제6번까지 총 여섯 곡으로 구성된 이 모음곡은 첼로의 성서라고 불리기도 한다. 향기가 풍기는 듯한 그 달콤한 선율은 감상자의 귓속을 살살 녹인다.

어릴 적에 다녔던 첼로 교실에서는 이런 유명한 악곡을 못 켜게 했다. 귀부터 소리에 익숙해지면 악보를 읽는 능력이 약해진다는 이유로 오로지 음원을 찾을 수 없는 연습곡만 계속 연습시켰다.

배 속까지 울리는 훌륭한 저음을 남기면서도 첼로를 경쾌하게 켜기는 어렵다. 속도감 있게 전개되는 쿠랑트를 들으며 다치바나는 서양의 오래된 술집에서 사람들이 일제히 춤추는 장면을 떠올렸다.

• 16세기에 생겨나 한때 유럽 여러 곳에서 널리 유행했던 춤곡.

언젠가 이런 곡을 켤 수 있으면 얼마나 좋을까.

동시에 아사바에게 클래식을 배울 수는 없다는 생각도 머리를 스쳤다.

레스토랑 '비바체'•의 계단을 따라 지하로 내려갔다. 좁은 입구만 봐서는 상상도 안 될 만큼 가게 내부가 넓었다. 편안한 활기로 가득했고 손님도 꽤 많았다. 세련된 이탈리아풍 인테리어로 꾸몄어도 손님층을 한정하지 않는 서민적 분위기도 느껴져 괜찮은 가게구나 싶었다.

"아, 왔다."

다치바나 씨 여기, 하고 안쪽 자리에서 손을 흔드는 아사바에게 다치바나는 머리를 가볍게 숙였다. 딱히 고함을 지른 게 아닌데도 아사바의 목소리는 잘 들렸다.

그 테이블에는 아사바 말고도 연령층이 다양한 다섯 사람이 앉아 있었다. 다치바나와 나이가 비슷한 사람은 아사바 정도고 나머지는 아직 학생이거나 한참 연상으로 보였다.

"최근에 등록한 다치바나입니다. 오늘 잘 부탁드립니다."

아사바의 대각선 앞쪽에 앉자 갑자기 사람들의 시선이 집중돼 한순간 마음이 불편해졌다. 직장 동료 말고 다른 사람들

• 음악의 빠르기를 지시하는 말 중 하나. 아주 빠르고 생기 있게 연주하라는 뜻.

사이에 끼는 게 너무 오랜만이라 뭐라고 말을 붙여야 할지 몰랐다.

화사한 분위기의 초로 여성이 제일 먼저 말을 꺼냈다.

"어머나, 선생님도 참……."

이런 이야기는 안 했잖아, 하며 금색 팔찌를 찬 가느다란 팔로 아사바를 쿡 찔렀다. 예순 살이 넘어 보이는 여성은 옷차림이 소탈하면서도 독특했다. 구불구불한 검은 머리를 어깨 위에서 싹둑 잘랐고 귀와 목에서 큼지막한 액세서리가 반짝였다.

"이렇게 멋진 남자를 데려올 거면 미리 말했어야지. 메뉴가 바뀐다고."

"사람 차별하기 있습니까. 다치바나 씨, 마실 거 골라."

그 허물없는 대화로 모임의 분위기가 짐작됐다. 메뉴판을 받아서 음료를 선택하고 있으니 마침 웨이터가 다가왔다. 섄디 개프•로 할게요, 하고 주문을 마치자마자 그럼 시작하자, 하고 팔찌를 찬 여성이 말했다. 이 사람이 레스토랑 주인인 학생이겠구나 싶었다.

새로운 멤버로서 환영을 받고 건배를 끝내니 테이블에 훈훈한 분위기가 흘렀다.

• 맥주와 진저에일을 절반씩 섞어서 만드는 칵테일.

"저기, 혹시나 해서 말인데요……."

바로 앞자리에 앉은 여성이 머뭇머뭇 말을 걸어와 다치바나는 정면을 돌아봤다. 소박하고 선량한 인상에 나이는 대학생쯤으로 보였다. 이 자리에 있으니 미성년자는 아니겠지만 보기에 따라서는 고등학생 같기도 했다.

"다치바나 씨, 저랑 라운지에서 한 번 마주치지 않았어요?"

"네?"

"언제더라, 두 달쯤 전이었을 텐데……."

전혀 기억에 없다는 게 표정에 드러났는지 제 착각일지도, 하고 여학생이 겸연쩍게 고개를 저었다. 다치바나가 뭐라고 감싸주기 전에 잘못 봤을 리가 있나, 하고 팔찌를 찬 여성이 입을 크게 벌리고 웃었다.

"영화나 드라마도 아닌데 이런 사람을 아무 데서나 쉽게 볼 수 있겠어? 이 사람은 기억하지 못하더라도, 이쪽은 저절로 머릿속에 각인된다니까."

성씨 말고 이름은 뭐야, 라는 질문에 이쓰키입니다, 하고 다치바나는 대답했다. 그럼 이쓰키 군이라고 부를게, 하고 말한 후, 난 하나오카 지즈코야, 하며 초로의 여성이 씩 미소를 머금었다.

"그런데 이쓰키 군은 업계에 있는 사람이야? 그럼 가게에 사인받아놔야겠다."

"업계라니, 무슨 말씀이시죠?"

"방송업계나 패션업계 같은 거. 난 텔레비전을 잘 안 봐서 몰라."

공무원이에요, 하고 아사바가 어이없다는 표정으로 꼬집어 말했다. 어머 일반인이구나, 하고 하나오카가 놀라움을 드러내는 사이, 익힌 채소샐러드와 전갱이마리네이드가 테이블에 차려졌다.

"새 멤버한테 너무 꼬치꼬치 캐묻지 말아요, 하나오카 씨. 다치바나 씨가 주눅 들잖아요."

"하지만 나만 모를 뿐 유명한 배우이면 손해인걸. 영화나 드라마의 배역을 준비하느라 몰래 첼로 교실에 다닐 가능성도 있잖아."

"상상력도 풍부하셔라."

사인이 필요하면 내가 해줄게요, 라는 아사바의 말에 하나오카가 폭소를 터뜨렸다. 선생님 사인도 반드시 가치가 높아질 거예요, 하고 앞자리에 앉은 여학생이 거들고 나섰다. 가스미 양은 정말 착하다니까, 하고 하나오카가 손자를 대하듯 여학생을 다정하게 칭찬했다.

가스미 양이라는 대학생의 이름은 아오야기 가스미였다.

"다치바나 씨는 원래 다른 곳에서 첼로를 배우신 거죠? 최근에 등록했다는 건 우리 음악 교실에 다니기 시작하신 지 얼마 안 되셨다는 뜻인데, 상급반이니까."

너글너글하게 생긴 중년 남성이 물었다. 다치바나는 그 정중한 태도에 송구스러울 지경이었다.

하나오카 다음으로 나이가 많다는 가모 요시미는 첫인상이 참 좋은 사람이었다. 싱글싱글 웃음을 띤 군살 없이 뽀얀 얼굴에서 타고난 좋은 인격이 느껴졌다.

"어릴 적에 조금 배웠습니다. 공백이 꽤 길어요."

"이야, 어린 시절에 배우셨군요."

"사회인이 된 후에 여유가 생겨서 다시 첼로나 해볼까 싶었죠."

체험 레슨 때 아사바에게 둘러댔던 이유와는 조금 다르다는 생각이 머리를 스쳤다. 정작 아사바는 아무것도 눈치챈 낌새 없이 앞접시에 전갱이를 담고 있었다.

"다치바나 씨는 센스가 있어요. 기초도 탄탄하고."

갑자기 남들 앞에서 칭찬하는 바람에 말없이 아사바를 쳐다봤다. 그러자 어머 웬일이래, 하고 하나오카가 말했다.

"불손함에서 태어난 불손 대왕 오타로 선생님이 칭찬을 다 한다니, 해가 서쪽에서 뜨겠네. 굉장하다, 이쓰키 군."

"하나오카 씨한테도 자주 칭찬해 줬을 텐데요?"

"음악가는 불손해도 괜찮아. 맛에 까다로운 남자는 무슨 일에나 까다로운 법이지."

음식점을 아주 신랄하게 비평한다니까, 하고 하나오카가 눈짓하자 다치바나는 다시 아사바에게 시선을 되돌렸다. 남들이 들으면 오해하겠네, 하며 아사바는 세로로 쪼개서 구운 여주를 덥석 먹었다. 먹는 모습이 묘하게 호쾌했다.

"난 그저 먹을 뿐만 아니라 직접 요리도 하니까 괜찮아요. 그리고 이 집 요리가 맛있다고 주변에 입소문도 많이 내주잖아요."

시골풍 파테•와 살라미가 나오자 아사바가 재빨리 와인잔을 비웠다. 미식가인 듯한 아사바가 칭찬할 만큼 확실히 어느 요리나 다 맛있었다.

사람들에게 둘러싸여 식사하는 게 오랜만이라서인지 다치바나는 평소보다 입맛이 돌았다.

"첼로는 정확히 몇 살부터 시작했어? 우리 아들이 올해 열 살인데, 이제부터 전문적으로 하면 늦은 걸까?"

주요리인 고기가 나왔을 무렵, 가지야마 마사시가 다치바나에게 화제를 돌렸다. 일하고 왔는지 혼자 양복 차림인 가지야마는 덩치가 커서 존재감이 있었다. 겉모습도 말투도 체대 출신 같은 분위기로, 럭비 선수 같은 인상이 느껴졌다.

"저는 다섯 살 때 시작했지만, 열 살이라면 아직 이른 편 아

• 파이 크러스트에 고기, 생선, 채소 등을 갈아 만든 소를 채운 후 오븐에 구운 프랑스 요리.

닐까요?"

"그런가. 꼭 나를 넘어서는 첼리스트가 되면 좋겠는데."

가지야마 씨 아드님은 아빠의 첼로에 흥미가 있나요, 하고 아오야기가 묻자 아니 전혀, 하고 가지야마는 웃었다. 그럼 어렵겠네, 하고 하나오카가 말했다.

"아무리 불순해도 개인적 동기가 있는 사람이 강한 법이지. 그런 의미에서 다쿠로 군의 단순한 갈망에는 시원시원함이 느껴져."

거기서 제가 나오나요, 하고 테이블 구석에 앉은 젊은 남자가 자기 자신을 가리켰다. 가타기리 다쿠로는 호리호리한 몸에 안경 너머로 헤실헤실 웃는 얼굴이 인상적인 청년이었다.

"다쿠로 군, 그 뒤로는 어때?"

"뭐가요?"

"후배라는 여학생과는 어떻게 됐느냐고."

진전이 있었으면 여기 안 왔겠죠, 하고 가타기리가 자학하듯 대답하자 힘내라, 하고 가지야마가 말했다. 문과 대학원에 다니는 가타기리는 오케스트라 동아리에 소속된 학부생 후배를 오랫동안 짝사랑한 모양인데 첼로 실력을 기르기 위해 미카사 음악 교실에 등록했다고 한다.

큰 접시에 담긴 펜네아라비아타의 매운맛이 마음에 들어서 다치바나는 앞접시에 두 번 덜어 먹었다.

"첼로를 시작한 나이 이야기를 하니까, 오타로 선생님의 카잘스가 생각나서 배꼽 잡겠네."

선생님도 카잘스처럼 네 살 때 피아노를 시작했다가 열한 살 때 첼로에 몰두했잖아, 하고 하나오카가 놀렸다. 그러자 하나오카 씨 그만 좀 잊어버려요, 하고 아사바가 머쓱한 표정으로 목덜미를 긁적였다.

"그러니까 난 카잘스야! 삼차로 갔던 어떤 가게에서 그렇게 외쳤을 때는 어찌나 재미있던지. 불손 대왕은 그래야지."

"선생님, 카잘스를 좋아하세요?"

다치바나의 질문에 겹치듯이 누구였더라, 하고 가지야마가 말했다.

파블로 카잘스는 첼로의 근대적 연주법을 확립한 20세기 최고의 첼리스트다. 다치바나가 좋아하는 「무반주 첼로 모음곡」의 가치를 재발견해 그 악곡의 매력을 널리 퍼뜨린 것으로도 유명하다.

"좋고 싫고를 떠나서 카잘스는 신 같은 존재니까……."

그러니까 이 몸도 신이시라는 거지, 라는 놀림에 시끄러워요, 하고 아사바가 하나오카에게 면박을 줬다. 그 대화에 모두가 웃었다.

이야깃거리는 구불거리듯이 계속 이어졌다. 아오야기의 아르바이트 이야기가 나오는가 싶더니 가지야마의 아들 이야기로 바뀌었고 가모가 영화 이야기를 하는 사이에 가타기리가 여배우 이야기를 꺼내는 식으로 거북한 침묵이 찾아올 틈이 없었다.

다치바나는 대부분 듣는 역할이었지만 그게 허용되는 분위기라 마음 편했다.

동문수학하던 학창 시절의 술자리와도, 눈치를 살피며 밀고 당기느라 성가신 연애 목적의 술자리와도 달랐다. 아무 부담 없이 흥겹고 즐거워서 다치바나에게 잘 맞고 이상적인 공간으로 느껴졌다.

"저기, 저 사람 실력 엄청나지? 오타로 선생님 말이야."

아사바가 화장실에 간 사이, 하나오카가 다치바나의 대각선 앞자리로 자리를 옮겼다. 테이블에서 큰 접시들이 치워지고 마지막 디저트가 나오기를 기다리던 때였다.

"난 그냥 아마추어 음악 애호가라 귀가 잡스러워. 말할 가치도 없다, 평범하다, 아주 대단하다. 내 기준은 그 세 가지뿐이야."

오타로 선생님의 첼로 실력을 어떻게 생각해, 라고 묻는 말에 다치바나는 그날의 감상을 떠올렸다. 「비 내리는 날의 미로」를 들을 때는 낯선 외국으로 떠난 듯한 느낌이 들었다.

그 연주를 계기로 다치바나의 인생 좌표는 약간 수정됐다.

"……대단한 분이라고 생각합니다."

“전부터 그 교실에 다니기는 했지만, 오타로 선생님으로 담당이 바뀌었을 때는 깜짝 놀랐어. 예전 선생님에 대해 험담하려는 건 아니다? 하지만 오타로 선생님의 첼로를 들은 순간, 처음으로 그 악기의 진정한 음색과 만난 듯한 기분이었어. 막힌 줄만 알았던 길 너머에서 다른 세계를 발견한 듯한 기분이었지.”

알 것 같습니다, 하고 중얼거리는 다치바나를 보며 하나오카가 자랑스러운 듯 웃음을 지었다. 한 시대를 풍미했던 영화배우처럼, 그것만으로 한 장면을 장식할 법한 웃음이었다.

“경력도 대단하지 않아? 하지만 실력과 경력에 비해 처세술이 모자라달까.”

T교향악단의 콘서트마스터•와 싸우는 바람에 오케스트라 입단 이야기가 물 건너갔죠, 하고 아오야기가 작은 목소리로 속삭였다. 그런 일도 있구나, 하고 다치바나가 놀라자 세상에서는 온갖 일이 다 일어나, 하며 하나오카가 팔짱을 꼈다.

“삐뚤어진 걸 싫어하는 사람이니 잘못은 상대편에게 있었겠지만. 어쨌거나 좁은 업계니까 인간관계가 힘을 발휘하고, 애당초 국내 음대에 연줄이 없으면 상당히 불리해. 인맥이 없으면 일이 들어오지 않지. 의외로 실력 지상주의가 통하는 업

• 오케스트라 제1바이올린의 수석 연주자. 악단 전체의 지도적 역할을 맡는다.

계가 아닌 거야. 외모도 나쁘지 않으니, 솔리스트까지는 아니더라도 좀 어떻게 안 되려나."

나 같은 동네 할머니를 가르치다 끝나지 말았으면 하는 사람이야, 하고 하나오카가 한숨을 쉬었다. 권위 있는 콩쿠르에 도전해 본다든가, 하고 아오야기가 제안하자 하지만 그건 그것대로 좁은 문이지, 하고 하나오카는 손바닥에 턱을 괬다.

"그 수준까지 가면 어떤 경쟁자가 나타날지 모르잖아? 음악의 세계는 넓어."

"하지만 아사바 선생님은 헝가리에서 리스트 음악원을 나오셨잖아요."

그렇게 황당무계한 이야기도 아닌 것 같은데요, 하고 다치바나가 말하자 그래도 콩쿠르라면 경력이 비슷한 사람끼리 경쟁할 텐데, 하고 하나오카가 고개를 갸웃했다. 뼈가 불거진 손목에서 굵은 금색 팔찌가 빛났다.

"음악으로 먹고살기는 참 어렵네. 정확히 말해 본인이 원하는 형태로 살아가기가 몹시 어려워."

"음악 관련 일은 헝가리에 좀 더 많지 않으려나……."

"설령 큰 악단에 들어가지 못하더라도 음악을 하며 살 거면 그쪽 환경이 훨씬 좋을 것 같아. 일본과는 토양이 다르니까."

그럼 왜 귀국하신 걸까요, 하고 하나오카와 아오야기에 이어 다치바나가 중얼거리자 비자 기한이 만료됐거든, 하고 아사바의 목소리가 바로 위에서 들렸다.

“자리를 비웠다고 남을 안줏거리로 삼다니.”

죄송합니다, 하고 사과하는 다치바나를 보며 아사바는 골난 표정으로 안쪽 자리에 앉았다. 마침 그때 디저트가 나왔고 하나오카가 자자 고대하던 젤라토가 나왔어, 하며 달래듯 아사바의 등을 두드렸다. 천천히 웨이터를 올려다본 아사바는 조금 취했는지 목 언저리가 약간 불그스름했다.

레스토랑은 늦은 밤까지 영업하는지 지금부터 연회를 시작하는 테이블도 있었다. 손님들이 많이 드나드는 시간대인 듯 좁은 계단 앞의 계산대 옆에는 단체 손님이 대기 중이었다.

경쾌하고 떠들썩한 레스토랑의 분위기가 한껏 달아올랐다.

아사바가 피스타치오젤라토를 한입 먹더니 이거 맛있네, 하고 불쑥 중얼거렸다. 다치바나도 젤라토를 스푼으로 뜨자 향기로운 냄새가 코로 스며들었다.

누가 제안한 것도 아닌데 일행은 밤이 내린 다리를 걷기 시작했다. 후타코타마가와역까지 다마가와강에 걸린 다리 하나만 건너면 되므로 술이 깨기에는 딱 좋은 거리였다. 한여름 밤인데도 다리 위로 부는 바람이 시원했다.

레스토랑 앞에서 헤어질 때 하나오카는 또 봐, 하고 다치바나에게 손을 흔들었다.

단지 그뿐이었건만 다음 모임에 와도 되는구나 싶어 마음이 흔들렸다.

"다치바나 씨도 후타코타마가와 방향으로 가면 되나?"

안 물어봤네, 하고 아사바가 새삼스레 묻기에 맞습니다, 하고 대답했다. 잘 마시는 것치고 술이 세지는 않은지 척 보기에도 아사바가 취했다는 걸 알 수 있었다.

"오늘 괜찮았어? 전체적으로."

"즐거웠습니다. 다들 좋은 분이셨고요."

"그럼 다행이고. 쓸데없이 옛날 일을 들춰내서 난 정말 성질났지만."

하나오카 씨도 참, 하고 아사바가 입을 삐죽 내밀었다. 현대의 카잘스시죠, 하고 일부러 이야기를 꺼내자 취했을 때 한 말이라 기억 안 나, 하고 아사바는 목 뒤쪽을 벅벅 긁었다.

긴 다리를 건너며 다치바나는 저 멀리 펼쳐진 밤 풍경을 바라봤다. 도시의 불빛과는 동떨어진 어둠이 하천 부지를 가득 채웠다.

멍하니 그 어둠을 바라보고 있으니 다양한 것들이 자신의 몸에서 벗겨져 떨어지는 것 같았다. 직장의 번잡한 인간관계, 만성적 불면, 꺼림칙한 사건의 기억 그리고 다시 첼로를 켜게 된 경위.

레슨을 받을 때마다 증거를 남기기 위해 음성을 녹음한다는 사실을 아사바는 모른다.

"아사바 선생님은 헝가리에 사셨던 거죠?"

화제를 돌리자 응, 하고 아사바가 대답했다.

"헝가리어 할 줄 아세요?"

"조금은."

마자르어는 어려워서 영어가 통하는 데서는 전부 영어로 했지만, 이라는 대답을 듣고 마자르어라는 언어가 있다는 걸 처음으로 알았다.

"헝가리에는 뭐가 있나요?"

"음악과 온천."

"어, 온천요?"

"도시 한복판에 온천이 있더라고."

전혀 상상이 안 되는데요, 하고 말하자 온천이래도 수영복을 입어야 하니까 겉보기에는 예쁜 수영장이야, 하고 아사바는 웃었다.

"부다페스트에 계셨나요?"

"응. 헝가리의 수도지."

부다페스트의 밤은 숨이 멎을 만큼 아름다워, 하며 아사바가 천천히 시선을 들었다. 그 시선 저편에는 강가의 어둠과 도시의 불빛이 뒤섞여 있었다.

"부다페스트는 부다 지구와 페스트 지구로 나뉘어 있는데,

다뉴브강을 사이에 두고 서로 마주 보고 있지. 밤이 되면 부다 쪽의 왕궁과 페스트 쪽의 국회의사당을 연결하듯 놓인 세체니 다리가 찬란하게 빛나. 이 세상의 빛을 전부 모아 어둠 속에 늘어놓은 것처럼 눈부시지."

그 열기 어린 말투에 다치바나는 무심코 아사바의 옆얼굴을 쳐다봤다. 감정이 가득 담긴 눈동자를 보자 술이 깨면 이렇게 열정적인 모습을 보여준 것도 부끄러워할까 궁금해졌다.

"부다페스트에 돌아가고 싶으세요?"

"그야 그렇지."

가고 싶어, 하고 아사바가 거듭 중얼거렸다.

선생님, 하고 몇 미터 앞서 걷던 아오야기가 갑자기 돌아봤다. 아사바의 발걸음에 맞춰 걷는 동안 거리가 많이 벌어졌다.

"다마가와강 불꽃놀이 대회는 다음 주죠? 다다음 주 아니고요?"

"다음 주야."

봐요 다음 주잖아요, 하며 아오야기가 웃는 소리가 들렸다. 그럴 리가, 하고 가지야마가 몹시 놀란 것이 웃겨서 다치바나도 무심코 웃었다.

근사한 밤이었다. 어쩌면 다른 사람에게는 흔해빠진 밤이었을지도 모른다. 하지만 다치바나에게는 둘도 없는 밤이었다.

환한 빛을 뿜어내는 후타코타마가와역의 플랫폼이 금방 가까워졌다.

“선생님은 오노세 아키라를 좋아하시죠?”

“응.”

“클래식은 누구를 좋아하세요?”

아사바는 밤하늘을 올려다보며 잠시 생각하더니 브람스려나, 하고 대답했다. 이야, 하고 가볍게 장단을 맞춰준 후 다치바나는 바로 고개를 앞으로 돌렸다.

저는 바흐요, 하고 말하면 레슨 내용이 달라질 것만 같아서.

## VI

지난주부터 기온이 단숨에 낮아져 선득해진 가을밤이었다. 레슨실에 도착한 다치바나가 코트를 옷걸이에 거는 순간, 뒤쪽에서 첼로 소리가 들려왔다. 여기서 들을 수 있는 생음악이 아니라 스마트폰에서 나오는 소리였다.

아사바가 틀어놓은 동영상 속에서 하나오카가 의젓하고 당당하게 활을 움직이고 있었다.

“그거 언제 찍은 건가요?”

“작년 발표회 때야. 이렇게 다들 마음에 드는 옷을 차려입고 매년 무대에 오르지. 가지야마 씨도 이날은 턱시도를 입었어.”

검은색 롱드레스 차림으로 연주하는 하나오카는 배우 같은 분위기가 났다. 쉽게 찾아볼 수 없는 독특한 싱그러움도 느껴졌다.

동영상이 끝나자 아사바가 화면을 내리며 한껏 멋을 부린 가지야마, 가모, 아오야기, 가타기리의 사진을 보여줬다.

"다치바나 씨도 나가자, 발표회."

올해도 할 거니까, 하고 제안하자 다치바나는 망설임을 감추지 못했다.

"본무대는 12월 23일, 장소는 이 건물의 오 층 홀이야. 크리스마스를 앞둔 토요일이니까, 뭐, 선약이 있는 사람은 있겠지만."

"선약 같은 건 딱히……."

"그럼 나가자."

남들 앞에 선다고 생각하면 저절로 마음이 다잡아지는 법이야, 하고 발표회의 내용이 상세히 적힌 출력물을 건네자 다치바나는 고개를 살짝 숙이며 받았다. 손으로 쓴 모임 전단지가 아닌, 미카사의 공식 서면이었다.

"물론 참가하든 불참하든 자유지만, 사정이 허락한다면 나가보는 편이 좋아. 실력을 선보일 자리가 있다는 건 중요하거든. 연주의 완성도가 분명히 달라져."

그러니까 나가자, 하고 거듭 청하는 바람에 그럼 나가겠습니다, 하고 대답하고 말았다. 좋아, 훌륭한 선택이야, 하고 아사바가 웃었다.

일 년에 한 번 미카사 음악 교실에서 발표회를 개최한다는 이야기는 잠입 조사를 시작하기에 앞서 시오쓰보에게 들었다. 학생으로 위장하는 만큼 참가하는 것이 바람직하다는 이야기도.

하지만 다치바나는 이런 종류의 행사가 딱 질색이었다. 너무 긴장하는 바람에 어릴 적에 첼로 발표회에 나갔을 때도 좋은 추억은 하나도 얻지 못했다.

싫다. 불특정 다수의 시선을 받는 것이.

"발표회에서는 뭘 연주하면 될까요?"

"다치바나 씨가 좋아하는 곡. 대중음악이든 클래식이든 상관없어."

강사가 골라주기도 하지만, 하고 아사바가 말을 이은 순간 그럼 골라주세요, 하고 다치바나는 대답했다. 그러자 아사바의 표정이 신중해졌다.

"내가 말을 꺼내놓고 이렇게 반응하려니 좀 그런데, 스스로 곡을 결정하지 않아도 되겠어?"

다치바나가 정말로 좋아하고 연주하고 싶은 것은 바흐의 곡이다.

대중음악을 켜보고 싶다는 핑계로 레슨을 받으러 다녀도

대중음악에는 그다지 관심이 가지 않았다. 만약을 위해 누구의 어떤 곡을 좋아한다는 설정은 생각해 뒀다. 하지만 곡명을 적당히 말했다가 언젠가는 꼬리가 밟힐 것 같아서 발표회 때 연주할 곡은 아사바가 선택해 줬으면 했다.

"그런 걸 선택하기가 힘들더라고요. 우유부단한 성격이라서 그런가 봐요."

"나야 괜찮지만, 내 취향에 맞춰 선택하면 자연스럽게 클래식에 치우칠 텐데."

"아, 오노세 아키라의 악곡에서 고르는 건 어떨까요?"

클래식은 곤란하다는 말이 목구멍까지 올라온 것을 간신히 참고 다치바나는 재빨리 임기응변을 발휘했다.

"어? 오노세를 좋아했던가?"

"누구나 좋아하죠, 오노세 아키라는. 저번에 선생님이 연주해 주셨던 「비 내리는 날의 미로」는 어떨까요? 원래 첼로가 중심인 곡이기도 하니까요."

그 곡을 좋아한다는 건 사실이었다. 예전에 아사바의 연주를 들었을 때 참 좋은 곡이구나 싶었다.

"아, 그거……."

예상외로 난색을 보이자 갑자기 겸연쩍은 기분이 들었다.

"안 됩니까?"

"아니, 안 되는 건 아니지만."

"제 실력으로 그 곡을 켜기는 어려운가요?"

"그런 건 아니야. 이왕 다치바나 씨가 무대에서 한 곡 연주한다면, 좀 더 어울릴 곡이 있을 것 같아서."

오노세의 곡에서 고르라고 해서 벌써 생각해 보고 있어, 라는 말에 결국 발표회에서 연주할 곡은 아사바에게 맡기기로 했다.

미카사 음악 교실 후타코타마가와점의 크리스마스 발표회는 미카사 후타코타마가와 빌딩의 최상층에 있는 미카사 홀에서 열린다. 이 층 객석까지 총 삼백 석이 넘는 커다란 홀은 음향 설비가 멋지기로 정평이 났다.

내년에 임원의 인사이동이 있을 것이라는 소문이 난 후로 시오쓰보와 얼굴을 마주칠 기회가 줄어들었다. 절대 자료부 업무로 바쁠 리는 없었다. 오랫동안 자리를 비우기가 예사라 최상층에서 자신이 모르는 일이 벌어지는 것은 아닐까 다치바나는 짐작했다. 상층부의 움직임은 말단 직원에게까지 전달되지 않는다.

매일 순식간에 퇴근 시간이 찾아왔다. 회의가 없는 날에는 거의 누구와도 말을 나누지 않고 퇴근하기도 했다.

일주일에 한 번, 시오쓰보에게 메일로 조사 보고서라도 보내지 않는다면 지금 자신이 뭣 때문에 미카사에 다니는지 잊어버릴 지경이었다.

"야, 시오쓰보 씨 못 봤어?"

미나토가 묻자 다치바나는 고개를 번쩍 들었다. 대체 어딜 간 거야, 하고 험악한 목소리로 나지막하게 중얼거리는 모습을 보니 상대하고 싶지 않았다.

"못 봤는데요."

"왜 아침부터 자리를 비운 거야. 점심때까지 못 찾으면 난감한데."

보면 즉시 나한테 말해, 라는 명령에 조금 화가 났다. 미나토는 누구에게나 무례한 태도를 보이는 경향이 있다. 특히 다치바나에게는 더 심하게 굴었다. 총부무의 미후네를 노리고 있는 듯한데 이쪽이 알 바는 아니었다.

빨리 퇴근해서 첼로를 켜고 싶었다.

"얼씨구, 회사 달력에 개인 일정을 메모하는가 보네?"

크리스마스에 형광펜은 뭐냐, 하고 책상을 들여다보는 행동에 다치바나는 울컥해서 머리 위를 노려봤다. 탁상 달력의 아래쪽에 다다음 달까지 미니 달력이 표시돼 있는데 발표회 날짜에 오렌지색 형광펜을 칠해놓았다.

"……치과 예약을 잡아놔서요."

"무려 두 달 전부터?"

"인기 있는 치과라서요."

그리고 23일입니다, 하고 대꾸하자 미나토는 어쩌라고, 하며 코웃음을 쳤다.

"과연 잘생긴 녀석은 자기관리에 여념이 없네. 계속 열심히 해서 피부 미용도 받고, 성형외과도 가고 그래라."

미나토 씨, 하고 자료부 안쪽에서 누군가 부르자 오, 하고 미나토가 한 손을 들었다. 있었지, 있었습니다, 라는 문맥 모를 대화가 귀에 거슬려서 다치바나는 의미도 없이 마우스를 여러 번 클릭했다.

책상 위에서 왼손을 가볍게 움켜쥐자 보이지 않는 현이 만져졌다. A현, D현, G현, C현. 네 줄의 현을 손끝으로 누르면 첼로는 온갖 멜로디를 만들어 낼 수 있다.

첼로를 켜는 순간만큼은 전부 다 잊어버릴 수 있었다.

진동하는 현을 보고 있으면 눈앞의 세계 자체가 흐릿해진다. 첼로에 몰입해야 찾아오는 그 난시 같은 감각만이 하찮은 분노도, 몸에 들러붙은 공포도 차단해 준다.

한참 만에 불면증 약을 받으러 병원에 가자 오랜만이네요, 하고 의사가 말했다. 오늘은 녹색 계란형 피어스를 꼈다.

"지난번과 꽤 시간차를 두고 오셨는데, 혹시 그사이 증상이 개선됐나요?"

"예전에 비하면 많이 좋아졌습니다."

"아, 그거 다행이네요."

하지만 앞으로는 스스로 판단해서 약을 줄이거나 함부로 진료 간격을 띄우시면 안 돼요, 하고 점잖게 주의를 줘서 알겠습니다, 하고 다치바나는 대답했다.

이 진찰실에 키 큰 식물이 놓여 있다는 사실을 오늘 처음으로 알아차렸다.

"잠을 청할 방법을 강구하셨나요? 아니면 생활에 변화라도 있으셨던 건가요?"

"변화요?"

"사소한 일이라도 다치바나 씨께는 중요한 일일지 모르죠."

"……음악을 시작했습니다."

음악 좋죠, 하고 의사가 단말기에 입력하던 손을 멈추고 미소 지었다. 피아노나 기타인가요? 하고 묻자 뭐 그런 셈이죠, 하고 얼버무렸다.

"학원에 다니시나요? 아니면 밴드 활동?"

"학원요."

"그런 걸 시작하려면 몹시 에너지가 들어가잖아요. 하고 싶은 분야를 정하고, 어느 학원이 좋을지 비교 검토하고, 직장에 다니면서 악기를 배우려면 끈기가 많이 필요해요. 저는 한 번 체험해 보는 걸로 만족하는 성격이라 존경스럽네요."

의사가 느닷없이 경의를 표했다. 다치바나는 자신을 향한

과분한 응대에 다소 거북한 기분이 들었다. 몬스테라의 녹색 잎사귀가 묘할 정도로 선명하게 망막에 새겨졌다.

순수하게 악기를 배우고 싶은 마음에서 미카사에 다니는 것이 아니다. 조사를 위해서다.

"뭐, 학원을 찾는 것까지는 다른 사람이 해줘서……."

그 중얼거림에 무슨 의도가 담겼는지 의사는 깊이 캐묻지 않았다. 이번부터 약을 줄여볼까요, 라는 제안에 평소대로 부탁드립니다, 하고 다치바나는 대답했다.

잠입 조사 기간은 이 년 중 이미 몇 달이 흘렀고 발표회가 열리는 연말에는 반년이 지나가는 셈이다.

"다치바나 씨가 연주할 곡 정했어."

레슨실 문을 열자마자 아사바가 기분 좋은 표정으로 말했다. 무슨 곡인가요, 하며 다치바나가 통근 가방을 내려놓자 바로 큼지막한 악보를 건네줬다.

새까만 표지는 무광택이었고 장정도 멋졌다. 지금까지 사용했던 『첼로로 즐기는 대중음악』과는 겉모습부터 달랐다.

약간 아래에 하얀색으로 제목이 박혀 있었다.

「전율하는 라부카」

"……이 한자, 전율이라고 읽으면 되죠?"

"응, 맞아. 어, 감상해 본 적 없어?"

"아마 있을 겁니다. 제목도 본 기억이 있고요."

얼른 펼쳐보자 피아노 반주가 딸린 첼로 보표가 몇 단에 걸쳐 줄지어 있었다. 첫머리의 음표를 눈으로 따라가 봤다. 곡조는 생각이 나지 않았다.

"이거 옛날 영화의 주제가였던가요?"

"응."

같은 제목의 영화 자체도 유명한데 다치바나는 본 적이 없었다. 분명 다치바나가 태어나기 훨씬 전에 개봉한 영화일 것이다. 오늘날 방송에서 이 제목으로 소개할 때는 대개 이 주제가를 가리킨다.

"나중에 나도 연주해서 들려주겠지만, 그 전에 반주가 들어간 음원을 들어 봐. 발표회 당일에도 피아노 반주가 들어갈 테니까."

"발표회 때 반주도 해주나요?"

"곡에 따라서는. 덧붙여 내가 맡은 학생은 대체로 내가 반주를 해줘."

피아노도 그렇게 잘 치시는군요, 하고 대답하며 다치바나는 검은 악보를 가만히 들여다봤다. 아사바는 왜 이 곡을 선택한 걸까.

"카잘스는 하루를 시작할 때 반드시 피아노를 쳤어. 그 영향을 받아서 나도 매일 아침 피아노를 치지. 일종의 루틴 같은 거야."

라부카는 뭘까.

옛날 영화니까 라부, 라는 발음에서 처음에는 연애영화가 아닐까 멋대로 상상했지만 다시금 생각해 보니 전혀 다른 단어일 것 같았다.

어둡고 아름다운 장정의 악보는 심해를 연상시켰다.

"아름다운 곡이야. 아름답지만 무겁고, 어둡고 차분하니 독특한 세계관이 있지."

아사바가 곡을 재생한 순간, 이거구나, 하고 번쩍 생각이 났다.

인상적인 피아노 전주.

다양한 장면에서 사용되는 유명한 테마곡이다. 특이한 제목까지는 기억하지 못하더라도 곡을 들어본 사람은 분명 적지 않으리라.

멜로디가 귀에 익숙해지자 다치바나는 문득 기묘한 위화감을 느꼈다. 첼로의 울림이 몹시 깊어서 땅보다 낮은 곳으로 점점 잠겨 드는 듯, 말로는 표현하기 힘든 두려움이 느껴졌다.

모든 사람에게 통용되는 공포는 아니다.

아사바가 아름답다고 표현한 이 곡의 예리한 어두움이 다치바나는 무서웠다.

"어때? 오노세의 곡 중에서도 내가 꽤 좋아하는 곡인데."

눈을 뜨자 감상을 묻길래 좋네요, 하고 마음에도 없는 말이 튀어나왔다. 마음에 든다니 다행이네, 하고 아사바가 스마트폰을 테이블에 내려놓았다.

"피아노 반주가 걱정돼서 오늘 아침에 잠깐 연습했어. 첼로도 물론 좋지만, 이 곡은 피아노 반주도 귀에 남을 테니까."

이미 악보까지 준비했는데 이제 와서 싫다고 거절할 수는 없었다. 게다가 뭐가 어떻게 싫은지 스스로도 잘 표현하기가 힘들었다.

"영화는 본 적 있어? 다치바나 씨, 영화 보는 취미도 있던가?"

"안 봤는데요."

"나도 아직. 명작이라는 평판이지만 디브이디 발매가 늦어졌지. 브이오디 서비스로는 출시가 안 된 모양이고."

"어떤 내용인가요?"

"첩보물이야. 이른바 스파이 영화."

첩보 기관에 소속된 고독한 남자가 잠입한 적국에서 자신이 있을 곳을 찾는 이야기, 하고 꾸밈없이 웃는 순간, 다치바나는 숨이 딱 멎어버렸다.

"옛날 영화라서 나도 줄거리밖에 모르지만. 좋은 영화래. 요즘은 주제가가 훨씬 유명하지만."

그러게요, 하고 작게 맞장구를 친 후 다치바나는 부자연스

렵게 침을 꿀꺽 삼켰다. 뭔가 발각된 건 아닐까. 다양한 억측이 심장 부근을 맴돌았다.

갑자기 레슨실이 평소보다 몹시 좁게 느껴졌다.

"……그거, 스파이 영화였군요."

"제목만 봐서는 모르겠지. 나도 곡을 접하고 내용을 찾아봐서 알았어."

"저는 영화를 별로 안 보는데요. 첩보물이나 그런 장르의 이야기는 마지막에 어떻게 되나요?"

"나도 라부카는 안 봐서 모르지만, 죽거나 해피엔드거나 둘 중 하나 아닐까?"

「전율하는 라부카」의 CD 재킷에 영화 스틸컷이 잔뜩 실려 있는데 의상도 멋지더라, 하고는 아사바가 수업을 마치고 학교를 나선 중학생처럼 웃었다. 당시 오노세는 아직 젊은 나이였는데도 해외 거장에게 악곡을 주다니 참 대단해, 하며 자랑스러워하기도 했다.

"지금 생각났는데, 다치바나 씨는 오노세의 젊은 시절 모습과 좀 닮았네."

"선생님, 왜 저한테 이 곡을 골라주신 거죠?"

오노세는 이것 말고도 수많은 곡을 썼잖아요, 하고 억지로 웃음을 짓자 아사바는 음, 하며 구부린 손가락의 관절 부분을 턱 끝에 댔다.

순수한 눈이다. 무의식중에라도 진실을 속속들이 파헤칠 것 같은.

"잘 어울리니까?"

"……그게 무슨 말씀이시죠?"

"멋지잖아. 영화 속의 고독한 스파이."

다치바나 씨는 그런 분위기를 잘 살려서 연주하지 않을까 싶어서, 하며 아사바가 자기 첼로를 세웠다. 이윽고 줘봐, 하고 긴 손가락으로 다치바나가 들고 있는 악보를 가리켰다.

"중반부가 제법 어렵거든. 왼손 운지법에 정신이 팔릴 만한 곳이 많으니까 주의해. 손가락에만 신경 쓰면 이 악곡의 좋은 점을 잘 끌어낼 수 없어……."

"저기, 라부카는 뭔가요?"

여느 때와 달리 다치바나가 끼어들자 아사바는 약간 신기하다는 듯 쳐다봤다.

그 품에 안긴 황갈색 첼로는 연주되는 순간을 기다리고 있었다.

"못생긴 심해어지."

정체를 숨긴 채 평온하게 살아가는 시민 사이로 잠입하는 적국 스파이를 영화에서 그렇게 부른대, 하고 아무것도 모르는 아사바가 설명했다.

"그리고 영화의 원제는 '라부카'. 원제보다는 국내에서 개

봉할 때 붙인 제목이 더 높은 평가를 받는다고 들었어. 전율하다, 라는 단어에는 두려워서 벌벌 떨린다는 뜻 외에도 소리가 진동한다는 뜻도 있잖아. 인상적인 피아노 전주와 그 제목이 묘하게 잘 들어맞은 셈이지."

이것도 재킷에서 얻은 지식이야, 하고 아사바는 소년 같은 웃음을 흘렸다.

레슨 시간이 빡빡해서 잡담은 늘 금방 끝난다. 그런데 어째선지 오늘 아사바는 몹시 말이 많았다.

"좋잖아, 스파이. 국가 기밀이 얽힌 스토리와 화려한 액션. 007 시리즈는 좋아해?"

"그것도 안 봤습니다."

"그럼 다음에 한번 봐봐. 상상한 것과 다를 바 없는 내용이겠지만. 총격전을 비롯한 액션신이 끝내주거든."

누구나 제임스 본드가 되고 싶은 날이 있잖아, 하고 말하자 그런 멋진 스파이는 영화에나 있는 거죠, 하며 다치바나는 조용히 눈을 돌렸다.

「전율하는 라부카」는 지금까지 배우고 연습한 악곡보다 어려웠다. 중반부를 넘어선 지점에 골치 아픈 화음이 다섯 군데나 등장한다. 손가락을 올바른 위치에 놓기 전에 생기는 약간의 시간차가 곡의 흐름을 지연시킨다. 몇 번을 다시 켜봐도 그 부분을 매끄럽게 넘어갈 수가 없었다.

이런 걸 누가 연주할 수 있느냐고 내팽개치고 싶어질 때마다 레슨을 받았던 날이 떠올랐다. 아사바는 초견으로 손쉽게 켰다. 켤 수 있는 사람은 켤 수 있는 것이다.

손가락 옮기기는 반복이 전부다. 열 번으로 켤 수 없다면 백 번. 백 번으로 켤 수 없다면 천 번. 몇 번이든 지판의 현을 눌러서 몸에 익히는 수밖에 없다.

겨울철의 노래방은 쌀쌀해서 난방을 켜놓아도 뼛속까지 추위가 스며들었다. 일요일 낮은 손님이 적은 데다 커다란 악기를 등에 멨기 때문인지 오늘도 다치바나는 파티룸으로 안내받았다. 빨간색과 노란색 소파가 줄지었고 무대도 딸린 큰 방은 혼자 사용하기에는 너무 넓었다.

스마트폰이 반짝하자 다치바나는 손을 멈췄다. 활을 내려놓고 테이블의 스마트폰을 집어 들어 보니 새로운 알림이 눈에 들어왔다.

'이번 달은 마지막 주 토요일이나 일요일에 모임을 열 것 같아요!'

메시지 위쪽에는 아사바 선생님과 함께하는 모임이라는 그룹명이 표시돼 있었다.

메시지를 보낸 사람은 아오야기였다.

여러분 일정은 어떠세요, 하고 또 메시지가 뜨자 어느 날이

든 참석하겠습니다, 하고 다치바나는 답변했다. 가모도 바로 답변을 달았다. 이윽고 가지야마의 답변이 이어지고 아오야기가 명랑한 느낌의 이모티콘을 보냈다.

지난달 모임에도 참석하자 다치바나는 아사바 선생님과 함께하는 모임의 멤버로 받아들여진 듯했다. 이제 고작 두 번, 다음에 만나면 세 번째다. 그 외에 다른 약속이 없는 다치바나에게는 지금 제일 친한 사람들이라고 할 수 있었다.

잇달아 메시지가 뜨는 채팅방 화면을 바라보며 인간다운 생활이라고 멍하니 생각했다. 사람과의 교류. 적당한 수면. 첼로 연습. 가끔 심해의 악몽에 시달리다 한밤중에 깨기도 하지만 예전만큼 자주 그러지는 않는다.

이런 생활이 계속되면 좋을 텐데, 라는 생각이 머리를 스칠 때마다 찜찜한 예감으로 배 속이 서늘해졌다.

운지법에만 정신을 팔면 또 아사바에게 야단맞는다. 활에 의식을 집중하지 않으면 소리의 울림이 얕아진다. 슬슬 스트레칭을 해서 팔 근육에 휴식을 주어야 한다.

다치바나는 연습에 매진함으로써 저 멀리 보이는 결말에서 눈을 돌리려 했다.

내뱉는 숨결이 보애졌을 무렵, 후타코타마가와역 앞에 조명 장식이 빛나기 시작했다. 겨울을 채색하는 불빛이 눈에 띌

수록 연말로 향하는 체감 속도는 더 빨라진다.

미카사의 로비에도 키 큰 트리를 세워놔서 분위기가 한층 화사해졌다. 금색 장식품으로 통일된 새하얀 크리스마스트리다.

"어, 다치바나 씨."

귀에 익은 부드러운 목소리가 들려서 쳐다보니 라운지에 아오야기가 있었다. 꾸미지 않은 중간 길이의 검은 머리에 베이지색 플리스 재킷 차림이었다. 학교 과제를 하고 있었는지 노트 위에 컬러 펜이 여러 자루 놓여 있었다.

그 옆에 놓인 샴페인골드 빛깔의 첼로 케이스를 보고 다치바나는 여기 처음으로 온 날이 떠올랐다.

"이제 레슨 들어가세요? 저는 아직 시간이 한참 남았지만, 아르바이트가 일찍 끝나서요. 해야 할 과제도 있고……."

저어 오랜만이에요, 하고 어쩐지 어색한 웃음을 짓는 모습을 보며 오랜만이야, 하고 다치바나도 인사했다. 레슨까지는 아직 시간이 있다. 옆 테이블의 의자에 손을 대자 아오야기가 노트 위에 널브러진 펜을 재빨리 정리했다.

나이 많은 어른과 이야기하는 장면만 봐서 그런지 겉보기와 달리 야무진 인상이었는데 이렇게 새삼 마주 앉자 딱 그 나이 또래의 학생으로 느껴졌다.

"학교 과제, 힘들겠다."

"에이 뭘요, 그냥 제가 요령이 없어서……."

"그러고 보니 이 첼로 케이스, 여기서 본 적 있어."

처음 모임에 참석했을 때는 기억이 안 나더라, 하고 다치바나가 말하자 아오야기는 아……, 하고 작게 탄성을 흘리며 고개를 내저었다.

"전혀 마음에 담아두실 것 없어요. 저만 멋대로 기억하고 있어서 죄송하죠."

"아오야기 씨, 전공은 뭐야?"

"앗."

유아교육이요, 하고 부끄러운 듯이 중얼거리기에 뭐가 그렇게 부끄러운 걸까 싶었다. 아아, 그 전단지 그림, 하고 말을 꺼내니 아오야기가 반쯤 웃으며 고개를 끄덕였다.

모임을 알리는 전단지는 매번 아사바가 건네줬다. 젊은 티가 나는 손글씨 주변에 꽃과 새 일러스트를 그려놓아서 새로운 멤버도 마음 편히 참석할 기분이 들었다.

"유치원 선생님은 정말로 전부 피아노를 칠 줄 알아?"

"자격증을 딸 때는 필수가 아니지만, 취직할 때 필요한 모양이더라고요."

"그럼 아오야기 씨도 칠 줄 알겠네."

대단하다, 하고 감탄하자 아오야기는 쑥스러워했다. 큰 계단 위에서 사람이 한 명 내려왔다. 슬슬 학생들이 일제히 내려올 시간대였다.

위쪽이 뻥 뚫린 넓은 공간인데도 라운지는 따뜻했다.

"아오야기 씨는 발표회 때 뭘 연주해?"

"바흐요."

"바흐?"

"「무반주 첼로 모음곡」 제1번의 프렐류드."•

혹시 다치바나 씨도 바흐예요? 하고 묻자 다치바나는 오노세 아키라의 영화음악, 하고 중얼거렸다. 오노세 아키라의 곡도 좋죠, 하고 아오야기가 밝은 표정을 짓는 걸 보고 하마터면 바흐를 연주하다니 부러워, 하고 말할 뻔했다.

"지난번보다는 확실히 매끄럽네. 손놀림이 힘든 부분은 반복해서 연습해. 여기는 이렇게 움직인다고 몸으로 기억하는 수밖에 없어."

그것보다도 활에 좀 더 정신을 집중해, 하고 아니나 다를까 아사바가 지적하자 아직은 좀 무리입니다, 하고 다치바나는 한탄하듯 중얼거렸다.

"무리는 무슨. 그저 정신을 활에 두면 되는데."

"그렇게 솜씨 좋은 재주는……."

• 모음곡의 도입부에 연주하는 전주곡.

"둘 다 잘해야 한다는 생각에 너무 얽매이지 마. 운지법에서 사소한 실수를 안 하는 것보다는 전체적 인상과 울림이 중요해."

콩쿠르에 나가는 게 아니니까 말이야, 하고 쓴웃음을 짓길래 비슷한 것 아닌가 싶었다. 미카사 홀은 아주 크다. 그런 무대에서 연주하다니 긴장해서 딱딱하게 굳어버릴 게 뻔했다. 그래도 절대로 실수하고 싶지는 않았다.

"자잘한 실수를 했다고 심사원이 일일이 감점하는 자리가 아니잖아. 조금 틀려도 괜찮다니까."

"하지만 대형 홀에서 실수를 하면……."

"다치바나 씨, 누구를 위해서 무대에 서는 거지? 이건 발표회야. 발표회는 기분 좋게 연주하면 그걸로 충분하다고. 반대로 말하면 본인의 기분이 좋아질 수 있도록 연주해야 해. 다치바나 씨는 이 곡을 어떻게 켜고 싶지? 한두 번의 실수에 겁을 먹고 첼로를 아름답게 켜기를 포기하다니, 그런 촌스러운 생각은 버려."

포기하는 게 아니라 그저 선생님처럼은 켤 수가 없다고요, 하고 나지막하게 중얼거리자 미안해 말이 좀 심했네, 하고 아사바가 머쓱한 듯 씩 웃었다.

"다치바나 씨는 정말 성실하게 연습하고, 노력한 흔적도 확실히 보여. 그런데 자신감이 너무 없어서 안타깝네."

"원래 촌스럽고 어두운 성격이에요. 그런 인간의 연주가 세련될 리 없지 않겠습니까."

에이 미안하대도, 하며 아사바가 목덜미를 벅벅 문질렀다.

"이야기를 되돌리자면 말이야. 이 악기에서 가장 중요한 건 울림이야. 첼로라는 악기는 울림이 전부라고. 그러니까 개방현의 음 하나만이라도 아름답고 풍부하게 울릴 수 있으면, 그 사람은 훌륭한 첼리스트야."

"아쉽게도 저는 훌륭하지 않은 첼리스트네요."

"그건 거짓말이야. 난 알아."

줘봐, 하고 아사바가 다치바나의 오른손에 있던 활을 빼앗아 갔다.

다치바나의 활은 미카사에서 빌린 평범한 대여용 활이다. 고급품이 아님에도 아사바가 쥐면 느닷없이 잠재 능력을 발휘한다.

"처음부터 켤 테니까 활 쥐는 법을 잘 봐둬."

한 박자를 쉰 후, 아사바가 첼로의 몸체에 시선을 떨어뜨렸다. 곧 활이 움직이기 시작하면서 레슨실의 분위기가 싹 달라졌다.

묵직한 진동에 감싸이자 한순간 의식이 또 가물거렸다.

그 깃털처럼 가벼운 활 놀림을 응시하는 동안, 다치바나는 문득 기묘한 멀미를 느꼈다. 머릿속에서 소리가 울려 퍼지는 위치가 다른 곡과는 어쩐지 달랐다.

땅속까지 닿을 듯이 깊은 소리다. 몸과 마음에 스며드는 달콤한 소리.

"이 정도로 활을 가볍게 쥐도록 주의하면, 싫어도 정신이 활로 가게 되어 있어. 그러면 왼손과도 균형이 잡혀서 반드시 더 좋은 소리가 날 거야."

"이 곡을 들으면 어쩐지 자신의 좌표가 어긋나는 듯한 감각에 빠지지 않나요?"

연주가 끝난 후에도 한동안 그 감각에서 빠져나올 수 없었다. 소름이 돋았다는 걸 알아차리자 어째선지 몸이 한 번 부르르 떨렸다.

"좌표가 어긋나다니?"

"뭐랄까, 평소는 좀 더 높은 곳에서 울릴 선생님의 첼로 소리가 다른 위치에 있습니다."

"낮은 위치에서 울린다는 거야?"

"머릿속에서 울릴 소리가 배까지 파고든달까요."

그건 내가 악곡에 품은 이미지를 제대로 표현했다는 뜻이려나, 하며 아사바가 다치바나에게 활을 되돌려줬다. 어차피 언젠가는 미카사에 반납해야 할 대여용 활이다.

결코 자신의 것이 될 수 없는 기한부의 첼로와 활.

"빅벤 이야기 기억해?"

갑자기 예전 이야기를 꺼내서 다치바나는 조금 당황했다.

"……기억하는데요."

"그때 내가 연주한 건 연애 드라마의 주제가였어. 밝고 즐겁고 후렴부에 크게 고조되는 포인트가 있어서, 그야말로 빅벤에 다다르는 높이까지 뛰어오를 듯 아주 행복하고 신나는 곡이지. 라부카와는 하나부터 열까지 다 달라."

이 곡을 켤 때 난 캄캄한 심해에 있어, 하고 아사바가 말한 순간, 다치바나의 몸속 깊은 곳에 전율이 일었다.

"아무 빛도 닿지 않고, 아무도 없는 캄캄한 곳이야. 얼어붙을 듯이 깊은 바닷속에서 고독한 물고기가 숨을 죽이고 있어. 그놈은 추하게 생긴 얼굴로 이쪽을 빤히 노려보고 있지. 널 보고 있다면서 내가 움직이길 기다리고 있어."

절제된 본격 스파이 영화는 아마 그런 느낌이겠지, 하고 쑥스러워하며 말해도 다치바나는 웃을 수가 없었다.

"악곡의 이미지에 따라 연주법도 저절로 달라진다는 말씀. 그러니까 운지법이니 뭐니 너무 골똘히 생각하지 말고, 어디까지나 이미지를 최우선으로 삼아야 해."

다치바나 씨도 캄캄한 바다를 떠올려 보도록 해, 하고 아사바가 보면대를 이쪽으로 돌렸다. 문을 세게 두드리는 것처럼 멈출 줄 모르고 심장이 쿵쿵 뛰었다.

발표회 준비는 순조롭나? 하고 시오쓰보가 묻자 네, 하고 다치바나는 고개를 끄덕였다.

“크리스마스 발표회라면서. 자네는 뭘 연주하는데?”

오노세 아키라의 영화음악입니다, 하고 중얼거리니 예상외로 무슨 영화? 하고 캐물었다. 「전율하는 라부카」의 주제가라고 알려주자 시오쓰보가 다치바나의 얼굴을 빤히 쳐다봤다.

“젊은데도 용케 아는군. 꽤 고풍스러운 선곡이잖아.”

영화를 본 적은? 이라는 물음에 없습니다, 하고 대답하자 곡만 살아남은 사례인가, 하고 자조라도 하듯 시오쓰보의 홀쭉한 뺨이 약간 일그러졌다.

“옛날 영화관은 한 편을 봤다고 바로 나오지 않아도 됐었거든. 일단 안에 들어가면 언제까지고 머무를 수 있었어. 부모님을 기다리는 동안 본 영화는 셀 수 없이 많지만, 그중에서도 라부카는 좋았지. 쓸쓸한 분위기가.”

오랜만에 찾은 지하 자료실은 공기가 몹시 차갑게 느껴졌다. 이곳의 썰렁한 풍경은 언제 와도 변함없다.

“지하라 그런지 쌀쌀하군. 이만 돌아가지.”

시오쓰보는 요즘 미카사 잠입 조사에 관한 관심이 완전히 줄어든 듯했다. 아마 다른 안건으로 바쁜 모양이다. 이래서는 레슨 내용을 녹음한 파일도 제대로 확인하지 않을 것이다.

아침부터 도심에 눈이 내려서 대중교통이 마비됐다. 오늘은 메구로역까지 가서 전철을 타야 레슨에 늦지 않을 듯했다.

오늘이야말로 곡을 매끄럽게 이어서 연주하고 싶었다.

어느 틈엔가 발표회 날짜가 열흘 안으로 다가왔다.

"막상 해보니 빨리 지나가지?"

갑자기 허를 찌르듯이 말해서 멍하니 있던 다치바나는 흠칫 놀랐다. 뭐가요? 하고 되묻자 잠입 조사 기간 말이야, 하고 시오쓰보의 얇은 입술이 웃는 모양으로 벌어졌다.

"반년만 지나가면 금방이야. 익숙함은 시간 감각을 마비시키거든. 여기까지 왔으니 기분상으로는 이미 전환점이지. 골인까지 얼마 안 남았다는 마음가짐으로 계속 애써줘."

상사에게 격려를 받으며 다치바나는 무의식적으로 가슴주머니에 손을 뻗었다. 양복에 늘 꽂아두는 볼펜 모양 녹음기.

미카사에서 보낸 나날의 모든 기록이 이 녹음 파일에 담겨 있다.

피곤해 보이는데, 하고 문을 열자마자 묻는 아사바를 향해 피곤하기는요, 하고 다치바나는 입꼬리를 끌어올렸다.

"요즘에 또 일이 바빠?"

"보통이랄까요."

"그 보통이 이상한 수준일지도 모르잖아. 저기, 일에 쫓겨서 점심을 거르거나 하면 절대로 안 돼. 보통 회사원의 일상은 잘 모르지만."

아, 공무원인가, 하고 굳이 정정하는 모습에 그만 웃음이 났다. 코트를 벗어서 옷걸이에 걸고 있는데, 그러고 보니 무슨 일을 하는 거야, 하고 뒤에서 갑자기 아사바가 물었다.

"……공무원이라고 하지 않았던가요?"

"그런 커다란 카테고리 말고 업무가 뭔지 궁금해서."

구청 내근직입니다, 하고 대답하자 이야, 하고 길게 늘어지는 목소리가 들렸다.

"퇴근길에 후타코타마가와에 들르는 걸 보니 여기서 직장이 가까운 편인가? 세타가야구?"

"메구로구요."

"아, 진짜? 나, 나카메구로에 사는데. 메구로 구청에 주민표를 발급받으러 간 적 있어. 창구에서 업무를 볼 때도 있나? 다치바나 씨는 무슨 담당이야?"

저작권을 침해한다는 의혹이 있는 기업을 조사해서 재판용으로 증거를 모으고 있습니다, 라는 말이 목구멍까지 솟아올라서 다치바나는 침을 꿀꺽 삼켰다.

"……창구에서 뵐 기회는 없을 겁니다. 녹지나 공원 그리고 가로수 따위의 관리를 담당해서요. 제가 다루는 건 서류라 현장에도 별로 안 나가고요. 온종일 청사에서 사무 업무를 보죠."

시오쓰보의 친척이 담당한 업무를 베낀 설정이라 허점이

드러날 리 없었다. 업무의 세세한 부분까지 다 듣고 완벽하게 외웠기 때문이다.

"공원 관리라. 그거 좋네. 그럼 꽃놀이 시즌에 연락하면 자리 잡기에 도움이 좀 되려나?"

"그런 건 안 되죠."

"오, 고지식한 공무원 아니랄까 봐."

아사바에게 놀림을 받으며 다치바나는 인생의 다른 경로를 떠올려 봤다.

메구로 구청에 취직해 청사 안을 옮겨 다니다 도로공원과에 다다랐고 기분 전환을 위해 첼로를 시작한다. 강사의 실력은 확실하고 인간적으로도 서로 잘 맞는다. 정기적으로 열리는 교류회에서는 사람 좋은 동료들과 신나게 어울린다.

한 번도 본 적 없는 청사의 조용한 업무 공간이 머릿속에 아주 선명하게 떠올랐다.

"자, 지난주 이후로는 어떻게 됐지? 몇 번이나 말하지만 너무 지나침은 모자람만 못하니까 주의하고."

일단 연습의 성과를 좀 볼까, 하고 아사바가 의자 등받이에 체중을 실었다. 다치바나는 의미 없는 공상에서 빠져나와 재빨리 엔드핀을 조절했다.

오늘이야말로 마무리에 들어가지 못하면 발표회에 맞출 수 없다. 남은 레슨은 다음 주뿐이다. 빨리 중반의 어려운 부분을 넘어가서 그다음 부분을 지도받아야 한다.

아무리 스스로 연습해도 독학에는 한계가 있다. 흐트러진 자세나 연주할 때 나오는 버릇은 아사바가 지적해 주지 않으면 알 수 없다. 또한 눈앞에서 직접 시범 연주를 봄으로써 깨닫는 바도 산더미처럼 많았다.

필요한 것은 레슨이다.

활과 현을 가만히 직각으로 교차시킨 순간, 이번에는 해낼 수 있을 거란 예감이 들었다.

저음으로 시작되는 낮은 템포의 초반부를 넘어서면 중심이 피아노로 한 번 넘어간다. 해수면에서 반짝이는 것 같은 건반의 움직임을 뒤에서 지탱하듯 첼로의 템포도 단숨에 빨라진다. 거기에 박힌 다섯 개의 말뚝이 바로 그 화음들이었다.

첫 번째 말뚝을 훌쩍 뛰어넘자 시야가 확 트였다.

두 번째. 세 번째.

헤아릴 여유도 없이 네 번째도 뛰어넘어 마지막 말뚝을 밟았을 무렵에는, 그 말뚝도 이미 뒤편에 있었다.

사다리가 쭉쭉 내려오는 것처럼 어느 틈엔가 곡이 끝났다.

"좋은데. 위화감 없이 중반부를 잘 넘겼어. 그런 만큼 음이 두터워졌고. 정확하게 켠다는 점에서 본다면 어느 정도는 합격이야."

거침없이 해치웠네, 하고 미소를 짓는 모습을 보며 그러게요, 하고 다치바나도 말했다.

벽을 돌파한 순간에 모든 문제는 사라진다.

"죽어라 연습했지?"

"……했습니다."

"다행이네. 일종의 상쾌함이 전해졌어. 지옥 같은 훈련에서 돌아와 다음 날 아침에 공을 던진 투수 같은 느낌이야."

조금 전까지 어려웠던 부분은 더 이상 어려운 부분이 아니었다. 예전에 불면증이 심했을 무렵, 아사바의 첼로 연주를 듣고 깜박 잠에 빠졌던 감각과도 아주 비슷했다.

반년 전만 해도 공포의 대상이었던 첼로를 다치바나는 이제 두려워하지 않는다.

"이걸로 기술 측면은 대강 넘어갔다 치고, 이제 표현 측면을 보강해야 해. 거침없이 켤 수 있게 된 건 축하할 일이야. 하지만 본무대에서도 이 곡을 그렇게 연주해서는 곤란해."

이건 심해로 잠수한 스파이가 벌벌 떨고 있는 듯한 곡이니까, 하고 아사바가 자신의 첼로를 끌어당겼다. 연주가 시작되면 레슨실이 또 컴컴해질 것을 다치바나는 알고 있었다.

"곡을 표현할 때 제일 중요한 건 뭘까? 바로 상상력이야. 적확한 상상력이 음악에 생명을 부여하지. 프로고 아마추어고 상관없어. 스스로 키운 상상력을 현에 얹는 거야."

아사바가 곡을 연주하기 시작하자 다치바나는 그 섬세한

활 놀림에 시선을 집중했다.

음악은 스승의 연주를 보고 들음으로써 계승된다. 그저 악보만 남아 있다면 기술을 이어받을 수 없다.

이번 잠입 수사가 미카사 쪽에 얼마나 큰 영향을 줄까. 갑자기 머리를 스친 그 생각을 다치바나는 애써 떨쳐냈다.

여기 잠입해서 결코 나쁜 짓을 하고 있는 게 아니다. 오히려 막대한 손해를 입은 건 우리다. 미카사가 연주권을 침해했으니까.

깊이 빠져들면 빠져들수록 그러한 믿음으로 일관해야 임무를 수행해 나갈 수 있었다.

"활은 가볍게. 울림은 깊게. 처음 네 소절에 충분히 공을 들여서. 다치바나 씨 내면의 심해는 대체 어떤 색깔인지 표현력으로 드러내야 해."

그러더니 도차우어를 한번 켜봐, 하고 시키자 네? 하고 다치바나는 되물었다.

"체험 레슨 때 켰던 도차우어의 연습곡 말이야. 지금 켜보면 그때보다 훨씬 아름다운 소리를 낼 수 있을 거야."

"최근에는 그 곡을 연습하지 않았는데요……."

아사바가 시킨 대로 도차우어를 켜보자 음색이 담수처럼 부드럽고 미지근하고 맑았다. 그날과는 울림이 전혀 달랐다. 오래된 그림이 빛깔을 되찾아 가는 것처럼 선명한 전경이 펼쳐졌다.

소리의 여운이 사라지는 것과 동시에 아사바가 몸을 내밀었다.

"지금 무슨 생각을 했지?"

"네?"

곡을 켜는 동안 다치바나 씨 머릿속에 뭐가 떠올랐지? 하고 거듭 묻자 뭐라 표현하기 힘든 창피함이 다치바나의 등골을 쓸고 올라갔다.

"……어릴 적에 봤던 샘물 그림요."

첼로 선생님 집에 장식된 그림 몇 점 가운데 숲속에 솟는 샘물 같은 그림이 이 곡의 분위기와 비슷해서요, 하고 시선을 이리저리 돌리며 이야기하는 동안 간질간질한 느낌이 더 강해졌다.

자기 자신에 대해 밝히지 않는 다치바나에게 어린 시절 이야기를 하는 건 높은 허들을 훌쩍 뛰어넘는 것처럼 용기가 필요한 일이었다.

"과연, 그런 느낌이로군."

"그거랑 발표회가 무슨 상관인데요?"

"상관있지. 아주 크게."

다치바나 씨의 장점은 우직하다 싶을 만큼 많은 연습량과 그 예민한 상상력이야, 하고 아사바가 손가락을 두 개 세웠다.

"체험 레슨 때 들려준 연주는 더듬더듬 어설프기는 했어. 십 년 넘게 첼로를 켜지 않았으니 당연하지. 하지만 작으나마 뚜렷한 이미지가 현 위에 얹힌 느낌이 들었지. 샘물처럼 투명한 도차우어."

그것과 똑같이 선명하게 곡의 정경을 떠올릴 수 있으면 라부카를 소화해 낼 수 있을 거야, 라는 아사바의 말에 짓눌려 뭉개질 듯한 그 악몽이 다치바나의 머릿속을 스쳤다.

새까만 액체를 들이부은 듯 아무 빛도 비치지 않는 장소.

그로부터 몇 번 라부카를 켜보자 이제 운지법에는 문제가 없었다. 멍하니 무심하게 켜면 켤수록 활 놀림이 가벼워졌고 아사바도 그걸 자주 칭찬했다.

묵직한 소리를 울리며 다치바나는 계속 생각했다.

이 암흑은 어디까지 가는 걸까. 소리로 끌어낸 심해의 단편은 대체 어디까지 퍼져나가서 언제쯤 바닥에 닿을까.

"마지막으로 한 번 더 전곡을 켜보면 레슨 시간이 끝나겠군. 처음 네 소절을 좀 더 공들여서. 중반은 템포를 의식할 것. 아, 그리고."

작은 창문 이야기를 했던가? 하고 묻는 아사바에게 아니요, 하고 다치바나는 고개를 저었다.

"첫 발표회가 얼마 안 남았으니 팁을 하나 줄게. 본무대에서는 좀 멀리 떨어진 작은 창문 너머로 소리를 보낸다고 생각하고 연주해 봐.”

이렇게 좁은 레슨실에서 연주할 때든, 커다란 콘서트홀에서 연주할 때든 마지막으로 의식해야 할 점은 변함없으니까, 하고 젊음이 남은 뺨에 웃음이 맺혔다.

“……하지만 어두운 심해에서 울려 퍼지는 인상의 곡이잖아요, 이건.”

“그렇지.”

“심해의 이미지와 멀리 떨어진 작은 창문이라, 매치가 잘 안 되는데요.”

무슨 소리를 하는 건지 이해가 되지 않아서 다치바나는 고개를 갸우뚱했다. 그 반응이 재미있는지 음, 하며 아사바는 바로 위를 올려다봤다.

“어려운 이야기가 돼버렸는데, 심해는 어디까지나 이미지랄까, 곡의 세계관이잖아? 감상자가 있는 연주에서는 감상자에게도 그 세계관이 전달되도록 타인을 향해 의식을 조금 남겨둬야 해.”

심해가 떠오르는 곡이든, 지옥이 떠오르는 곡이든 연주자는 바깥세상으로 통하는 창문을 남겨둬야 하는 법이야, 하고 약간 쑥스러운 듯이 아사바가 또 목을 문질렀다.

“뭐, 이런 말은 머리 한쪽 구석에 담아두면 돼. 올해는 그렇게까지 신경 쓰지 못하더라도 내년이나 내후년도 있잖아. 다치바나 씨가 남들 앞에서 첼로를 켤 기회는 얼마든지 있어. 그러니까 본무대에서는 마음 편하게 연주해."

그 구김살 없는 웃음을 본 순간 당연한 사실을 깨달았다.

아사바는 다치바나가 앞으로도 계속 첼로를 켤 것이라고 믿는다.

"좋아, 그럼 마지막으로 한 번 더 가볼까. 돌아가는 길에 눈으로 전철이 안 멈췄으면 좋겠는데."

마지막으로 전곡을 연주했을 때, 다치바나는 레슨실의 방음벽에 작은 창문이 있다고 생각했다. 눈이 펑펑 내리는 그 창문 너머에서는 서양화 같은 거리의 불빛이 어두운 강가를 수놓고 있었다.

발표회 날 아침은 맑은 겨울 햇살이 비쳤다. 커튼을 젖힌 순간, 방 안이 환해졌고 침대 옆의 첼로 케이스가 기다란 그림자를 만들었다.

그 그림자 끝에 있는 얼마 전에 산 쓰레기통에는 타는 쓰레기가 약간 담겨 있었다.

다치바나가 베란다 창문을 조금 열자 바람이 살짝 불어들었다. 평소 환기를 하지 않는데 어째선지 오늘은 그럴 기분이 들었다.

건조한 바람이 불어들 때마다 몇 번이고 눈이 번쩍 뜨이는 듯한 기분이 들었다.

미카사 홀의 대기실은 사람과 짐으로 혼잡했고 악기 소리가 오갔다. 첼로, 바이올린, 비올라의 현악기 합동 발표회에 참가하는 미카사의 학생이 한 명, 또 한 명 악기를 들고 들어갔다.

자판기 앞 벤치에 앉아 라부카의 원곡을 듣고 있던 다치바나는 곡이 끝날 때마다 안절부절못하는 표정으로 복도의 시계를 올려다봤다.

"벌써 조종석에 들어가 앉은 표정이로군."

자, 하며 눈앞에 캔커피를 내밀자 다치바나는 이어폰을 빼고 감사를 표했다. 럭비 선수 체형의 가지야마가 턱시도를 차려입자 참으로 박력이 있었다.

남을 잘 챙겨주는 성격 때문인지 다치바나도 가지야마와는 말을 나누기 편했다.

"조종석이라니, 무슨 말씀입니까?"

"콘서트에서 첫 음을 내는 순간의 뇌파는 파일럿이 이착륙할 때와 똑같은 상태래. 프로 솔리스트가 오케스트라와 공연할 때 그렇다지만, 우리 같은 아마추어에게는 발표회가 거기에 해당하겠지."

덧붙여 난 첫 발표회 때 운지법을 실수해서 연주를 중단했어, 하고 웃으며 건네는 말에 캔을 기울이던 손이 덜컥 멈춰 버렸다. 에이 웃어야 할 부분이잖아, 하고 장난처럼 핀잔을 주니 다치바나는 뺨 근육을 어색하게 움직였다.

"……지금 살짝 상상만 해봤는데도 등골이 오싹한걸요."

"나는 실제로 죽었어, 그때."

캔커피를 든 손이 이미 축축해진 것 같았다.

지금까지 맛본 적 없는 긴장감이 심장 주변을 맴돌았다.

"발표회는 참 긴장된다니까."

나이를 마흔두 살이나 먹고도 죽을 것 같아, 하는 말을 들으며 다치바나는 옆에 앉은 덩치 큰 남자를 힐끗 봤다. 화장품 회사의 영업과장이라는 가지야마는 다치바나가 보기에 아주 듬직한 어른으로 느껴졌다.

"가지야마 씨쯤 돼도 긴장하시나요?"

"당연하지. 와이프랑 아들도 오거든. 멋있는 모습을 보여주고 싶달까, 그저 단순한 취미로 취급당하기는 싫잖아? 뭐, 취미기는 하지만."

활짝 열린 문 너머의 대기실을 보자 거울 앞은 사람들로 북적거렸다. 자리를 잡지 못한 여자들이 화장을 고치러 나가기도 해서인지 실내의 색채는 모노톤에 치우쳐 있었다. 삼 년 전에 마련했다는 가지야마의 턱시도도 검은색이었다.

다치바나도 오늘을 위해 의상을 빌렸다. 격식 있는 청흑색

정장이다.

“다치바나, 그런데 그거 산 거야?”

“설마요.”

상하의 전부 빌린 겁니다, 하고 대답하자 영화배우 같은 차림새라 새삼 기죽었어, 하고 호쾌하게 웃음을 터뜨렸다.

“안녕. 결국 아슬아슬하게 도착했네.”

가모가 겸연쩍어하며 도착하자 곧이어 안녕하세요, 하고 가타기리도 나타났다. 다치바나와 가지야마도 대기실에 첼로를 가지러 가기로 했다. 기념 촬영과 리허설을 시작할 테니 무대로 가주십시오, 하고 스태프가 목소리를 높이자 분위기가 단숨에 어수선해졌다.

하나오카와 아오야기는 마지막에 도착했다.

“하마터면 늦을 뻔했네! 나가는 길에 이것저것 하느라 시간이 걸려서.”

빨리 갑시다, 하고 가지야마가 재촉하자 첼로를 꺼내야 해! 하고 하나오카가 서둘러 짐을 내려놓으려 했다. 대기실이 짐으로 넘쳐나서 첼로 케이스를 놓아둘 장소를 찾기도 여의치 않았다. 모임 멤버들이 우왕좌왕하는 사이에 다른 학생들은 악기를 챙겨서 줄줄이 복도로 나갔다.

한산해진 대기실에는 독특한 고양감이 소용돌이쳤다.

앞으로 이런 기분을 또 맛볼 수 있을까?

“이쓰키 군! 자, 사랑스러운 공주님에게 뭐라고 한마디 해줘.”

하나오카가 팔을 잡아끌자 아 네, 하고 다치바나는 반사적으로 말을 흘렸다. 하나오카가 부추기는 걸 알고 아오야기는 얼굴을 붉히며 좀 그만하세요, 하고 빠른 말투로 말했다.

평소 별로 꾸미지 않고 다니는 아오야기는 머리를 틀어 올렸다. 그것만으로도 어쩐지 분위기가 달라 보였다.

샴페인골드 색깔의 드레스를 보자 첫날의 기억이 또 되살아났다.

“아오야기 씨, 드레스 잘 어울려.”

“아니요, 그런 건 정말로…… 하나오카 씨도 참!”

첼로 케이스랑 같은 색깔로 했구나, 하고 말을 꺼내자 잠시 후에 맞아요, 하고 아오야기가 고개를 푹 숙였다.

“아직 누가 남아 있나 했더니, 전부 내 학생들이잖아.”

귀에 쏙 들어오는 목소리에 돌아보니 아사바가 문밖에 서 있었다.

연미복 아래로 보이는 셔츠와 조끼는 발랄함이 느껴지는 흰색이었고 손목에서는 진주 커프스단추가 둔중하게 빛났다. 인물이 좋아서인지 조금 긴 앞머리를 올백으로 빗어 넘겨 이마를 시원하게 드러내는 헤어스타일도 잘 어울렸다.

어느 악단 소속이 아닐까 싶을 만큼 음악가 태가 나는 모습이었다.

"선생님, 멋져요!"

"아오야기 씨도 멋지군. 아무튼 다들 빨리 무대로 가요. 이러다 내가 혼나겠네."

자, 나갑시다, 얼른, 얼른, 하고 손뼉을 치며 아사바가 일동을 재촉했다. 그러더니 귀에 꽂은 무선 인터컴에 손을 대고 지금 여섯 명 갑니다, 하고 다른 스태프에게 전달했다. 다치바나도 냉큼 복도로 나가서 무대 뒤편으로 이어지는 계단으로 향했다.

긴장과 흥분 때문인지 시간이 느리게 흘러가는 것처럼 느껴졌다. 슬로 모션으로 보이는 모든 광경이 색깔을 덧칠하듯 선명하게 머릿속에 새겨졌다.

라부카를 연주하다니 부럽네, 하고 가모가 배달 음식을 먹으면서 말했다.

"다치바나 씨는 역시 실력이 좋아. 나도 그 곡을 좋아하지만 직접 켜보려니 문턱이 높더라고. 젊은 사람들이 보기에는 구시대적 작품이겠지만, 우리 세대에서는 실감 나는 스파이 영화 하면 그거거든. 오랜 팬도 많아."

"영화는 재미있나요?"

다치바나가 물으니 난 별로였어, 하고 가모와 비슷한 연배인 하나오카가 끼어들었다. 가모는 난 좋아해 라부카, 하며 터키햄 샌드위치를 베어 먹었다.

"슬픈 이야기라 호불호는 있겠지만 말이야. 남자 주인공은 유능한 첩보원으로 인정받는 존재지만, 쓸쓸히 홀로 살아가는 신세야. 그런데 적국에 잠입해 일반인으로 위장해서 지내는 사이에, 평범한 삶이 무엇인지 점점 깨달아 가. 이웃 사람과 즐겁게 술을 마시고, 근처에 사는 아이와 빵을 굽는 생활이 자신의 인생에도 찾아올 수 있다는 걸 깨닫고 나면 그 후로는 괴로울 뿐이지. 그 마음은 진짜인데, 자신의 모든 것은 가짜니까."

제목에 들어간 라부카는 대체 뭔가요, 하고 무늬가 독특한 넥타이를 맨 가타기리가 물었다. 기분 나쁘게 생긴 심해어의 이름이야, 하며 하나오카가 미간에 주름을 잡으며 말했다. 하지만 심해어는 대부분 기분 나쁘게 생겼잖아요, 하고 가타기리가 덧니를 드러내며 웃었다.

뭔가 특징이 있는 물고기인가요, 하고 다치바나가 묻자 내가 아는 범위에서 말하자면, 하고 서론을 깐 후 가모가 말을 이었다.

"라부카는 세계에서 제일 임신 기간이 긴 동물이래. 무려 삼 년 반이나 되지. 아주 진중한 동물인 거야. 그런 점에 빗대서 영화에서는 첩보원을 라부카라는 은어로 불러. 정신이 아득해질 만큼 오랫동안 어두운 바닷속에 숨죽인 채 적의 정보로 배를 부풀리는 주도면밀한 스파이라는 거지."

그 곡 오타로 선생님이 골랐다는 거 정말이야? 하고 하나오카가 묻자 그렇습니다, 하며 다치바나는 다 먹은 롤 샌드위치의 포장지를 손안에서 동그랗게 구겼다.

"이 잘생긴 얼굴을 보고 못생긴 심해어를 떠올리다니 선생님도 참 대단하다니까."

"……어쩐지 스파이가 잘 어울려서, 라고 말씀하시던데요."

그건 또 무슨 기준이야, 하고 하나오카가 어이없다는 듯 목소리를 높이자 그 자리에 있던 사람들 모두 웃었다. 뭐, 이 정도로 잘생기지 않으면 영화 속 스파이에는 어울리지 않겠죠, 하고 가타기리가 농담조로 말했다.

포장지에서 흐른 칠리소스가 손끝에 뚝 떨어졌다. 멍하니 있던 탓에 그 뚜렷한 색깔이 다치바나의 눈에 들어오기까지 시간이 좀 걸렸다.

종이 냅킨으로 소스를 닦으니 상상 이상으로 붉은색이 번졌다.

"이쓰키 군이 스파이라면 누구든지 스파이가 될 수 있을 거야. 딱 보기에도 거짓말을 못 하게 생겼는걸."

"저도 거짓말 한두 개쯤은 할 수 있습니다."

"그래? 나쁜 짓을 하면 남과 눈도 제대로 못 마주칠 타입인데. 하지만 그게 이쓰키 군의 좋은 점이지."

늙은이가 사람을 보는 눈은 나름대로 정확한 법이야, 하고 하나오카가 장난스럽게 윙크했다. 그 뒤쪽 문이 열리고 아오야기가 복도에서 들어왔다.

"가스미 양, 이제 시간도 별로 없는데 점심 안 먹어도 되겠어?"

"긴장하면 밥이 안 넘어가서요. 오늘은 이대로……."

식사를 마치고 쓰레기를 치운 후, 다치바나는 테이블에서 라부카의 악보를 집어 들었다. 모서리는 뭉뚝하게 닳았고 새까만 표지에는 자잘한 흠집이 생겼다.

지금은 본무대에만 집중하고 싶었다.

지금만큼은.

"저기, 다치바나 씨."

사진 좀 부탁드려도 될까요? 하고 아오야기가 스마트폰을 들고 묻자 물론이지, 하며 다치바나는 오른손을 내밀었다. 커다란 스마트폰을 받아 들고는 캐릭터 폰케이스가 신기해서 무심코 뒷면의 일러스트에 시선이 갔다.

아오야기에게 초점을 맞추고 있는데 가지야마가 갑자기 벌떡 일어섰다.

"틀렸어."

"네?"

"사진 찍는 실력은 내가 훨씬 낫다, 그 말씀이야. 사내지 촬

영도 담당한 적 있다니까? 잔말 말고 다치바나도 거기 서."

뭣 때문에 화내는 건지 모르는 채 가지야마에게 스마트폰을 빼앗겼다. 좀 더 오른쪽으로 다가서, 하고 가지야마가 시키는 대로 다치바나는 아오야기 옆에 나란히 섰다.

발표회가 시작되기 직전, 아사바가 다시 대기실을 찾아왔다.

"자기 차례가 아닐 때는 객석에서 다른 사람의 연주를 감상해도 되고, 대기실에서 연습해도 상관없어요. 각자 알아서 하시면 됩니다. 저는 기본적으로 윙 스테이지•에 있을 겁니다."

모두에게 알림 사항을 전달한 후, 아사바는 손가락을 풀며 자기 학생들이 있는 쪽으로 다가왔다. 대기실을 감싼 긴장감은 아침보다 느슨해졌고 잠깐의 휴식 시간에 모임 멤버들의 표정도 많이 풀렸다.

배고프네, 하고 아사바가 투덜거리자 안 먹었어? 하고 하나오카가 말했다.

"간식 정도라면 내 토트백에 있는데. 쯧쯧, 제대로 먹어야지. 아니면 마지막까지 못 버텨."

"그게, 리허설 때 마음에 걸린 부분을 확인하다 보니 점심시간이 다 끝나서……."

• 관객에게 보이지 않는 무대 옆쪽 공간.

"올해 피아노 반주를 너무 많이 맡은 거 아니야? 다른 선생님에게도 부탁하면 될 텐데."

그래도 악보는 있으니까 어떻게든 되겠죠, 하고 푸념하는 아사바를 올려다보자 지친 얼굴이 이쪽을 향했다.

"괜찮으세요?"

"아, 확인이라고 해도 어디까지나 자기만족을 위해 아주 세심하게 짚어본 거야. 본무대에서 피아노 반주가 멈추는 일은 절대로 없을 테니 안심해."

"그런 게 아니라요."

일에 쫓겨서 점심을 거르면 안 되는 것 아닌가요? 하고 다치바나가 진지한 얼굴로 묻자 그 말을 지금 한다고? 하며 아사바가 한껏 웃음을 터뜨렸다.

"다치바나 씨, 오늘 그 의상은 오트 쿠튀르?"

"아쉽지만 빌린 겁니다."

이렇게 멋진 스파이가 있다면 어느 나라든 멸망하겠지, 하고 장난기 어린 말투로 칭찬하는 아사바에게 웃음을 짓자 긴장이 풀렸다.

"피아노는 리허설 때의 빠르기면 될까?"

"조금만 더 느리면 좋겠는데요."

"알았어."

아사바가 토트백을 살펴보러 가자 좋아하는 걸로 골라 먹어, 하고 조현 중이던 하나오카가 말했다. 그 옆에서는 가지야마가 첼로 몸체를 닦고 있었다. 가모는 활에 송진을 발랐고 가타기리는 에드워드 엘가의 곡을 계속 켰다. 아오야기도 긴장한 표정으로 바흐의 악보를 넘기기 시작했다.

평소 같으면 그냥 지나갔을 주말 오후였다. 그렇지만 오늘은 건실한 느낌과 함께 특별한 시간으로 완성돼 가고 있었다.

다치바나도 현을 쥐고 마지막 연습에 들어갔다. 처음 네 소절을 공들여서. 활은 가볍게. 울림은 깊게.

최선을 다할 생각이었다.

설령 머무르는 것이 허락되지 않는 곳일지라도.

나갈 차례라는 신호를 받고 다치바나는 대기실의 거울을 보며 타이를 고쳐 맸다. 그리고 첼로와 활만 들고 복도로 나가자 자신의 발소리가 몹시 크게 들렸다.

한 발짝 내디딜 때마다 모든 것이 줄줄 흘러내리는 듯했다.

이 부분에서 어깨에 힘이 많이 들어간다. 손가락은 한껏 눕혀야 한다. 이 소절에서 음정이 자꾸 흔들리고, 이 악절•은 조급하게 켜는 경향이 있다.

• 두 개의 악구로 이루어져 하나의 악상을 나타내는 단위. 대개 여덟 소절이 한 악절을 이룬다.

잊어버리면 안 되는 지적들이 전부 뿔뿔이 흩어져서 빠져나갔다. 방금까지 악보를 읽고 또 읽었건만 어디서 뭘 조심해야 하는지가 전부 어딘가로 날아가 버렸다.

머릿속이 새하얬다.

다른 사람들도 발표회에서 연주를 앞두고 이랬을까?

이 순간, 긴장된 마음으로 무대에 서기를 기다리는 이 시간만큼은 자신도 순수하게 음악 교실의 일 년 차 학생으로 머무를 수 있을 것 같았다.

"왔군, 우리의 대형 기대주."

어두운 계단을 올라가니 앞쪽에서 아사바가 씨익 웃으면서 말했다. 내 목소리 제대로 들려? 하고 놀리는 아사바를 향해 다치바나는 조용히 고개를 끄덕였다.

좁은 윙 스테이지의 한 귀퉁이는 조작 패널 부근에만 불빛이 희미하게 켜져 있었다. 무대와 윙 스테이지의 경계를 구분하는 커다란 문 앞에 서자 긴장감은 최고조에 달했다.

"아무튼 심호흡을 해서 긴장을 풀어. 이제 세세한 점은 전부 잊어버리고."

무대에서는 바이올린반 학생의 연주가 진행 중이었다. 유명한 클래식 음악의 멜로디가 묘하게 머릿속에 잘 들어왔다. 외워둔 악보를 잊어버리면 어쩌지, 하고 새로운 불안감이 뇌리를 스치자 다치바나는 숨을 크게 내뱉었다.

처음 네 소절을 공들여서. 활은 가볍게. 울림은 깊게.

"소리를 내는 한순간, 한순간을 즐기도록 해."

그게 전부니까, 하고 아사바가 작게 속삭였다. 각자에게 주어진 연주 시간은 길지 않다. 얼마 안 있으면 이 곡도 끝날 것이다.

"소리는 악기에서 태어나는 그 한순간만 지상의 공기를 진동시키고 순식간에 사라지지. 음악은 그러한 소리의 연속이야."

무대에 선 학생의 연주가 끝나자 두꺼운 문 너머에서 박수 소리가 들려왔다. 가슴을 누르며 각오를 다지자 다치바나 씨, 하고 아사바가 불렀다.

"오늘 녹음은 누군가에게 부탁해 놨어?"

진실미를 띤 그 투명한 눈동자에 장난치는 낌새는 전혀 없었다.

웃음기가 싹 빠진 아사바의 얼굴이 낯설게 느껴졌다. 아무 조짐도 없이 날아든 그 예기치 못한 말에 다치바나는 온몸의 피가 얼어붙는 기분이었다.

"녹음이랄까, 녹화? 본인이 연주하는 모습을 찍어놓으면 나중에 도움이 되거든. 말한다는 걸 깜빡했네."

"……안 했는데요."

"누가 안 찍어주려나. 다른 사람들은 이제 객석에 있을 테니까."

섬광같이 밝은 빛에 감싸이자 눈 안쪽이 아팠다. 무대로 이어지는 문이 열리자 이런저런 일들이 전부 뒤섞여서 현실감이 사라졌다.

미카사 음악 교실은 발표회에서 연주하는 악곡에는 매번 저작권 사용료를 지급한다. 연습에 사용하는 악보도 학생이 자비로 구입했다.

그러니 오늘만큼은 다치바나도 증거를 모으지 않았다.

"아사바 선생님."

"응?"

"저, 첼로를 다시 시작하려고 했을 때, 처음에는 그렇게 내키지 않았어요."

별로 좋은 추억이 없어서요, 하고 잠꼬대하듯 중얼거리자 아사바의 눈이 약간 커졌다. 저쪽에서 바이올린반 학생이 걸어오는 모습이 슬로 모션처럼 느껴졌다.

무대로 나가서 내리비치는 조명을 받자 뭔가가 마비됐다. 이 세상의 끝을 더듬는 듯한 기분으로 다치바나는 홀을 천천히 둘러봤다.

지금부터 이 홀은 그 심해 풍경으로 변한다.

"십삼 번. 첼로 개인 코스, 다치바나 이쓰키 씨. 피아노 반주는 아사바 오타로 선생님. 연주할 곡은 오노세 아키라의 「전율하는 라부카」입니다."

인사를 하고 의자에 앉아 첼로를 품에 안으니 농밀했던 지금까지의 시간이 녹아 나오는 게 느껴졌다.

홀 제일 안쪽을 바라보고 숨을 작게 내쉬었다.

고개를 돌려 아사바에게 신호하자 곧 피아노 반주가 시작됐다. 빛의 입자를 삼키는 어둠 같은 선율이 첼로의 중후한 저음을 끌어냈다.

첼로를 켤 때는 언제나 다양한 풍경이 밀려온다. 온갖 풍경이 지리멸렬하게 떠올랐다가 금방 사라진다.

전율하듯 울리는 첼로 소리를 쫓아가는 사이에 다치바나는 자신의 심연으로 점점 빠져들었다. 잠수함도, 추한 물고기도 보이지 않는 깊은 바다로.

어두운 상상력으로 만들어 낸, 실제로 존재하지 않는 머나먼 곳.

그 광경이 산산이 분해되고 그 뒷골목에서 맛봤던 공포가 눈떴을 때, 누군가의 말이 자막처럼 암흑 속에 번쩍 켜졌다.

'좀 멀리 떨어진 작은 창문 너머로 소리를 보낸다고 생각하고 연주해 봐.'

연주는 순식간에 끝났다.

다치바나가 첼로에서 끌어낸 소리는 태어나자마자 사라져서 연주가 끝난 무대에는 아무것도 남아 있지 않았다. 끝없는 악몽을 만들어 낸 거대한 공포의 단편도 음악 속에 부드럽게 녹아들어 마찬가지로 사라졌다.

바닷물이 강으로 역류하듯 다치바나의 심해는 작은 창문 너머로 흘러나갔다.

객석에 꾸벅 인사한 후 다치바나는 아사바를 돌아봤다. 연미복 차림의 아사바가 씨익 웃는 순간, 이 자리를 감싸고 있던 분위기가 바로 가벼워졌다.

여기는 미카사 음악 교실의 발표회 무대였다.

출연자도, 반주자도, 관객도 전부 같은 편이라 어디를 찾아봐도 적은 없다. 이다음에는 강사가 연주를 선보이는 차례다. 아사바는 브람스를 켠다.

중간 휴식 시간에 학생들이 발표회 의상 그대로 객석을 메우자 홀의 분위기가 화사해졌다. 모임 멤버끼리 뭉쳐서 앉자 다치바나는 아오야기의 옆자리였다. 조금 바쁘게 진행했는지 예정보다 이른 시각이었다.

"선생님의 연주, 기대되네요."

아오야기가 조용히 말을 걸었지만 다치바나는 딴생각을 하고 있었다.

객석에서 보이는 무대는 멀었다. 아까까지 자신이 저기 있었다는 감각을 이제는 떠올릴 수가 없었다. 활을 쥔 감촉도 이미 손에서 사라졌다.

“무슨 곡을 연주하신다고 했더라?”

“브람스의 「다섯 개의 가곡」 중 제1번.”

그 반짝이는 눈동자를 본체만체하며 다치바나는 연주가 시작되지 않기를 염원했다.

시작된 음악은 이윽고 반드시 끝을 맞이한다.

“다들 멋지게 연주를 마쳐서 다행입니다. 레슨 때부터 쭉 들어왔지만, 정말로 다들 오늘이 제일 좋았어요.”

발표회가 끝난 후 대기실로 돌아오자 아사바가 선물 받은 꽃다발을 끌어안고 첼로반 학생들을 모았다. 아침부터 시간이 많이 흐른 탓인지 앞머리가 한 가닥 이마에 드리워졌다.

“선생님의 브람스도 정말 좋았어요!”

“고마워. 올해는 이것저것 맡은 일이 많아서 어떻게 될까 걱정했는데, 그럭저럭 무사히 마쳤네요.”

일찌감치 짐을 정리한 비올라반 학생들이 쑥스러워하는 아사바 옆을 지나쳐 잇달아 복도로 나갔다. 긴장감에서 해방된

각각의 목소리가 일상의 모습을 다시 불러왔다. 갑자기 뭔가가 뻥 터진 것처럼 대기실에서 색채가 사라져 갔다.

마치 마법에라도 걸린 듯 정신없으면서도 아름다운 하루였다.

내일부터 다들 평소와 다를 바 없는 일상생활로 되돌아간다.

"영상을 찍어달라고 다른 사람한테 부탁할 걸 그랬네."

훌륭한 연주를 못 남겨서 아까워, 하고 문 앞에서 자신을 불러 세우는 아사바를 향해 다치바나는 문득 고개를 들었다.

"……너무 긴장해서 저는 아무 기억도 안 나요."

"지금까지 중에서 제일 잘 쳤어. 곡의 이미지를 선명하게 떠올리며 연주한다는 걸 알 수 있었지."

의지할 곳 없는 쓸쓸한 풍경이 이쪽까지 전해졌거든, 이라는 아사바의 말에 다치바나도 그제야 자신이 연주를 잘 마쳤음을 실감했다.

저 멀리 보이는 작은 창문 너머에는 자신 말고 다른 누군가가 있다.

"또 뭔가 그림 같은 걸 참고했어? 제대로 영감을 받은 것 같던데."

"이번에는 아니에요."

제가 직접 봐왔던 광경이 있으니까, 하고 중얼거리자 뭐야 그건, 하고 아사바가 웃었다.

"실은 스쿠버다이빙 자격증이 있다는 뜻?"

"그건 없지만, 뭐 그런 느낌이죠."

나도 스쿠버다이빙을 해보고 싶네, 하고 부러워해서 다치바나는 겨우 어깨의 힘을 빼고 웃었다.

수심 천 미터에 사는, 날카로운 이빨을 가진 주도면밀한 라부카.

고독 속을 헤엄치는 추한 스파이.

"그리고 윙 스테이지에서 했던 이야기 말인데."

첼로를 다시 시작하길 잘했지? 하고 아사바가 묻자 네, 하고 다치바나는 고개를 끄덕였다.

다치바나는 오늘이 영영 끝나지 않길 바랐다. 다음 주부터 또 녹음 버튼을 누르기가 싫었으니까.

ラブカは静かに弓を持つ

# 제2악장

# I

계절이 계속 바뀌어 다치바나 이쓰키가 미카사 음악 교실에 다닌 후로 두 번째 봄이 찾아왔다. 어느새 잠입 수사를 시작한 지 이 년 가까운 세월이 흘렀고 다치바나가 첼로에 들인 시간도 함께 늘어났다.

금요일 저녁에는 레슨을 받고 여가에는 연습을 하러 혼자 노래방에 간다.

이렇듯 특이할 것 없는 일상이 쌓여 인생이 되는 거구나. 문득 그런 생각이 들곤 했다.

아사바 선생님과 함께하는 모임도 멤버가 바뀌지 않고 계속 이어졌다. 학교에 다니는 사람들은 진급해서 아오야기는 대학교 4학년으로 올라갔고 가타기리는 대학원 석사 과정을 수료했다. 다치바나도 이십 대 후반에 접어들어 직장의 신입 사원들과 세대 차이를 느끼게 됐다.

모임에 애착이 생겼을 무렵부터 다치바나는 자신이 진짜로 소속된 조직을 의식하지 않으려고 애썼다. 메구로 구청에 근무한다는 설정을 스스로 믿으려 일부러 지역 뉴스에도 관심을 기울였다. 작은 거짓말이 겹치면 겹칠수록 어느 쪽이 진짜 자신인지 점차 알 수가 없어졌다.

다치바나가 연맹의 스파이라는 사실은 아무도 모른다.

"저, 오노세 아키라의 가을 콘서트 티켓 예매에 성공했어요."

삼 년 만이라 얼마나 기쁘던지, 하고 들뜬 표정의 아오야기가 떠들썩한 레스토랑에서 목소리를 높였다. 토요일 밤의 비바체는 변함없이 북적거렸다. 환영회가 열릴 시기여서인지 평소보다 단체 손님의 모습이 눈에 더 띄었다. 모임의 테이블이 가게 안쪽에 있어서인지 다치바나의 자리에서 가게 전체가 훤히 보였다.

녹색이 산뜻하게 느껴지는 바질피자를 가지야마가 원형 커터로 잘랐다.

"대단한걸? 오노세의 콘서트는 티켓 구하기가 하늘의 별 따기라던데."

팬클럽에 가입했어? 하고 하나오카가 격앙된 목소리로 묻자 아오야기는 한층 더 밝게 웃었다. 두 사람은 할머니와 손녀뻘 나이지만 친구처럼 사이가 좋아서 아오야기는 혼자서도 비바체를 자주 찾아오는 모양이었다.

"어머니가 팬클럽이라 그쪽에서 선예매로 구했어요. 제가 도전한 일반 선예매는 꽝이었고요. 작년도 재작년도 실패해서 이번에도 기대는 안 했는데, 얼마나 놀랐는지 몰라요."

"이야, 운이 따랐네. 좋겠다, 오노세 아키라의 연주를 라이브로 듣다니."

그렇게 대단한 거구나, 하며 가모가 하얀 뺨을 누그러뜨렸다. 황금의 값어치가 있는 티켓인 셈이군, 하고 피자를 자르던 가지야마도 이를 내보이며 크게 웃었다.

"오노세 아키라도 콘서트 같은 걸 하는군요."

다치바나도 화제에 슬쩍 끼어들자 아오야기가 고개를 홱 돌려서 쳐다봤다.

"티켓, 일반 예매는 지금부터예요!"

"일반 예매?"

일반 예매로 티켓을 구하려면 사전 준비와 강력한 인터넷 회선이 필수예요, 하고 아오야기가 몸을 앞으로 쑥 내밀었다. 여느 때와 달리 열성적인 그 모습에 다치바나는 조금 놀랐다.

다치바나에게 오노세 아키라는 어디까지나 이어폰 속에만 있는 존재로, 그의 콘서트는 상상조차 해본 적 없었다. 미리 녹음해 둔 음원이 그의 모든 것처럼 느껴졌다. 그런 의미에서는 바흐나 브람스와 같은 범주에 속하는 음악가였다. 마치 역사상의 위인 같은.

출퇴근 시간에 듣는 악곡의 작곡가 중에서 오노세 아키라만 아직 살아 있다.

“그, 선예매와 일반 예매의 차이를 잘 모르겠는데.”

“선예매는 추첨이고, 일반 예매는 선착순이에요. 팬클럽 선예매와는 달리 여러 티켓 사이트에서 누구든 예매할 수 있으니까, 운이 좋으면 티켓을 구할 수도 있을 거예요! 아이돌의 라이브 공연 티켓을 일반 예매로 구한 친구도 있고…….”

빠른 말투로 떠들어 대는 모습을 보고 열혈 팬이구나 싶었다. 그러다 정면에서 손이라도 덥석 잡을 듯한 기세였다. 운은 안 좋은 편이니까 분명 안 되겠지, 하고 소극적 자세를 취해도 아오야기의 진지한 표정은 달라지지 않았다.

다치바나도 오노세 아키라의 콘서트에 갈 수 있다면 가보고 싶었지만 이야기를 들어보니 여간해서는 티켓을 구할 수 없을 듯했다.

“나중에 자세한 내용이 담긴 링크를 보내도 괜찮을까요?”

“어, 응.”

그럼 보내둘게요, 하는 말에 변함없이 일 처리가 시원시원하다는 생각이 들었다. 얌전해 보이는 분위기지만 아오야기는 의외로 야무진 구석이 있다. 모임 일정도 늘 아오야기가 조정한다. 아직 학생인데도 참 대단하다 싶었다.

"오타로 선생님도 오노세의 콘서트 티켓을 예매했으려나."

하나오카가 천천히 피자를 들어 올리자 모차렐라치즈가 쭉 늘어났다. 이 일대에는 오노세의 팬이 정말 많네요, 하며 가타기리도 그 옆의 피자를 집었다.

건배한 지 한참 지났지만 아사바의 빈자리는 유독 크게 느껴졌다.

"오늘 밤은 사상 최초로 '아사바 선생님과 함께하지 않는 모임'이 됐군."

가모가 농담처럼 말하자 마침내 함께할 수 없는 모임이 된 건가, 하며 하나오카가 입을 크게 벌리고 웃었다. 깜짝 놀랄 만큼 색깔이 진한 비트샐러드를 앞접시에 담으며 선생님이 안 오신 건 처음이네요, 하고 아오야기도 웃었다.

며칠 전, 아사바는 이번 모임에 불참하겠다고 알렸다.

"마스터 클래스인가 하는 거기서는 구체적으로 뭘 하는 겁니까?"

아사바 선생님도 마구 지적받고 그러는 걸까요? 하고 가지야마가 묻자 어떤 분위기일지 짐작도 안 가, 하고 하나오카가 반짝이는 초커를 건 목을 기울였다.

마스터 클래스는 제일선에서 활약하는 연주가에게 직접 지도를 받을 수 있는 공개 레슨이라고 한다. 통상적 레슨과 달리 단기간일 때가 많고 이벤트적 측면이 강하다. 이번에 아사바가 참가한 마스터 클래스는 프로 첼로 연주자를 대상으로 하는 특별반으로, 사흘 밤 연속 강의가 이어졌다.

그 때문에 어제저녁에 진행될 예정이었던 다치바나의 레슨은 연기됐다.

"선생님쯤 되는 사람이 뭘 어떻게 지도받을지 궁금한걸. 우리랑은 수준이 전혀 다르잖아? 제일선에서 활약한다는 그 첼리스트가 얼마나 뛰어난 양반인지는 모르겠지만."

가지야마가 농담조로 말하자 하지만 어쩐지 굉장한가 본데, 하고 가모가 스마트폰을 내밀었다. 다치바나도 화면을 들여다보자 거장 같은 풍모의 서양인이 첼로를 품에 안은 채 미소 짓고 있었다. 클래식 CD의 재킷에 실릴 법한 사진이었다.

이 사람이 오늘 밤 선생님의 선생님이래, 하고 말장난 같은 말이 들렸다.

"커티스 음악원 최연소 입학. 열 살부터 미국 각지에서 독주회를 가진 천재로, 현재는 세계 최고봉의 첼리스트 중 한 명이라는데."

"만화 같은 경력이군요."

무심코 다치바나가 중얼거리자 그러게 말이야, 하며 가모의 매끄러운 뺨에 웃음이 맺혔다. 이런 사람은 인생관이 어떨까, 하고 가지야마가 부러워하는 투로 말했다. 세상을 둘러보면 대단한 사람이 참 많다니까, 하고 하나오카가 카라프•의 레드와인을 잔에 따랐다.

"아사바 선생님, 이런 사람의 마스터 클래스에 용케도 들어갔네. 주최자는 첼로 협회라는군. 어쩌면 선생님의 선생님에게 간곡히 부탁했을지도 모르겠어."

방금 그건 아사바 선생님의 스승님이라는 뜻이야, 하고 가모가 장난기 섞인 말투로 덧붙이자 다치바나는 약간 신기한 기분이 들었다.

당연히 아사바에게도 첼로 선생님이 있다.

"아사바 선생님은 예전에도 프로를 대상으로 하는 이런 레슨을 받으신 적이 있나요?"

다치바나의 질문에 글쎄, 하고 하나오카가 가볍게 웃었다. 자신의 스마트폰으로 마스터 클래스 홈페이지에 들어가니 모집 요강과 수강 내용이 실려 있었다. 과제곡은 하이든의 첼로 협주곡과 포퍼의 연습곡이었다. 일정대로 레슨이 진행된다면 아사바는 지금쯤 하이든에 도전 중일 것이다.

제일선에서 활약하는 첼리스트와 아사바는 실력에 얼마나 차이가 날까.

• 와인을 담아서 서빙하는 데 사용되는 유리병.

말씀 나누시는데 죄송합니다만, 하는 목소리에 하나오카가 웨이터를 돌아봤다. 내장 공사 업체에서 전화 왔습니다, 라는 말에 다치바나도 고개를 들었다.

"내일 다시 연락하라고 전해줄래? 그리고 벽지 카탈로그도 잘 받았다고 해."

"내장 공사라니, 이 가게의 내장요?"

가지야마가 묻자 응, 하고 하나오카는 고개를 끄덕였다. 딱히 낡아빠진 인상은 아니었지만 듣고 보니 여기저기서 허름한 느낌이 드는 것 같기도 했다.

이 년 가까이 레슨을 받으며 모임 멤버들과 여러 번 찾아와서 추억을 만든 가게였다.

"이대로도 괜찮은데요. 애착이 생겨서 그런지 섭섭한걸."

"분위기를 크게 바꾸려는 건 아니야. 하지만 언젠가는 아들 내외에게 물려줄 가게니까, 날 잡아서 보수하긴 해야지. 그리고 기왕 보수하는 김에 밴드가 라이브로 연주할 수 있는 공간을 만들고 싶더라고."

라이브 연주라는 말에 다치바나는 비바체의 경영자 얼굴을 빤히 바라봤다.

"……라이브 연주요?"

"그런 것도 할 수 있으면 좋겠다 싶어서 검토하는 중이야. 나도 남편도 음악을 좋아하고, 주변에 악기 하는 사람도 많으니까. 주변에서 그런 이야기가 나왔을 때만 연주할 장소를 제공해 볼까 하는 거지. 재미있잖아, 그런 거."

그리고 환경만 마련되면 모임 멤버로 첼로 합주단을 꾸릴 수 있을지도 모르잖아? 하며 하나오카가 활짝 웃자 테이블의 분위기가 단숨에 달아올랐다.

"꼭 해보고 싶네요!"

어깨높이로 손을 든 아오야기가 그렇죠? 하고 모두의 얼굴을 둘러봤다. 합주단이라니 근사한데, 하고 가지야마도 쾌활하게 웃음을 지었다.

"지금까지 발표회에서 경험을 쌓았으니, 우리끼리 뭔가 해보는 것도 좋지 않겠어? 내장 공사는 여름에 시작하니까, 이벤트를 연다면 그 이후겠네. 시간이 반년이나 있으니 나름대로 준비할 수 있을 거야. 다들 가을 일정은?"

거기에 맞춰서 조정할게요, 하고 가모가 기쁜 표정으로 손을 들었다. 저는 논문이 얼마나 진척되느냐에 달렸겠네요, 하고 얼마 전에 박사 과정에 들어간 가타기리가 말했다.

"가지야마 씨는? 바쁜 시기랑 겹치지 않아?"

"아마 괜찮을 겁니다. 때에 따라서는 연습에 참가하지 못할지도 모르지만."

"이쓰키 군도 괜찮아?"

연맹에서 관리하는 악곡을 연주할 가능성도 크지 않을까,

하고 딴생각을 하느라 이름을 부르는 소리에 깜짝 놀랐다.

"……저도 괜찮습니다."

"그럼 다쿠로 군만 보류네. 일정이 확실해지면 알려줘."

합주회를 열 무렵이면 잠입 수사는 이미 끝났을 텐데 그만 경솔하게 수락하고 말았다. 당연하다는 듯 자신에게도 물어봐 줘서 참으로 기뻤던 탓이다.

"4월 말 골든 위크 즈음에 합주단 관련해서 회의하자. 가스미 양은 앞으로 바쁘지? 무슨 곡을 할지만이라도 일찌감치 정해놔야겠어."

아, 벌써 취업 준비를 할 때가 됐구나, 하고 가지야마가 감개무량하다는 듯 눈을 가늘게 떴다. 가을 무렵에는 결과가 다 나올 거예요, 하고 아오야기가 난감한 듯 눈꼬리를 내리며 미소 지었다.

대학교 사 학년이 된 아오야기는 유치원 교원 채용 시험을 앞두고 있었다.

"일단 공립 유치원 시험도 쳐보기는 하겠지만, 경쟁률이 어마어마해서요. 사립 중 한 곳에는 붙으면 좋겠네요."

"공립 유치원의 취업문은 그렇게 좁구나."

다치바나가 중얼거리자 도쿄 도내는 특히요, 하고 아오야기가 대답했다. 작년에 유치원으로 실습을 나갔을 당시의 이야기는 미카사의 라운지에서 자주 들었다.

"합격률이 오 퍼센트 정도거든요. 밑져야 본전이니까 일단 도전은 해보려고요. 다치바나 씨도 공무원 시험 준비할 때 힘드셨어요?"

특별구도 경쟁이 치열하잖아요, 하고 느닷없이 묻자 간이 철렁했다. 잠입 조사 때 사칭할 신분이 어떤 업무를 맡는지는 조사해 뒀지만 공무원 시험의 구체적 에피소드까지는 전혀 모른다.

"수적 추리가 너무 힘들더라고요."

"나도 그건 잘 못해."

"역시 많이 풀어보는 수밖에 없나요?"

그랬던 것 같은데, 하고 모호한 대답으로 얼버무리면서 어떻게 하면 좋을까 궁리했다. 막상 일을 시작하면 그런 건 전부 잊어버리잖아요, 하고 진짜 도청 직원인 가모에게 동의를 구하자, 나한테는 정말로 먼 옛날이야기라서, 하며 온후해 보이는 눈가에 깊은 주름을 잡았다.

그럴싸하게 대답하고 넘어가면 되리라는 생각으로 다치바나는 숨을 한 번 고른 후 말을 꺼냈다.

"종류를 가리지 말고 문제집을 여러 번 반복해서 보다 보면, 푸는 방법이 몸에 익는 법이야. 아주 새로운 문제는 그렇게 많이 나오지 않고, 특별한 창의성을 요구하는 유의 시험도 아니니까. 아무튼 패턴을 익히고, 반복할 것."

위기에서 벗어나기 위해 적당히 둘러댄 말이건만 아오야기는 진지하게 고개를 끄덕였다. 큰 힌트라도 얻은 것처럼 까만 눈동자가 커졌다.

"그런데 공립 유치원 시험은 언제야?"

"필기는 6월 하순이고, 혹시라도 통과하면 실기와 면접이 있어요. 거기에다 사립 유치원 시험도 준비해야 해서 벌써 힘에 부치네요."

그러니까 합주회 날짜는 10월로 잡아주시면 안 될까요? 하고 아오야기가 부탁하자 그럼 가스미 양의 일정에 맞출게, 하고 하나오카가 빙긋 웃었다.

다치바나가 미카사에 잠입한 건 재작년 6월이었다. 처음으로 체험 레슨을 받은 날은 분명 비가 내렸다.

"마스터 클래스는 열 시까지였던가. 꽤 오래 잡아놓네."

이러다 근육통으로 죽는 거 아닐까, 하며 하나오카가 시계를 올려다보자 아사바 선생님을 우리랑 똑같이 취급하면 안 되죠, 하고 가지야마가 한마디 툭 던졌다. 이 년 가까이 지내면서 완전히 익숙해진 한가로운 대화를 들으면서도 다치바나는 앞으로 다가올 일이 전혀 실감 나지 않았다.

얼마 안 있어 이 사람들과 헤어지고 첼로도 반납해야 한다.

"합주회가 10월이면, 그게 끝나자마자 발표회 연습에 들어가야겠네. 연말은 연말대로 송년회 시즌이라 가게가 바쁠 테고. 기운도 낼 겸 새 드레스라도 살까.”

“이제 겨우 4월에 들어섰는데 너무 성급한 것 아닙니까, 하나오카 씨.”

난 업무 일정을 떠올리기도 싫은데, 하며 가지야마가 맥주잔을 기울였다. 어느덧 테이블에 딸기젤라토가 나왔고 그것으로 오늘 밤의 모임은 마무리됐다.

모임 멤버들은 봄에서 여름, 여름에서 가을로 계절이 무탈하게 흘러갈 것이라고 믿어 의심치 않는 듯했다. 다치바나의 머릿속 달력은 잠입 수사가 끝나는 6월까지라 더는 넘길 수 없다.

적확한 상상력이 음악에 생명을 부여한다고 일찍이 아사바는 말했다.

그리 머지않은 미래조차 잘 떠올리지 못하는 자신은 상상력이 부족한 인간인지도 모른다.

“아까 작사가 가이후 씨에게 전화드렸는데 안 계시더라고요. 나중에 다시 전화가 오지 않을까 싶습니다. 신규 데이터 입력은 일정대로 진행 중이고요. 이상입니다.”

그럼 다음은 다치바나 씨, 하고 부르는 목소리는 들렸어도 반응이 약간 늦었다. 그 한순간의 틈을 놓치지 않고 귀가 막혔냐, 하고 미나토가 얄밉게 중얼거렸다. 회의 진행을 맡은 이소가이가 말이 좀 심하네, 하고 웃으며 타일렀다. 반년 전에 육아 휴직을 마치고 이동한 이 여자 선배 덕분에 오랫동안 남자뿐이던 팀도 분위기가 서서히 바뀌었다.

자료부 업무에도 완전히 익숙해졌으므로 매일매일 비슷한 업무에서 느끼는 바는 아무것도 없었다.

"저도 신규 데이터 입력을 진행 중입니다. 기재할 내용이 누락된 신고서도 네 건쯤 확인했고요. 지난주부터 해외 단체의 문의가 늘어서 진척이 더디지만, 데이터베이스가 갱신되는 월말까지는 끝낼 예정입니다."

"어느 나라?"

"한국과 영국요."

미나토의 질문에 다치바나가 대답하자 더는 물어보지 않았다. 외국곡은 권리자가 여럿인 사례도 드물지 않아서 확인에 애를 먹을 때도 많다.

오전 시간의 회의실은 약간 침침했다. 고작 몇 명이 사용하기에 너무 넓어 방의 안쪽 절반은 절전을 위해 불을 켜지 않았다. 쓸쓸함을 풍기는 그 모습은 홀로 바라보는 노래방의 파티룸과 비슷한 것 같았다.

잠입 수사가 끝나면 노래방에도 더 이상 가지 않으리라.

노래방뿐만이 아니다. 비바체에도, 후타코타마가와역에도, 미카사의 라운지에도 더는 갈 일이 없다.

"그럼 이번 주도 서로 도와가며 열심히 해봅시다. 비도 안 내리는데 하늘이 끄물끄물하니, 어째 날씨가 심상치 않네."

이소가이가 창문을 올려다보자 두통이 날 것 같은 분위기네요, 하고 미나토가 언짢은 표정을 지었다. 나도 기압 변화에 약해, 하고 이소가이가 날씨를 화제로 삼아 이야기를 이어나갔다. 다치바나는 묘하게 열 올려 이야기하는 동료들에게는 아랑곳하지 않고 첼로를 반납한 후의 생활을 상상해 봤다.

느닷없이 넓어진 방을 보고 견딜 수 있을까.

점심시간에 문득 생각이 나서 다치바나는 아오야기가 보낸 메시지를 다시 확인했다. 어젯밤에 보내준 링크에 들어가 보지 않았기 때문이다.

링크를 눌러 티켓 사이트의 홈페이지로 이동하자 공연 상세 정보가 나타났다.

오노세 아키라 콘서트「더 플레이(The Play)」.

도쿄에 앞서 올봄에 지방 공연이 있는데 당연히 그쪽도 매진이었다. 관현악 담당은 T교향악단이었다. T교향악단은 아사바가 싸우고 결별한 오케스트라다. 엄청난 기회를 놓친 것 아닌가 싶어 본인도 아닌데 새삼 안타까웠다.

9월 중순에 이틀간 열릴 도쿄 공연이 아주 먼 미래의 일처럼 느껴졌다.

그 무렵에는 증인 신문도 끝났으리라. 미카사를 그만두고 모두와 헤어진 다치바나가 증언대에 선 후에도 시간은 멈추지 않고 흘러간다.

일반 예매는 토요일부터 시작되니까 늦잠을 자지 않으면 도전할 수 있을 것 같았다. 오노세의 대표작으로 일컬어지는 「비 내리는 날의 미로」는 분명 세트 리스트에 포함될 것이다. 오랜 팬도 많다니까 라부카도 들을 수 있을지 모른다.

티켓 예매에 성공할 가망은 거의 없었지만 해보자는 마음이 생겼다.

전부 다 끝난 뒤에도 즐거움이 하나쯤 남아 있다면 어떻게든 견딜 수 있을지도 모르니.

"오노세의 콘서트에 가요?"

탁상 달력에 형광펜으로 표시하는 동안 다치바나는 스마트폰을 책상에 내려뒀다. 지휘봉을 든 오노세의 큼지막한 사진과 티켓 일람이라는 버튼의 문자가 화면 속에서 빛났다.

그 청아한 목소리에 고개를 들었다가 총무부의 미후네인 것을 알고는 놀랐다.

"……티켓부터 예매해야 해요."

"오노세는 팬층이 두터워서 티켓 구하기 힘들겠네요. 오랫동안 응원해 온 열렬한 팬부터, 갈 수 있다면 한번 가보고 싶다는 사람까지 폭넓잖아요?"

다치바나 씨는 어느 쪽이에요? 라는 질문에 후자입니다, 하고 대답하자 연맹에서 제일가는 미인은 가지런한 치열을 보이며 웃었다.

“삼 층에는 어쩐 일이세요?”

“저기 복합기가 고장 났다길래 업자를 부르려고요.”

대번에 미나토의 시선이 느껴져서 귀찮게 됐다 싶었는데 미후네는 바로 이야기를 끝냈다. 콘서트에 갈 수 있으면 좋겠네요, 하고 미련 없이 몸을 돌렸다. 한때는 미후네가 몹시 치근덕거린 것도 같은데 이제 질렸는지 요즘은 마주치지도 않는다. 미후네와 이야기를 나눈 것도 오랜만이었다.

티켓 사이트에 회원 등록을 하는 사이에 귀중한 점심시간이 끝났다. 오후에는 몸이 나른하니 뭘 하려 해도 의욕이 생기지 않았다.

머릿속에서는 바흐의 「무반주 첼로 모음곡」이 계속 흐르고 있었다.

이 주일 만에 다시 만난 아사바는 여느 때와 달리 기운이 없었다.

“지난주에는 갑자기 쉬어서 미안해. 강사의 사정으로 휴강했을 때는 보충 레슨을 받을 수 있어. 평일이든 주말이든 다치바나 씨가 편한 날로 알려줘.”

부드러운 말투와는 달리 아무래도 태도에서는 쌀쌀함이 묻어났다. 뭔가 성미에 거슬리는 짓이라도 한 걸까 싶어 다치바나는 자신의 행동을 돌이켜 봤지만 짚이는 구석은 없었다. 늘 명랑한 태도여서 그런지 아사바에게서 웃음기가 빠지자 어쩐지 이상하게 느껴졌다.

공연히 신경이 예민해진 건가 싶기도 했지만 잘 모르겠다.

"마스터 클래스는 어땠나요?"

강사가 대단한 사람이라면서요? 하고 먼저 화제를 꺼내봐도 아아, 응, 이라는 대답밖에 돌아오지 않았다. 다치바나는 느닷없이 자신이 분위기를 풀어야 한다는 의무감에 사로잡혀 서툴게나마 배려심을 발휘하려 애를 썼다.

"모임 때 선생님이 뭘 배우는지 다들 궁금해했어요. 뭔가 정해진 곡을 연주하셨나요?"

"하이든이랑 포퍼."

"오."

"하이든은 그다지 잘 켜지 못해서 딱 좋기는 했지."

그렇군요, 하고서 양복 윗도리를 옷걸이에 거는 그 잠깐의 침묵이 거북했다. 첼로를 세우고 자세를 잡기까지의 시간이 한없이 길게 느껴졌다. 여기서 레슨을 받은 이후로 이런 적은 처음이었다.

아사바의 태도는 이상했지만 지도는 확실했다.

"여기의 트릴•, 너무 힘을 줘서 무겁게 느껴져. C현이라서 두껍지만 너무 아래까지 꾹 누르려고 하지 않아도 돼. 탁탁 두드리듯 가볍게."

이렇게 말이야, 하고 시범을 보이는 손놀림은 정교했지만 눈빛은 여전히 공허했다. 해봐, 하는 주문에 손놀림을 흉내 내봤지만 어쩐지 다치바나도 집중이 안 됐다.

작년부터 오노세 아키라의 명곡을 총망라한 첼로 악보를 쓰고 있다. 다치바나는 오랫동안 「비 내리는 날의 미로」와 씨름하고 있었다. 시간을 들여 찬찬히 배운 덕분에 연주가 꽤 손에 익은 것 같았다.

레슨 중에 아사바는 신경질적으로 여러 번 팔짱을 꼈다 풀었다 했다. 이런 적도 처음이었다.

"많이 좋아졌으니까 이미지를 좀 더 명확하게 그려봐. 이건 어떤 정경의 곡이지? 마구 퍼붓는 장대비? 아니면 부슬부슬 떨어지는 부슬비? 그에 따라 연주법도 달라지겠지. 좋은 연주에는 반드시 명확한 이미지가 따르는 법이야. 단순히 악보대로 켜서는 안 돼. 마음속에 있는 곡의 이미지를 좀 더 부풀리도록 해."

변함없이 어려운 소리를 하는구나 싶었지만 수긍이 가는

• 2도 차이 나는 음 사이를 빠르게 전환하는 꾸밈음.

지적이었다. 수없이 들은 곡이어도 비의 강약까지 생각해 본 적은 없었다.

그걸 유념하고 한 번 더 들어봐, 하는 말에 다치바나는 아사바가 연주하는 「비 내리는 날의 미로」를 처음부터 끝까지 들었다. 듣다 보니 어떤 비가 내리는 정경인지 알 것 같았다.

투둑투둑 기분 좋은 소리를 내며 떨어지는 이른 아침의 여우비다.

그러고 보니 오노세의 콘서트 티켓은 구하셨어요? 하고 돌아갈 때 물어보자 아니 못 구했어, 하고 나지막한 대답이 돌아왔다. 아사바 본인은 이런 상태인데도 후드티 가슴팍에 달린 마블(MARVEL) 로고만큼은 화려했다.

"아오야기 씨는 팬클럽 선예매로 구했대요."

"어, 대단한걸."

"오노세도 남들처럼 콘서트 같은 걸 하는군요. 그런 이미지가 아니라서 놀랐어요. 일반 예매는 이제부터라니까 저도 도전해 볼까 하는데요."

"일반 예매는 순식간이야. 거길 뚫을 수 있으려나."

"아참, 합주단 이야기는요? 하나오카 씨에게 들으셨나요?"

침묵이 찾아오는 걸 견딜 수 없어서 다치바나는 애써 화제를 이어나갔다. 평소 같으면 아사바가 자연스레 맡았을 역할이다. 대인 관계가 원만하지 못한 건 이런 역할에 서투르기 때문임을 새삼스레 통감했다.

“아, 가게를 재개장해서 라이브 연주를 한댔나…….”

“선생님, 오실 수 있나요? 합주회는 10월 예정인데요.”

어떤 시기냐에 달렸지, 하며 못마땅한 듯 시계를 올려다보는 모습을 보며 다치바나는 재빨리 양복 윗도리를 입었다. 군자는 괜스레 위험한 일을 하지 않는다고 했다. 오늘은 냉큼 돌아가는 것이 상책일 듯했다.

“감사합니다. 다음 주에 뵐게요.”

“아, 보충 레슨은 언제 받을래?”

억양 없는 목소리로 불러 세운 탓에 다치바나는 레슨실 문을 반쯤 연 채 돌아봤다.

다음 주 수요일은 어떠신가요? 하고 적당한 요일을 말하자 좀 늦어도 괜찮다면 시간 있어, 하고 아사바가 리포트 패드를 팔락 넘겼다.

“여덟 시부터도 괜찮아?”

“네. 퇴근 이후에는 몇 시라도 상관없습니다.”

“그런데 다치바나 씨는 몇 살이지?”

갑자기 화제가 붕 튀어서 역시 오늘은 뭔가 이상하다 싶었다. 명랑함과 쾌활함을 잃은 아사바는 어쩐지 다른 사람처럼 보였다.

“……올해 스물일곱 살인데요.”

"젊네."

"별로 차이 안 나잖아요."

두 살 많으시면서, 하고 다치바나가 웃자 그럼 수요일에 보자, 하고 아사바는 조용히 문을 닫았다.

이렇게 될 줄은 처음부터 알고 있었지만 마음 한구석에 묘한 기대감이 있었다. 어쩌면 일이 좋게 좋게 마무리될지도 모른다는 꿈을 꾸고 있었다.

증인 신문 일정 말인데, 하고 시오쓰보가 말을 꺼낸 순간, 뭐라 형용할 수 없이 강렬한 수치심이 단숨에 다치바나의 등골을 타고 올랐다.

"7월 중에 결정될 것 같아. 자네가 증언할 내용에 대해 변호사와 상의해야 하니까 일단 보고서를 제출해. 조사위원회가 보고하는 형식이 되도록 내용을 다듬어서. 그리고 당초 예정대로 6월에는 미카사 음악 교실을 그만두도록 해."

알겠습니다, 하고 대답하자 시오쓰보의 입꼬리가 위로 올라갔다. 웬일로 상쾌한 표정이었다. 왤까 싶었지만 생각해 보면 당연했다.

다치바나가 잘해냈기 때문이다. 이 년 가까이나 되는 세월을 들여서.

"부정 사용 악곡 목록은 별도로 표를 만들어. 중요한 증거가 될 테니까."

회색 철제 서가 사이에 있는 지하 자료실의 한구석은 벽만 몹시 하얬다. 계절감이 없는 광경. 햇빛이 들지 않아서인지 마치 시간이 멈춘 것만 같았다.

"미카사가 관리 악곡을 부정 사용한다는 건 예상했던 바지만, 그걸 자네가 직접 목격했다는 사실이 무엇보다 중요해. 연맹 직원인 자네가 이 년이나 미카사 음악 교실에서 레슨을 받았다는 사실이."

첼로 실력은 좋아졌나? 하고 농담하듯 묻는 순간, 다치바나는 피가 거꾸로 솟는 듯했다. 그동안 즐거웠다면 다행이고, 하며 시오쓰보의 가느다란 눈이 더 가늘어졌다.

"첼로는 취미로 계속하면 되잖나. 물론 미카사 말고 다른 곳에서."

"……그러게요."

취미가 아니라고 고함을 지르고 싶었지만 정작 얼굴에 맺힌 것은 비위를 맞추는 웃음이었다.

"큰 공을 세웠어, 다치바나 군. 특별히 어려운 점은 없었더라도 힘들었지? 매주 레슨을 받으러 가고, 열심히 배우는 학생인 척 발표회까지 참가했으니 말이야."

마치 전부 연기였다는 듯 속삭여서 기분이 언짢아졌다.

지금까지 진지하게 첼로와 마주해 온 시간이 떳떳하지 못하게 꺼림칙한 뭔가로 변질된 것만 같아서 다치바나는 무의식중에 왼손 끝을 마주 비볐다.

단단한 현을 수없이 누르느라 굳은살이 생긴 손가락.

모든 것은 그저 재판에서 증언을 하기 위해서.

"보고서는 연휴가 끝나고 제출해도 상관없어. 데이터베이스 갱신 기일이 코앞이니까. 자료부 업무도 중요하잖아. 그럼 몇 번 안 남은 레슨도 잘 부탁해."

월요일부터 여러 방면에서 문의가 쇄도하는 바람에 신규 데이터 입력 작업이 지연됐다. 그 덕분에 조사 보고서에 손댈 여유가 없어서 눈앞에 닥친 받아들이기 힘든 현실에서 도망칠 수 있었다.

"오늘 어디서 시간 보내다 왔어? 많이 기다렸지?"

야근하고 왔습니다, 하고 레슨실 벽에 가방을 기대놓자 늦은 시간까지 고생이 많네, 하며 아사바가 평소처럼 웃었다. 감기가 싹 떨어진 것처럼 천연스러운 모습이었다. 지난주 레슨 때는 환각을 본 걸까 싶을 만큼 아사바는 기분이 좋았다.

보충 레슨을 부탁한 수요일, 다치바나는 아사바에게 그만두겠다고 말할 작정이었다.

"꽃놀이 시즌의 뒤처리로 바빠? 구립 공원 담당이랬던가?"

"그런 이벤트와는 상관없이 마감이 닥친 일이 많아서요."

다치바나는 아사바의 안색을 살피며 어떻게 말을 꺼내면 좋을지 고민했다. 구청 직원은 전근을 가지 않는다. 홀몸이라 가정 형편을 핑계로 댈 수도 없다.

첼로에 흥미가 없어졌다는 건 아무래도 통하지 않을 거짓말이었다.

"다치바나 씨, 여름부터 가을까지 뭐해?"

별안간 급소를 찌르는 듯한 질문이 날아들어서 심장이 벌렁거렸다. 여름부터 가을까지요? 하고 저도 모르게 되물었다.

다치바나는 의자에 앉은 아사바가 팔짱을 꼭 끼고 있다는 걸 간과했다.

"특별한 일은 없는데요. 평일에는 평범하게 일하겠죠. 그뿐입니다."

"어쩌면 나, 그때 휴가를 낼지도 몰라."

아직 결정된 건 아니지만, 하고 아사바가 중얼거리자 어디 가세요? 하고 대뜸 물어봤다. 헝가리가 머리를 스쳤기 때문이다.

예전에 유학했던 곳에라도 놀러 가는 건가 싶었다.

"그게, 좀 진지하게 연습해 볼까 해서."

"연습?"

높은 뜻을 세웠는데도 아사바의 얼굴은 부끄러움으로 어두워졌다.

"콩쿠르에 나갈 생각이야. 올해가 마지막 기회니까."

그 누구도 범접하지 못할 듯한 날카로운 눈빛을 보고 다치바나는 예전에 미카사의 홈페이지에서 봤던 강사 소개 문구를 떠올렸다.

아사바 오타로. 헝가리 국립 프란츠 리스트 음악원 졸업.

“아직 음악 교실 쪽과 조정하지 않았으니 공식적인 이야기는 아니지만. 그래도 요전처럼 느닷없이 피해를 주면 미안하니까 일찌감치 말해두려고.”

오늘부로 「비 내리는 날의 미로」를 마무리해도 되겠군, 하고 바로 화제를 돌리는 바람에 다치바나는 뭐라고 대꾸할 타이밍을 놓쳤다. 다음에는 무슨 곡을 할까, 하며 아사바는 악보를 팔락팔락 넘겼다.

뭔가 얼버무리고 넘어가기 위해서인지 아사바는 조금 부산스럽게 굴었다.

“곧 여름이 올 테니 「난파」라도 해볼까. 제목이 야단스러운 것치고는 한가롭고 좋은 곡이야. 폭풍이 치기 전의 고요함이랄까, 그런 뜻이 담긴 거겠지? 오노세다운 센스잖아.”

그 기세에 밀려서 도저히 그만두겠다는 말을 꺼낼 수가 없었다. 콩쿠르 힘내세요, 하고 가볍게 말할 수 있는 분위기도 아니었다.

다치바나가 품고 있는 것과는 다른 초조함이 잠잠하게 타올랐다.

## II

일본 음악 콩쿠르는 권위와 전통을 겸비한 국내 최고의 음악 경연이다. 여기 입상한 후 출세한 사례가 수없이 많으므로 명실공히 젊은 음악가의 등용문으로서 이름이 높다.

덧붙여 첼로 부문의 참가 제한 연령은 스물아홉 살이다.

"오타로 선생님은 어쩌다 갑자기 불이 확 붙은 걸까."

콩쿠르에는 관심 없는 사람인 줄 알았는데, 하고 하나오카가 의외라는 듯 중얼거리자 마스터 클래스에서 자극을 받은 건가, 하고 옆에서 가모가 웃었다.

초여름을 연상시키는 햇살이 내리쬐는 가운데, 골든 위크 첫날의 후타코타마가와역 주변은 가족들로 붐볐다. 최근 이삼 일 사이에 기온이 껑충 올라간 탓인지 반소매에 샌들 차림으로 나온 사람도 드문드문 눈에 띄었다. 다치바나는 인도를 바라보며 자신도 샌들을 신고 올 걸 그랬다고 생각했다.

합주회 관련 회의는 역 근처 카페의 테라스에서 열렸다.

"좀 더 현실적으로 생각합시다. 이 멤버로 어려운 곡은 무리예요. 간단한 곡을 골라서 완벽하게 호흡을 맞추면 되잖아요."

적어도 오노세 아키라는 안 됩니다, 하고 가지야마가 딱 잘라 말했다. 하지만 좋아하는 곡을 해야 의욕이 생기지, 하고 가모가 매끈한 얼굴에 웃음을 띤 채 반박했다. 신중한 성격인

가지야마와 태평한 성격인 가모는 애당초 사고방식이 다른 듯했다.

가지야마가 주도하고 있어서인지, 회의는 공식 업무 같은 열기를 띠었다. 누가 봐도 단골 레스토랑에서 열릴 아마추어 합주회 관련 회의인 줄은 모를 것이다.

서로 의견이 부딪쳐도 험악한 분위기가 형성되지 않는 것이 이 모임의 좋은 점이기는 했다.

"기왕 할 거면 발표회에서는 연주할 엄두도 못 낼 곡에 도전해 보고 싶지 않아? 그런 점에서 오노세 아키라인 거지."

"기본적으로 볼 때, 발표회에서 연주할 엄두도 못 낸다는 건 실력이 전혀 못 미친다는 뜻이잖습니까."

"그렇게 힘 빠지는 소리 하지 말고 도전하자. 취미니까."

자자 심플하게 갑시다, 심플하게, 하고 가지야마가 작게 손뼉을 쳤다. 보라색 골프 셔츠 차림이기는 했지만 직장에서 일하는 모습이 훤히 보이는 듯했다.

"믿고 의지할 아사바 선생님도 바빠질 모양이니, 분수를 잘 파악해서 견실하게 합시다. 손님들 앞에서 연주할 거잖아요? 본무대를 망치면 더 힘이 빠질 겁니다."

하지만 간단한 곡을 검색해 봐도 적당한 곡이 없네요, 하고 스마트폰을 만지작거리던 아오야기가 난처한 목소리로 중얼거렸다. 첼로, 합주로 조사해 봤지만 이 인원수에 맞는 악보를 찾을 수 없다고 했다.

다치바나는 이야기의 흐름을 좇으며 사과할 타이밍만 생각했다.

직장 사정상 참가할 수 없게 됐다고 사정을 설명하며 거절해야 한다.

"역시 인원수가 너무 많나? 하지만 백 명이 첼로를 연주하는 이벤트도 있잖아."

"콰르텟까지는 악보가 참 많은데 말이죠."

콰르텟이라고도 불리는 현악 사중주는 바이올린족에 속하는 악기 네 대로 구성된 합주 형태를 가리킨다. 바이올린 두 대와 비올라, 첼로가 일반적이지만 전부 첼로로 구성하면 또 다른 맛을 느낄 수 있다.

"다쿠로는 뭔가 아이디어 없어? 예전에 오케스트라 동아리였잖아. 우리 여섯 명이 호흡을 맞출 수 있을 만한 곡 몰라?"

가지야마가 테이블 가장자리에서 주스를 마시고 있던 가타기리에게 묻자 없는데요, 하고 웃으며 대답했다. 어쩐지 초등학생 같은 분위기에 여러모로 둔감해 보이는 사람이다. 키는 훤칠하게 크지만 패션 감각은 뛰어나지 않았다. 서로 흥미와 관심이 부족한 탓인지 다치바나는 가타기리와 이야기를 많이 나눠보지 않았다.

가타기리는 주스를 꿀꺽꿀꺽 마신 후 헤실헤실 웃으며 한 손을 들었다.

"마침 좋은 기회이니, 지금 사과해도 될까요?"

"뭘?"

"예상보다 가을 일정이 빡빡해서 연습에 참가하지 못할 것 같으니, 저는 역시 빠지겠습니다."

가타기리는 손가락이 길쭉한 손을 가슴 앞에 세워서 사과하는 자세를 취했다. 본인에게 그럴 의도는 없겠지만 언제 봐도 건성으로 행동하는 것처럼 느껴졌다.

"일부러 회의에 와서 바나나주스까지 시켜놓고?!"

"어차피 오후에 레슨을 받으러 미카사에 가야 해서요. 나온 김에 와봤어요."

그럼 오중주 악보를 찾아야 하나, 하고 하나오카가 중얼거리는 순간, 기회는 이때밖에 없다는 생각으로 다치바나는 머뭇머뭇 입을 열었다.

"저기, 실은 저도 업무 상황이 좀 심상치 않아서요……."

합주단에 참가할 수 없을 것 같네요, 하고 모호하게 이유를 설명하자 앗, 하고 아오야기가 외마디를 흘렸다. 어머머, 하고 하나오카가 입가에 손을 댔다.

"이쓰키 군도 안 돼? 단숨에 숫자가 확 줄었네."

"죄송합니다, 제 직장 사정 때문에."

당일에는 올 수 있으세요? 하고 아오야기가 묻자 대답하기가 난감했다.

재판에 연맹 쪽 증인으로 서더라도 거기 있는 사람들 외에는 얼굴이 알려지지 않으리라. 자신 말고 법정에 서는 사람은 미카사 쪽 증인과 본사의 중역 정도일 것이다. 재판은 누구나 방청할 수 있지만 모임 멤버들이 재판정에 올 가능성은 한없이 낮다. 아무리 온라인에서 주목받는 사건이라 해도 보통 사람은 기업 간 소송에 흥미를 보이지 않는다.

비바체에 잠깐 얼굴을 내비치는 정도라면 괜찮으리라.

"아마 합주를 들으러 갈 수는 있을 거야."

다치바나 씨가 빠진다면 오노세는 포기해야겠군, 하고 가모가 어깨를 축 늘어뜨렸다. 아직도 오노세에 미련이 있었습니까? 가지야마가 어이없다는 목소리로 핀잔을 주었다.

우여곡절 끝에 합주회에서 연주할 곡은 요한 파헬벨의 「캐논」으로 정해졌다. 현악 사중주의 단골곡이다. 같은 선율을 쌓아 올리는 화성 진행은 황금 코드라 불리며 그 독특한 구성은 오늘날의 대중음악에도 이어진다.

세세한 부분이 결정돼 갈수록 자신도 참가하고 싶다는 마음이 강해졌다.

이 사람들 사이에 있으면 늘 임무를 잊어버린다.

"덧붙여 당일에 우리 말고 연주를 부탁할 만한 사람 있습니까? 캐논 연주만으로는 길어도 오 분이면 끝날 텐데."

가지야마가 묻자 악기를 하는 주변 사람에게도 제안해 볼 생각이야, 하고 하나오카가 깍지를 끼며 대답했다. 그럼 아사바 선생님에게도 부탁하면 되겠네, 하고 별생각 없는 표정으로 가모가 웃었다. 그야 콩쿠르 결과에 달렸겠죠, 하고 잠시 후 아오야기가 하기 힘든 말을 꺼내듯이 중얼거렸다.

일본 음악 콩쿠르 본선은 합주회 예정일보다 나중이었다.

"본선 직전이면 힘들겠지. 이번에는 부탁 못 하겠네."

하지만 언젠가 꼭 공짜 밥의 보답을 받을 거야, 하고 하나오카가 농담 섞인 말과 함께 웃자, 과연 본선까지 갈 수 있을까요, 하고 가타기리가 찬물을 끼얹듯이 말했다.

그 조심성 없는 말에 다치바나도 테이블 가장자리에 시선을 주었다.

"뭐야, 무슨 말이 그래?"

"얼핏 생각해 봐도 힘들 것 같아서요. 일본 음악 콩쿠르잖아요?"

거침없이 솔직한 가타기리의 말에 분위기가 조금 딱딱해졌다. 암묵적으로 받아들였던 환상이 갑자기 사라진 것처럼.

모임 멤버들이 아사바의 실력을 의심하진 않아도 음악의 세계를 잘 아는 건 아니다.

"그야 아사바 선생님이 입상하면 최고겠지만요. 하지만 클래식 음악계는 어마어마하거든요. 재능 있는 인간들이 최선을 다해 노력하는 분야라고요. 확실히 아사바 선생님도 뛰어나지만, 지금까지 우리랑 술 마시며 놀 여유는 있었잖아요? 아마 저 위쪽 세계는 훨씬 엄청나지 않을까 싶네요."

뭐, 전부 얻어들은 이야기지만, 하고 가타기리는 덧니를 내보이며 실실 웃었다. 대학교 오케스트라 동아리 소속이었으니 그런 쪽 이야기를 접할 기회가 있었던 모양이다.

왜 갑자기 콩쿠르를 목표로 삼았는지 다치바나는 아직 본인에게 물어보지 못했다. 섣불리 말을 꺼냈다가는 아사바의 자존심에 상처를 줄 것 같아서 망설여졌다.

"에이, 결과도 나오기 전에 초 치는 소리 하지 마."

"선생님의 험담을 하는 게 아니잖아요? 진짜들의 세계는 장난 아니라는 이야기인데."

난 선생님이 할 수 있을 거라 믿어, 하고 아사바를 편들 듯이 가지야마가 말했다. 화제를 바꾸려는지 캐논의 악보를 검색해 볼게요, 하고 아오야기가 목소리를 높였다.

우리가 싸울 일은 아니잖아, 하고 가모가 타고난 밝은 성격으로 긴장된 분위기를 누그러뜨렸다.

"입상하면 축하하고, 떨어지면 고생 많으셨다고 위로하는 거지. 그거면 돼. 지금은 이러쿵저러쿵 떠들 것 없이 응원하면 되는 거고. 그리고 합주회 때 한 곡 연주해 달라고 아사바 선생님에게도 부탁하자. 그야말로 일가견 있는 오노세의 곡이라도 말이야."

그때는 악곡 신청이 필요하겠군요, 하고 다치바나가 중얼거리자 하나오카가 이쪽으로 고개를 홱 돌렸다. 익숙한 대사라 그런지 묘하게 매끄러웠다.

스스로 생각하기에도 신기할 만큼 불쑥, 그 말이 입에서 튀어나왔다.

"신청이라니?"

"……연맹에 악곡 사용 신청을 해야 하거든요. 일본 음악저작권 연맹에요."

들어본 적 없으세요? 하고 머뭇머뭇 묻자 요즘 인터넷에서 비난받고 있는 그거 말이군요, 하고 가타기리가 웃음을 터뜨렸다. 비웃는 듯한 반응에 화가 났다.

한편 하나오카는 어리둥절한 표정으로 남의 일을 대하는 것 같은 태도를 취했다.

"이름은 알지만, 이 정도 규모의 이벤트에서는 필요 없잖아?"

"규모와 관계없이 영리 목적의 연주인지 아닌지가 쟁점이었던 것 같은데요. 합주회 당일도 손님에게 음료와 요리 대금을 받으시나요?"

"그야 물론이지."

"그럼 영리 목적의 악곡 사용에 해당할 겁니다. 신청이 필요할 거예요."

신청하면 어떻게 되는데, 하고 하나오카가 의아한 말투로 물었다. 센다이 지사에 있던 시절에 현장에서 수없이 들었던 말이었다.

라이브 연주를 위한 장소를 마련하겠다는 이야기를 들었을 때부터 일이 이렇게 흘러가지 않겠느냐는 예감은 들었다.

잠입 수사를 하느라 속으로 켕기는 건 사실이지만 그것과 이것은 별개의 이야기다.

"기껏해야 한두 곡 연주하는데 그 단체에 돈을 내라는 거야? 만 단위로 나온다면 남편이 싫어하겠는걸."

"이번처럼 단발성 이벤트라면 수백 엔 단위로 청구될 거예요. 점포 면적과 고객 일 인당 평균 매입액에 따라 달라지겠지만요. 저작권이 소멸된 클래식만 연주한다면 신청할 필요 없고요. 대중음악을 연주할 때는 반드시 신청해야…… 하는 규정인 것 같았는데요. 정확하게는 저작권자가 살아 있거나, 사망한 지 칠십 년이 지나지 않은 악곡요."

예를 들면 오노세 아키라의 악곡이라든가, 하고 덧붙이자 다치바나 씨 잘 아시네요, 하고 아오야기가 놀라듯 입을 떡 벌렸다. 대학교 때 전공이 그쪽이라서, 하고 서둘러 말하자 이야, 하고 작은 대답이 들렸다.

뭔가에 사로잡힌 듯 이상하게 말이 계속 쏟아져 나왔다.

"정말로 다들 그런 신청을 할까? 분명 안 하는 사람이 훨씬 많을 거야. 기껏해야 수백 엔을 지급하려고 성가신 절차를 밟아야 한다니, 귀찮지 않아? 대형 페스티벌이나 콘서트라면 몰라도, 장소가 우리 가게인걸. 기껏해야 한두 곡이고."

"……그렇게 생각하는 사람도 많긴 할 겁니다. 하지만 같은 논리로 따져서, 비바체에서 소액의 무전취식이 많이 발생한다면 하나오카 씨도 곤란하시겠죠?"

레스토랑이 요리와 장소를 제공하고 그 대가를 받듯 음악가도 음악을 제공한 대가를 받는 겁니다, 하고 부드럽게 설명하자 레스토랑 경영자의 시선이 크게 흔들렸다. 그렇게 따지면 할 말이 없네, 하고 하나오카가 쓴웃음을 지었다.

"오노세 아키라가 어떻게 살 거라고 생각하세요?"

다치바나가 사람들의 얼굴을 둘러보자 그야 풍족하게 잘 살겠지, 유명인이니까, 하고 가지야마가 대답했다. 지금 뉴욕에 살잖아, 하고 가모도 웃었다.

더 이상 열변을 토하면 의심받을지도 모르건만 다치바나는 도저히 멈출 수가 없었다. 강의라도 하듯이 점점 말이 많아져서 자칫하면 혀가 꼬일 것만 같았다.

"그럼 오노세 아키라의 그런 생활을 지탱해 주는 수입원은 뭘까요? 바로 저작권 사용료입니다. 연주 활동도 하니까 딱 그것 하나라고 단정할 수는 없어도 수입 중에서 저작권 사용료가 가장 큰 비율을 차지할 거예요. 저작권 사용료는 시디,

콘서트 등 그 악곡이 사용되는 다양한 분야에서 조금씩 징수하는데요. 음악을 사용해서 얻는 수익의 일부는 반드시 저작권자에게 돌려줘야 합니다. 수익이 제대로 환원되지 않으면 아티스트의 생활이 어려워지고, 그럼 세상에 새로운 음악은 탄생하지 않겠죠.”

저작권 사용료를 징수하는 시스템이 없으면 음악은 미래를 잃을 겁니다, 하고 말하며 다치바나는 스스로를 격려했다.

자신이 종사해 온 이 일은 결코 잘못되지 않았다고, 의의 있는 일이라고.

“뭐, 이쓰키 군이 그렇게까지 말한다면야.”

귀찮지만 신청해 볼까, 하고 하나오카가 태도를 바꿔서 다치바나는 안심했다.

앞으로 계속 비바체에서 음악 이벤트를 열 생각이라면 언젠가는 손님으로 위장한 연맹의 실지 조사에 적발된다. 만에 하나 소송이라도 걸린다면 비바체에 승산은 없다.

그런 일을 회피한다는 의미에서도 이 자리에서 설득하고 넘어가고 싶었다.

“홈페이지에서 바로 신청할 수 있다는 모양이에요. 앞으로도 라이브 연주 이벤트를 기획하실 때는 매번 신청하시는 편이 좋겠죠.”

“그러고 보니 미카사와 연맹의 재판에 진전이 있었던가요?”

가타기리가 스마트폰 화면을 만지작거리며 느닷없이 말했다. 재판? 하고 하나오카가 눈썹을 찡그리자 모르세요? 하고 재미있다는 듯 히죽거리는 웃음이 가타기리의 얼굴에 번졌다. 마치 가시방석에 앉은 기분이라 다치바나는 얼른 아이스커피에 손을 뻗었다.

잔에 가득 맺힌 물방울이 손바닥에서 솟아난 땀처럼 느껴졌다.

"미카사가 연맹에 소송을 걸었거든요."

"어, 미카사가? 왜?"

"이게 참 기막힌 이야기라니까요. 우리 같은 학생이 음악교실에서 레슨을 받으면 당연히 어떤 곡을 연주하겠죠? 그건 엄연히 공중을 대상으로 하는 연주에 해당하니까, 연맹에서 돈을 지급하라고 요구했대요. 그래서 미카사가 법원에 소송을 건 거고요."

뭐야 그게, 하고 비난하는 하나오카의 목소리가 귀를 찔러서 지금 당장 이 자리에서 사라지고 싶었다.

"레슨 시간에 학생들이 켜는 곡은 도저히 들어줄 수준이 아닌걸. 툭하면 막혀, 툭하면 틀려. 그런 걸 연주라고 할 수 있어?"

"그래서 인터넷이 아주 들썩였죠. 그걸로 연간 십억쯤 뜯어낼 작정이래요."

그러다 오타로 선생님이 길바닥에 나앉으면 어떻게 해, 하고 하나오카가 농담 같지 않은 소리를 했다. 카페 앞 인도에는 눈부신 햇빛이 비쳤고 한낮의 그림자는 짧았다.

정체가 발각되면 다들 자신을 경멸하지 않을까 싶어서 다치바나는 눈앞이 캄캄해졌다.

인기척 없는 자료부에서 홀로 야근을 하고 있으니 점차 현실감이 사라졌다. 자료부에도, 이웃한 경리부에도 사람은 아무도 없었고 창밖은 밤이었다.

조사 보고서를 작성하는 동안 다치바나의 마음속에 묘한 감각이 치밀었다.

이렇게 문자로 써보니 단지 거기 적힌 내용이 전부인 것같이 느껴졌다.

'조사위원회는 미카사 음악 교실(이하 미카사)이 상습적으로 관리 악곡의 연주권을 침해한다는 사실을 입증하기 위해 본사의 조사원을 미카사 후타코타마가와점에 파견했다. 조사원은 첼로 상급 코스 개인 레슨을 주 1회 수강했다. 체험 레슨 단계에서 조사원은 강사 A에게 '대중음악을 좋아한다면 대중음악으로 레슨을 받아도 상관없다'는 이야기를 들었다. 조사원이 '대중음악으로 레슨을 받고 싶다'는 뜻을 전하자 다음 주부터 45분의 레슨 시간 대부분을 관리 악곡을 연주하거나 강사의 연주를 감상하는 데 할애했다.

레슨에서 부정 사용한 악곡의 목록은 별지로 제출하는 바다.'

미카사의 결산 자료에 따르면 작년도 실적은 그럭저럭 괜찮은 것 같았다. 경상이익*이 약 사백구십억 엔. 상세한 내용까지는 파악할 수 없었지만 지난 분기 대비 약 십 퍼센트 상승이라고 돼 있으니 결코 나쁘지는 않을 것이다.

연간 십억 엔의 저작권 사용료를 징수해도 사업이 기울지 않으리라는 것을 알고 일단 가슴을 쓸어내렸다. 미지근해진 캔커피를 물처럼 들이켠 후, 다치바나는 미카사의 결산 자료가 표시된 브라우저 탭을 닫았다.

아사바는 강사니까 미카사에 정규직으로 채용된 건 아니다.

만에 하나라도 자신이 이 일에 관여한 탓에 아사바가 피해를 보지는 않을까 마음이 조마조마했다.

레슨 때 새로 배우기 시작한 「난파」는 확실히 제목과 곡조가 짝짝이였다. 대체 무슨 생각으로 오노세 아키라는 이런 제목을 붙인 걸까. 아사바 말처럼 이 부드러운 음악이 폭풍이

* 영업이익에 영업외수익과 영업외비용을 포함해서 계산한 수익.

치기 전의 고요함을 표현하는 거라면 이 세상의 그 무엇도 믿지 못할 듯해서 기분이 찜찜했다.

"오늘 어쩐지 전체적으로 힘이 많이 들어갔네. 심호흡하고, 어깨 내리고. 멜로디는 제대로 켜고 있지만, 후반부로 나아갈수록 템포가 약간 빨라져."

지금 이 부분까지 한 번 더, 라는 아사바의 지시에 다치바나는 보면대의 악보를 첫 페이지로 되돌렸다. 시계를 힐끗 올려다보자 레슨 시간은 이미 후반부에 접어들었다. 과제곡이 바뀐 직후는 레슨 시간이 순식간에 지나간다.

그만두겠다고 말할 기회는 아직도 찾지 못했다.

"다치바나 씨, 슬슬 첼로를 사는 게 어때?"

공무원이니까 돈 있잖아, 하고 농담하듯 말한 탓에 하필 이런 시기에 그런 이야기를 하나 싶어 놀랐다.

"출퇴근길에 가지고 다니기가 불편하댔나? 그럼 레슨 시간에는 그걸 사용해도 상관없어. 이만큼 진지하게 계속할 거면, 자신을 위해 한번 질러보는 것도 괜찮잖아. 요전에 단골 악기점에 갔더니 새 첼로를 많이 들여놨더라고."

기분 좋게 권하니 새삼 양심에 찔렸다. 앞으로 몇 번이면 그만둘 마당에 이제 와서 첼로를 살 이유가 없다.

아사바는 자기 앞에 있는 학생이 연맹의 스파이일 줄은 꿈에도 모르는 것이다.

"그렇게 큰 지출은 좀."

"악기는 평생 가니까. 보아하니 다른 일로 돈을 낭비하지도 않는 것 같은데."

"갖고 싶은 마음은 굴뚝같지만 갚아야 할 학자금이 남아 있어서 악기에 큰돈을 쓰기는 그러네요."

사실을 섞어서 양해를 구하자 그렇구나, 하고 세상일에 어두운 듯한 목소리가 되돌아왔다. 아사바는 별생각 없이 말했겠지만 여태껏 나눠온 잡담에서 그의 유복한 삶을 엿볼 수 있었다.

"그렇다면 어쩔 수 없지. 그저 이제 적당한 시기가 되었다 싶었거든."

"……선생님이 그 첼로를 구입하신 계기는 뭐였나요?"

그냥 궁금해서요, 하고 덧붙이자 계기? 하고 아사바가 되뇌었다.

첼로의 몸체를 문득 내려다보자 그 친숙한 색채에서 애착 같은 감정이 느껴졌다. 이 년 가까이 다치바나가 여기서 켜온 첼로. 하지만 이것은 스스로 선택한 악기가 아니라 미카사에서 무작위로 빌려준 대여용 첼로에 불과했다.

살 생각이 없는데도 어째선지 악기 선택법이 궁금해졌다.

"난 켜보고 마음에 딱 꽂히는 걸 골랐어. 나 스스로 좋다고 느낀 첼로를."

이게 소리가 제일 아름다웠거든, 하며 아사바가 자기 첼로의 옆판에 손바닥을 댔다. 공들여 손질한 황갈색 악기는 아주 상태가 좋아 보였다.

"마음에 딱 꽂히는 그 감각을 감지할 자신이 없어서 일반적인 기준을 알고 싶었는데요. 좋은 악기를 구분하는 방법 같은 건 없을까요? 겉모양은 이런 게 좋다든가, 켜봤을 때 이렇게 들리는 게 좋다든가."

"일반적인 기준으로 자신의 악기를 고르려고 하지 마. 마음에 딱 꽂히든지, 가슴이 찌르르하든지 감각은 사람마다 다르겠지만, 다치바나 씨가 좋다고 여긴 첼로가 세상에서 제일 좋은 첼로야. 그야 생산지나 제작자를 따지고 들면 한도 끝도 없겠지. 하지만 그것도 어떤 의미에서는 남의 기준이잖아. 내 악기는 내 거고, 다치바나 씨의 악기는 다치바나 씨 거야. 자신의 영감을 믿는 수밖에."

예를 들면, 하고 아사바가 갑자기 몸을 내밀더니 예상치도 못한 행동을 취했다.

"이 볼펜. 다치바나 씨는 뭐가 좋아서 이걸 골랐어?"

볼펜을 높이 쳐든 순간 온몸에 소름이 쭉 끼쳤다.

녹음기.

"……그건 받은 거라서요."

"아, 그렇구나. 여자 친구?"

친척한테요, 하고 대답하자 소중히 아껴서 사용하다니 대단하잖아, 하고 스테인리스 볼펜을 든 채로 아사바가 웃었다.

그 숨소리마저 잡아낼 만큼 마이크와 거리가 가까웠다.

아주 시끄러울 것 같았다.

그렇게 가까이에서 말하면 굉장히 큰 소리로 녹음된다.

"이 볼펜을 선물한 사람도 자신만의 판단 기준에 따라서 선택했겠지? 겉모양이라든가, 필기감이라든가. 그리고 무게? 분명 모든 제품을 비교 검토해서 결정하지는 않았을 거야. 판매점에서 이걸 보자 다치바나 씨가 문득 떠올라서 선물해 준 것 아닐까."

그건 친척에게 받은 선물이 아니라 상사가 준 조사용 비품이다. 시오쓰보가 일부러 판매점에 가서 이것저것 살펴보고 녹음기를 골랐을 리 없다. 업자의 홈페이지에서 클릭한 것이 전부이리라.

점점 몸에서 힘이 빠져나갔고 역겨운 기분에 구역질이 났다.

"용케 똑같은 펜을 오래 사용한다 싶었지. 난 펜 같은 걸 금방 잃어버리니까……."

이제 입 좀 다물어. 그게 뭔지도 모르는 주제에.

네 말은 전부.

녹음되는 중이라고.

"한 번 더 처음부터 켜봐도 될까요?"

무심코 끼어들어 말을 막자 아사바는 아, 미안, 요즘 잡담이 늘었지, 하며 목덜미를 긁적였다. 다치바나가 다시 「난파」를 켜자 거스러미가 생긴 듯 거칠어진 음색이 귀에 거슬렸다.

부드러운 곡조에 전혀 어울리지 않는 최악의 연주였다.

평일이 순식간에 지나가고 어느새 새로운 한 주가 시작됐다.

"분명 말도 안 되는 오해를 하는 거겠지."

오해요? 하고 다치바나가 묻자 자료부라면 일손이 남아돌 거라는 오해? 하고 푸념하며 이소가이가 납작한 박스를 들어 올렸다. 다치바나도 그릇이 든 박스를 들자 겉보기보다 무거웠다.

어째선지 임시 총회 후 중역들의 오찬 회동을 준비하는 잡무가 자료부까지 돌아온 탓에 다치바나도 동원됐다. 쇼카도 도시락•의 찬합에 주발을 정확하게 놓아두는 것이 다치바나와 이소가이가 급히 처리해야 할 작업이었다.

평소 직원의 출입이 금지된 최상층 회의실은 넓었다.

"왜 우리한테 이런 일까지 시키는 거람. 보통은 총무부 담당이잖아."

이소가이의 양복 옷깃에는 회사 배지가 달려 있었다. 연맹

• 내부를 십자 모양으로 구분한 찬합에 음식을 담아내는 도시락.

의 새빨간 로고마크 모양이다. 총회를 준비하는 직원은 반드시 회사 배지를 다는 것이 오랜 관례였다.

물론 다치바나도 옷깃에 회사 배지를 달았다.

"총무부 하니까 생각났는데, 미후네 씨는 오늘 총회에도 참석했잖아."

"그래요?"

총회고 뭐고 도시락이나 세팅하란 말이야, 하고 이소가이가 스마트폰으로 쇼카도 도시락의 배치도를 확인하며 퉁명스럽게 말했다. 왼쪽 아래가 찜이래, 라는 지시에 다치바나는 찜 그릇이 든 박스를 찾았다.

"그 사람, 늘 높은 사람들의 모임에 불려 다니는 것 같던데. 역시 미인은 이득인가. 다치바나 씨는 뒤편에서 조용히 도시락이나 세팅하고 있는데 말이지."

"매번 총회에 불려 다닐 바에야 뒤편에서 도시락을 세팅하는 편이 나을 것 같은데요."

"다치바나 씨까지 미후네 씨 편을 드는 거야?"

이소가이가 몹시 낙담한 목소리로 말하자 아무래도 상관없는 일이기는 하지만 반박하고 싶은 기분이었다. 높은 사람의 모임에 끌려다닌들 불편하기밖에 더 하겠는가.

오늘 총회에는 연맹의 정회원들이 참석했고 총회 후의 오찬 회동에는 중역들이 모일 예정이다. 요컨대 지금 테이블에 늘어놓은 도시락의 숫자는 최상층 사람들의 숫자다. 그렇게 생각해 본들 중역들이 한곳에 모이는 오찬 회동의 분위기가 어떨지는 상상이 가지 않았다.

최상층 사람들은 자신의 존재를 알고 있을까.

자료부의 젊은 직원이 미카사에 숨어들었다는 정도로 인식하고 있을까. 아니면 얼굴과 이름도 전달됐을까. 조사위원회 소속의 시오쓰보는 얼마나 위쪽에 보고하는 걸까. 중후한 분위기의 가구에 둘러싸인 회의실 한복판에서 갑자기 무서워졌다.

난 터무니없는 임무를 떠맡은 것 아닐까.

"장국은 높은 분들이 온 후에 뜨거운 물을 부어서 내놓는 거던가. 잊어버렸네."

그러면 될 겁니다, 하고 대답하며 다치바나는 문득 큼지막한 창문 너머를 올려다봤다. 이 높이에서는 눈앞을 가로막는 나뭇가지도 없어서 하늘의 전망이 참 좋다.

하지만 마천루와는 거리가 먼 평범한 오피스 빌딩 아래에는 그저 한적한 주택가가 펼쳐져 있을 따름이었다.

얼마 후, 조사 보고서가 상층부까지 올라갔다고 시오쓰보가 알려줬다.

"깔끔하게 정리했더군. 평판도 좋았어. 조사한 직원의 노고를 크게 치하해 주라고 직접 분부를 받았지."

감사합니다, 하고 희미한 웃음을 짓는 것과 동시에 다치바나는 위장이 찌릿찌릿 아팠다. 물에 넣고 펄펄 끓이는 것 같은 불쾌감이 밀려와서 짜증이 났다. 스트레스 탓인지 최근 며칠 몸 상태가 안 좋았다. 인공적인 불빛으로 가득한 지하 자료실에 있으니 기분이 더욱 침울해졌다.

가슴께에 살짝 손바닥을 대자 기시감이 느껴졌다.

"그 보고서를 바탕으로 재판용 서류를 만들 거야. 증인 신청에 대해서는 변호사가 알아서 해줄 테고. 증인 신문 기일이 다가오면 면밀하게 협의하지. 뭐, 걱정할 건 없어. 자네는 연기에 뛰어난 것 같으니까 말이야. 재판에서는 시킨 대로만 하면 돼."

시오쓰보에게 미카사 잠입 조사는 이미 끝난 것이나 마찬가지리라. 표정을 보면 안다. 잠입 조사 축하연은 한판 크게 벌여보자고, 라며 벌써 설레발을 치는 모습을 보니 다치바나로서는 전혀 맞춰줄 수가 없었다.

"다치바나 군이 좋아하는 음식이라도 알아놓을까. 뭣 하면 미리 축하부터 해도 될 정도야."

"아직 미카사의 레슨이 남아 있어서요."

잠입 기간이 끝나면 꼭 부탁드립니다, 하고 덧붙이자 참 성실하다니까, 하고 시오쓰보는 미소를 지었다.

서가에 죽 꽂힌 낡은 종이의 냄새가 갑자기 목구멍을 후볐다. 흰빛을 띤 이 공간에 서 있으면 지금이 언제고, 여기가 어디인지 알쏭달쏭해진다.

그 감각에 흠칫 놀랐다.

다시 첼로를 켜기 전에는 늘 이런 느낌이었다.

"다치바나 군도 이제 조직 내부의 친분 관계를 알아둬야 할 시기 아닌가? 이제 마냥 젊은 말단 직원도 아니잖아. 회식이라고 해서 무조건 딱딱하고 그렇지는 않아. 얼굴도장 찍는다는 기분으로 참석해 봐. 미카사의 강사와 학생들에게 작별 인사는 마쳤나?"

"뭐라고 말할 틈이 없어서 아직."

그것은 어째선지 다치바나의 기억에서 쑥 빠져나가 버렸던 감각이었다. 돌이켜 보면 불면에 시달리지 않게 된 것도 지난 일 년 사이의 일이다. 그전까지는 자나 깨나 매일 어딘가 상태가 안 좋았다. 그 악몽의 두려움에서도 최근에야 벗어났다.

악보를 단숨에 팔락팔락 되돌리듯이 생각하다가 어라, 싶었다.

그 악몽이란 대체 어떤 악몽이었더라?

"뭐, 미카사의 강사와는 법정에서 다시 얼굴을 보겠지만 말이야."

"……뭐요?"

무심코 튀어나온 예의 없는 말을 주워 담을 여유는 없었다.

위장을 걷어차는 것 같은 둔한 통증에 숨이 멈췄다.

"……저기, 법정에서 본다는 건."

눈이 빙글빙글 돌아가는 것같이 기분이 안 좋아서 무슨 소리인지 제대로 못 알아들었다. 등줄기에 얼음 막대를 박아 넣은 것처럼 꺼림칙한 한기가 계속 밀려왔다.

다치바나가 동요한 걸 모르는 눈치로 시오쓰보는 자세히 설명했다.

"미카사도 바보는 아니야. 증거 신청서 증인란에 적힌 자네 이름을 보면 신원을 조사하겠지. 레슨 시간에 연주권을 침해했다고 증언하겠다는 이 녀석은 대체 누굴까? 학생 명부를 조사하면 자네 이름은 즉시 밝혀져. 그렇다면 다치바나라는 연맹 직원의 먹잇감이 된 첼로 강사는 누구일까?"

이쪽의 증언을 뒤집기 위해 자네의 담당 강사를 미카사 쪽 증인으로 세우는 건 지극히 자연스러운 흐름이잖나, 하고 웃는 모습에 다치바나는 아무 대꾸도 할 수 없었다.

콩쿠르에 나갈 생각이야. 올해가 마지막 기회니까.

"그나저나 이렇게까지 확실한 증거 앞에서 미카사가 뭐라고 더 주장할 수 있으려나? 음악 교실은 '공중'의 장소가 아니라고 계속 잡아뗄 작정일까."

보충 레슨을 하면서까지 도전하려는 인생 마지막 콩쿠르

다. 예선을 앞둔 중요한 시기에 재판에 휘말리면 당연히 차질이 생긴다. 잠입 조사를 했다는 사실이 밝혀지면 미카사 쪽은 아사바에게 자세한 사정을 알아내려고 눈에 불을 켤 것이다. 증인 역할을 떠맡으면 콩쿠르 연습은 물 건너간다.

게다가 이 타이밍에 자신과 친했던 학생이 연맹의 스파이임을 알게 된다면.

아사바는 어떻게 생각할까?

"그건 왜 달고 있지?"

시오쓰보가 손가락을 쭉 뻗어서 가리키자 다치바나는 자기 왼쪽 가슴을 천천히 내려다봤다.

"……지난 임시 총회 때 호출을 받고 도와주러 갔었거든요."

"그랬군. 애사심이 참 대단하다고 감탄할 뻔했어."

다치바나는 새빨간 로고마크를 본뜬 회사 배지를 빼서 가슴주머니에 넣었다. 이런 비상사태인데도 자리에 돌아가면 서랍 속에 넣어둬야겠다는, 묘하게 현실적인 생각이 머리를 스쳐서 어이가 없었다.

소용돌이치는 거대한 불안감 속에 허탈함이 한 방울 스며든 기분이었다.

## III

오노세 아키라의 콘서트 일반 예매 당일, 다치바나는 대학생 때 사용했던 노트북을 넣은 가방과 첼로 케이스를 들고 이른 시간에 집을 나섰다.

방금 영업을 시작해서인지 노래방에 다른 손님의 기척은 없었다. 계산대에서 방 번호가 적힌 영수증을 받아 와이파이 비밀번호를 확인했다. 집에 설치한 인터넷 회선은 그렇게 빠르지 않으므로 여기서 도전해 보기로 했다.

티켓 예매 공략 사이트에 따르면 스마트폰보다는 컴퓨터를 사용해야 예매에 성공할 확률이 높다고 한다. 진위는 알 수 없어도 시도해 볼 가치는 있었다.

널찍한 파티룸 한구석에서 예매 개시 시각이 되기를 기다렸다. 창문 근처는 밝았지만 다치바나가 앉은 소파 주변은 어스름했다. 배가 고프다고 생각한 찰나 오 분 전으로 맞춰둔 스마트폰 알람이 울려서 마음을 단단히 다잡았다. 공략 사이트에서 읽은 대로 스피커로 시보(時報)를 틀어놓자 어쩐지 너무 진지해서 웃겼다.

열 시 정각을 알리는 시보를 듣고 티켓 사이트를 새로고침하자 노트북 화면이 휙 바뀌었다. 객석 종류 선택부터 시작해 티켓 수령 방식과 결제 수단을 재빨리 결정하자 곧 확정 버튼이 나타났다.

어리둥절해할 틈도 없이 확정 버튼을 클릭하자 스마트폰에 확인 메일이 왔다.

예매 성공을 의미하는 티켓 사이트의 통지 메일이었다.

어쩐지 예상했던 전개와는 달라서 다치바나는 맥이 탁 풀렸다. 이번에는 경쟁이 치열하지 않았던 건가 싶어 SNS를 들여다보자 그렇지 않은 듯했다. 티켓을 구하지 못해 아쉬워하는 사람이 압도적으로 많았다. 티켓 사이트를 새로고침 하자 티켓이 매진됐다는 알림창이 떴다.

초심자의 행운 같은 걸까, 잘 모르겠다.

내선 전화로 돈가스카레를 주문하자 바로 음식이 나왔다. 맛있지는 않아도 뜨끈뜨끈했다. 이렇게 허기를 느낀 건 오랜만이었다. 끝이 갈라진 숟가락으로 얇은 돈가스를 찍어 먹으며 별생각 없이 모니터로 시선을 옮겼다.

모르는 연예인들의 토크도 뭐, 나쁘지는 않았다.

코를 훌쩍이자 참았던 눈물이 뚝뚝 떨어졌고 악문 잇새로 한숨이 가늘게 새어 나왔다. 등을 웅크리고 나지막하게 흐느끼자 볕이 잘 들지 않는 노래방에 울음소리가 울려 퍼졌다. 높아진 감정의 물결이 단숨에 빠져나가고 머릿속이 개운해졌다. 다치바나는 다시 숟가락을 들고 카레를 덥석덥석 퍼먹었다.

살아 있기로 했다. 콘서트가 열리는 날까지.

조현을 시작하자마자 A현이 뚝 끊어졌다. 여분의 현이 있을 줄 알았는데 운 나쁘게도 A현만 없었다. 하는 수없이 노래방을 나섰지만 하루가 끝나려면 아직 한참 멀었다. 주말을 맞은 주택가는 어쩐지 느즈러진 분위기였다.

갈아 끼울 현만 살 거면 이케부쿠로까지만 나가면 된다.

평소 같으면 그렇게 먼 걸음은 하지 않았으리라.

전철을 갈아타고 후타코타마가와역에 도착한 다치바나는 미카사 빌딩 일 층에서 A현을 샀다. 처음 가보는 노래방에서 연습해 보는데 어쩐지 기분이 좋았다. 과제곡인 「난파」를 반복해서 복습한 후, 첼로 케이스에서 다른 악보도 꺼냈다. 다치바나는 바흐의 「무반주 첼로 모음곡」의 악보를 몰래 입수했다.

그다지 잘 켜지 못해도 좋아하는 곡을 연주하면 즐겁다.

어느 틈엔가 저녁이 가까워졌다. 슬슬 팔도 한계라서 집에 돌아가기로 했다. 이 년 가까이 미카사에 다닌 것치고는 역 주변에 무슨 가게가 있는지조차 잘 모른다. 역 앞의 복합시설에서 옷이라도 볼까 싶었지만 발을 들여놓은 순간 귀찮아졌다. 일 층 광장에는 가족 단위 손님과 커플이 많았고 신차 이벤트가 열려서 시끌벅적했다.

미카사를 그만두면 더는 찾아올 일이 없는 곳이었다.

그때 이어폰의 음악이 끊기고 익숙지 않은 소리가 귓속에 울렸다. 여간해서는 들을 일 없는 메시지 앱의 음성 통화 착신음을 수상쩍게 여기면서도 재빨리 호주머니에서 스마트폰을 꺼냈다.

이름을 확인한 순간, 손끝이 얼어붙었다.

아사바였다.

"……네."

"오, 받았다. 지금 뭐 해?"

딱히 아무것도 안 하는데요, 하고 태연한 척하자 스마트폰에서 웃음소리가 들렸다. 의구심이 너무 심해진 탓인지 별것 아닌 말과 행동에도 꿍꿍이가 있는 것처럼 느껴졌다.

이제 한계였다.

빨리 모두와 인연을 끊고 편해지고 싶었다.

"무슨 일 있으세요? 일부러 전화를 다 하시고."

"아니, 그냥 오늘 밤 같이 한잔할 사람을 찾느라. 하나오카 씨는 가게에 있다지, 가지야마 씨는 가족과 함께 있다지, 가타기리 씨는 뭐 제쳐두고, 아오야기 씨는 아무래도 불러내기가 그렇잖아. 그리고 누구지? 아, 가모 씨도 부인이 있으니 대뜸 술 마시러 나오기는 힘들 테고."

거르고 걸러서 저로군요, 하고 말하자 에이, 농담, 농담, 하고 비위를 맞추는 듯한 목소리가 들려왔다. 착한 사람이었다. 처음 만났을 때와 다름없이 호감을 주는 성격. 하다못해 야비한 점이라도 하나 있으면 양심이 덜 아플 텐데.

아사바에게 찾아온 기회를 뭉개버리면 나 자신을 용서할 수 있을까?

"지금까지 우리끼리 마셔본 적 없으니 마침 잘됐네. 답답한 일이 있는데, 내 이야기 좀 들어줘. 지금 집? 어느 역으로 나오는 게 편해?"

편한 건 이케부쿠로지만 지금 후타코타마가와에 있는데요, 하고 대답하자 어, 왜? 하고 아사바가 웃었다. 현이 끊어져서 미카사에 사러 왔다고 설명하자 일부러? 하고 웃음을 터뜨린 것 같은 목소리가 들렸다.

합주단 때와 마찬가지로 그 자리에서 당장 제안을 거절하기가 힘들었다.

"후타코타마가와에 아직 볼일 있어? 지금 나가면 시간 꽤 걸리니까 일단 집에 갔다가 이케부쿠로에서 만나도 돼."

"노래방으로 돌아가면 되니까 괜찮아요, 후타코타마가와에서 봬요."

혹시 첼로 가져왔어? 하고 묻는 말에 빈손으로 노래방에 가지는 않죠, 하고 대답하자 대부분은 빈손으로 가잖아, 하고 꼬집었다.

잠시 후 전화를 끊으니 웅성거리는 광장의 분위기가 되돌아왔다.

떠들썩함과 고요함은 비슷한 구석이 있어서 또 자신이 어디에 있는지 알쏭달쏭해졌다.

약속 장소에 나타난 아사바는 이미 약간 취한 상태였다.

"……보통 남과 약속을 잡으면 먼저 마시지는 않잖아요?"

"예상보다 좀 일찍 도착했거든. 갑자기 불러내 놓고 약속 시간을 마음대로 앞당기기도 미안하다 싶어서."

역 앞 노래방에서 시간 때우겠다고 했잖아요, 하고 어이없어하자 저기 강가가 부르길래, 하며 아사바가 발그레해진 뺨으로 씩 웃었다. 하천 부지에서 추하이•를 두 캔 비우고 왔다고 하니 뭐라고 반응하기도 귀찮아졌다. 그러다 경찰에 신고당해요, 하고 중얼거리자 흰색 첼로 케이스를 멘 남자는 실실거리는 웃음으로 답했다.

막상 얼굴을 보니 전부 여느 때와 다름없었다. 아까까지만 해도 양심의 가책으로 몸과 마음이 옥죄이는 기분이었는데 어느새 원래대로 되돌아왔다.

스파이니, 재판이니 하는 것들이 훨씬 더 가공의 이야기처

• 소주에 탄산과 과일향을 첨가한 일본 술.

럼 느껴졌다.

“난 추하이가 체질에 안 맞나 봐.”

“아시다시피 저는 남을 챙기는 데 서툴러서…….”

“걱정하지 마, 이 상태로 쭉 안정되는 타입이니까.”

지금까지 레슨이셨어요? 하며 첼로 케이스를 곁눈질하자 내가 받았지, 라는 대답이 돌아왔다. 콩쿠르에 대비해 아사바도 예전에 배운 선생님에게 레슨을 받는 모양이었다.

후타코타마가와역에서 만났지만 가고 싶은 바가 강 건너에 있다고 해서 결국 다리를 건너갔다. 아사바가 혼자 추하이를 마셨다는 하천 부지를 내려다보자 깊은 어둠에 잠겨 있었다.

“저런 곳에서 혼자 술을 마시다니 간도 크시네요.”

“그런데 비슷한 사람이 꽤 많더라고.”

정말요? 하고 묻자 정말이지 그럼, 하고 이상한 어조로 아사바가 웃었다. 술을 좋아하는 것치고 술이 센 편은 아니라서 목 언저리가 이미 벌겠다.

“어두워서 아무것도 안 보일 것 같은데, 용케 주변에 사람이 있는 줄 아셨군요.”

다들 스마트폰을 보고 있으니까 불빛으로 알지, 하는 말에 선생님도 스마트폰을 하셨다는 거군요? 하고 묻자 날 뭐로 보고, 하고 야단쳤다.

술에 취하면 말이 많아지는 건 평소와 똑같았다.

"살면서 힘든 일이 있으면 우선 불빛을 보기 싫어지잖아. 그래서 하천 부지까지 내려갔는데 이 인간이고 저 인간이고 불빛을 번쩍거리더라고. 화가 치밀었지. 단지 그것조차도 내 마음대로 안 되는 이 세상에."

아사바가 바의 문을 열자 경사가 급한 계단이 지하로 쭉 뻗어 있었다. 오랜만에 술집에 와서 그런지 담배 냄새조차 그립게 느껴졌다. 많지도 적지도 않은 손님은 넓은 가게 여기저기에 띄엄띄엄 앉아 있었다. 조용한 편이었지만 이야기 소리가 귀에 거슬리지는 않는 차분한 분위기의 가게였다.

입구에서 눈에 띄지 않는, 삼면이 벽으로 둘러싸인 자리로 데려가는 것이 의외였다. 아사바의 성격상 카운터에서 사장과 함께 즐겁게 담소를 나눌 줄 알았다. 요(凹) 자 모양의 좁은 공간에는 아무도 없는 테이블이 하나뿐이었다. 답답한 일이 있다고 전화로 푸념하던 게 생각났다.

의외로 이 사람도 남의 눈을 신경 쓰는 면이 있다.

"그 큰 짐은 뭐야?"

노트북요, 하고 대답하자 집에서도 일하는 거야? 하고 아사바가 물었다. 벽 옆에 첼로 케이스 두 개를 나란히 놓아두자 안 그래도 좁은 공간이 더 좁아졌다.

다치바나가 안쪽 의자에 앉으니 막다른 골목에서 밖을 내다보는 것 같은 기분이었다.

“이게 실은 엄청난 노트북인데…….”

선생님이 부러워하실 만한 자랑을 해도 될까요? 하고 서론을 깔자 괜찮아, 하고 아사바가 고개를 끄덕였다. 낮에 맛봤던 기쁨이 서서히 되살아나서 입가에 웃음이 번졌다.

“오늘 일반 예매에서 오노세 아키라의 콘서트 티켓 예매에 성공했어요.”

진짜? 하고 아사바의 눈이 동그래져서 그럼요, 하고 우쭐한 기분으로 대답했다.

“일반 예매로 표 구하기는 거의 불가능하다고 들어서 걱정했는데요. 티켓 예매 공략 사이트의 조언을 곧이곧대로 받아들인 보람이 있었는지, 단골 노래방의 인터넷이 빨라서 다행이었어요. 아무튼 제 인생에서 제일 운 좋았던 날이네요.”

“그럼 티켓 한 장 남았겠네?!”

“남다니요?”

애당초 한 장밖에 안 샀는데요, 하고 대답하자 그런 티켓은 일단 두 장 예매해 두지 않아? 하며 아사바가 과장되게 이마를 짚었다.

“보통 어떻게 하는지는 모르지만, 같이 갈 사람이 없어서요.”

“예매할 시점에는 없더라도 콘서트 당일까지 무슨 일이 있을지 모르잖아?! 으으, 다치바나 씨가 성공할 줄 알았다면 꼭 부탁했을 텐데…….”

사장이 메뉴를 가져다주자 맥캘란 더블 캐스크 온 더 록이랑 탄산수 주십시오, 하고 아사바가 메뉴를 펼치지도 않고 말했다. 다치바나는 무난하게 기네스 맥주를 선택하고 안주도 적당히 시켰다. 술이 나오고서야 아사바가 위스키를 주문했다는 걸 알았다. 평소 양주를 볼 기회는 잘 없었다. 비바체에서나 마실 뿐, 다치바나는 술을 거의 입에 대지 않는다.

건배하는 순간, 문득 이상한 날이라는 생각이 들었다.

오노세의 콘서트 티켓 예매에 성공해서 감격한 나머지 노래방에서 울고 첼로 현을 사러 후타코타마가와까지 나왔다가 아사바의 연락을 받고 지레 의구심에 사로잡혔다. 그런데도 어찌 된 일인지 술을 마시러 왔다.

술이 나온 지 얼마 지나지도 않았는데 아사바의 눈이 풀려서 난감했다.

“오늘 레슨은 어땠나요?”

“꽤 미묘해.”

너무 주눅이 들어서 힘들어, 하고 아사바가 바닥이 넓은 잔을 기울였다. 원래 술을 좋아하는 타입이기는 하지만 스트레스 때문에 마시는 거라 위태로워 보였다.

“뜬금없이 콩쿠르에 나가겠다니까 어처구니가 없을 거야. 오랫동안 코빼기도 안 비쳤으니까. 그런 걸 노릴 거면 처음부터 제대로 했어야지, 새삼스럽게 무슨 짓이냐, 그거겠지."

콩쿠르 참가는 새삼스럽게 꺼내신 이야기인가요? 하고 용기를 내서 물어보자 새삼스러워도 너무 새삼스럽지, 하고 아사바의 벌게진 뺨이 반쯤 웃는 형태로 일그러졌다.

"내 선생님은 이미 포기한 것 아니었느냐며 깜짝 놀라더군. 그야 그렇지. T교향악단과 틀어진 후로 다른 활동은 하지 않고 그저 미카사의 강사로만 지냈으니까."

그 자학적 말투가 의외라서 어쩐지 어색한 기분이 들었다. 다치바나의 속내를 알아차렸는지, 강사가 이런 불평을 늘어놔서 거북하겠네, 하고 아사바는 쓴웃음을 지었다.

강사로 일하는 게 싫은 건 아니야, 하고 아사바가 말을 이었다.

"내가 가르치는 사람들은 열심히 하니까. 다들 내게 잘해주고 말이야. 이렇게 부르면 같이 한잔해 주는 학생도 있잖아? 특별히 선호도 높은 직업은 아니지만, 난 꽤 마음에 들어. 동네 음악 교실의 선생님."

콘서트홀에서 스포트라이트를 받는 사람만 음악가인 건 아니잖아, 라는 말에 그렇죠, 하고 고개를 끄덕였다.

그 말이 허세로 느껴졌다는 건 모르는 척했다.

"아까 레슨을 해주신 선생님께는 고등학교 때까지 배웠어. 좀 딱딱한 분이시지. 지금도 무척 신세를 지고 있으니까 이런 말을 하긴 좀 그렇지만, 음악적인 부분에서 마음이 맞느냐 하면 그렇지는 않아. 내 스승님이 누구냐고 묻는다면 망설이지 않고 한스 선생님이라고 대답할 거야."

편벽한 성격의 별난 영감님이지, 하고 옛날을 그리워하듯 아사바가 빙긋 웃었다.

"처음 만났을 때는 무서웠어. 덩치도 크고 과묵한 분이라, 잔뜩 쪼그라든 채로 떠듬떠듬 자기소개를 했지. 그러자 뒤쪽 서가를 막 뒤지더니 오노세는 좋아하느냐고 묻더라고. 무뚝뚝한 얼굴로 시디를 여러 장 보여주길래 대체 뭘까 싶었는데, 그건 그분 나름의 배려였던 거야. 아시아에서 온 십 대 소년이 자기를 보고 겁을 먹었으니까."

미담이지? 하고 웃는 모습에 미담이네요, 하고 대답했다. 헝가리 시절 이야기를 들려준 건 처음이었다. 테이블에 팔꿈치를 짚은 아사바의 자세가 점점 비스듬히 기울어졌다.

"멋진 선생님이셨어. 첼로 실력은 말할 것도 없고, 난 무엇보다 그 삶의 자세에 감명받았지. 권위를 싫어하고, 콩쿠르를 싫어하고, 정형화된 교육을 싫어하고, 엄청난 음악원의 선생님이면서 거만한 구석은 눈곱만큼도 없었어. 국내 주니어들 사이에서 조금 유명하고, 유럽에 건너온 것만으로 우쭐대던 나로서는 콧대가 확 꺾였지. 그 후로 콩쿠르에는 참가하지 않았어."

그쪽에는 비교적 그런 분위기가 남아 있어, 하며 아사바가 호박색 액체를 바라봤다.

“적어도 일본처럼 무조건 콩쿠르를 중시하지는 않아. 단기간에 과제곡을 익혀서 연주한들 그 악곡을 진정으로 이해했다고 할 수 있나? 그런 사고방식이지. 나도 거기 동감이고. 취직할 때도 콩쿠르 수상 이력을 묻지 않는 곳이 많아. 이력보다 실력 위주라는 거지.”

하지만 지금 나는 헝가리에서 멀리 떨어진 곳에 살고 있으니 어쩔 수 없지, 하고 촛불이 작아지는 것처럼 아사바는 기운을 잃었다.

조명이 비치는 각도 탓인지, 처음으로 아사바가 이제 그렇게 젊지는 않을지도 모르겠다는 생각이 들었다.

“오늘 왜 다치바나 씨에게 전화했는지 알아?”

“……하나오카 씨와 가지야마 씨에게 퇴짜를 맞아서요.”

그건 농담이래도, 하고 아사바는 어깨를 떨며 웃었지만 커다란 눈동자는 전에 없이 토라진 것처럼 보였다.

“내가 진지하게 고민을 털어놔도 대부분의 사람들은 그럴듯한 말로 나를 격려해 줄 따름이야. 지금 이대로도 충분히 대단하다는 둥, 콩쿠르도 어떻게든 잘해낼 거라는 둥. 어디의 누구에게 갖다 붙여도 통할 법한 점괘 같은 소리를 하지. 하지만 난 마음이 담기지 않은 위로의 말을 세상에서 제일 싫어해. 그래서 다치바나 씨가 좋겠다 싶었어. 다치바나 씨는 시시한 위로의 말을 꺼낼 사람이 아니니까."

지독히도 강한 자존심의 편린을 본 기분에 다치바나는 눈을 깜박이는 것도 잊어버렸다.

"……저기, 저는 그렇게 고고한 인간이 아닌데요."

"그래, 바로 그런 점이야. 그런 식이면 오히려 미움을 받기 십상이겠지."

다치바나 씨는 분명 외동일 거야, 하고 웃음을 터뜨렸다. 그게 무슨 상관인데요? 하고 다치바나가 어리둥절한 표정으로 눈을 오므리자 어째선지 웃음소리가 더 커졌다. 형님 기질이 있어 보이는 아사바는 사실 막내로, 형과 누나가 있다고 했다.

술을 한 잔씩 더 시킨 후에 마스터 클래스 이야기가 나왔다.

"봄에 태어나서 얼마 전이 생일이었어. 지금까지는 나이를 신경 쓴 적이 없었는데, 앞으로 일 년이면 이십 대가 끝난다고 생각하니 좀 당황스럽더군. 일본 음악 콩쿠르에는 스물아홉 살까지만 참가할 수 있어. 스물아홉 살. 믿어져? 그 후로도 긴 인생을 살아가야 하는데, 서른 살부터는 자격을 잃어. 스물아홉 살의 연주와 서른 살의 연주에 대체 어떤 차이가 있지? 아니면 내가 모를 뿐, 뭔가 결정적인 차이가 있는 걸까."

다치바나도 사장이 가져온 위스키 잔 두 개 중 하나를 집었다. 만날 맥주만 마시면 무슨 재미야, 하고 부추기는 바람에 마실 수 있다는 보장도 없는데 시키고 말았다. 한 모금 입에 머금자 혀끝이 살짝 저릿했다. 도수가 높은 걸 빼면 무슨 맛인지도 몰랐지만 어쩐지 모양새가 나는 듯한 기분은 들었다.

다치바나도 조금씩 의식의 모서리가 깎여나가기 시작했다.

"마스터 클래스 때 그렉은 날 칭찬해 줬어. 그 세계적인 연주자가 나를 말이야. 네 첼로 소리는 정말 좋다고. 살면서 그렇게 기쁜 적은 또 없었지. 하지만 바로 이런 말도 했어. 무대에는 흥미가 없었느냐고."

무대요? 하고 되묻자 그래 무대, 하고 아사바가 되풀이해 말했다.

"내가 제출한 이력서를 읽었겠지. 그렉은 미국인이야. 일본인처럼 콩쿠르를 중시해. 큰 콩쿠르에서 입상해서 각광받고, 솔리스트의 길을 개척하는 게 표준이야. 다들 그걸 당연하게 믿고, 멋지게 해내."

왜 콩쿠르에 참가하지 않았느냐고 아쉬워하는 표정으로 묻더군, 하며 아사바는 취기에 젖은 눈으로 옆벽을 노려봤다. 소년처럼 맑지만 나이 먹은 어른의 그늘도 깃든 눈빛이었다.

"그 순간 갑자기 꿈에서 깬 것 같더라고. 헝가리에서 공부한 시절부터 계속 꾸어온 긴 꿈에서. 난 교만하게도 콩쿠르에 목매는 일본의 옛 친구들보다 내가 더 음악을 진지하게 대한다고 믿었던 거야.”

발표회 때 내가 늘 뭐라도 된 것처럼 말하잖아, 라며 동의를 구하는 말에 다치바나는 적절한 대답이 떠오르지 않았다.

“좁은 레슨실에서 연주하든, 현란한 콘서트홀에서 연주하든 남에게 들려주는 연주에 귀천은 없다고. 그건 내 신조야. 어디서 연주하든 그 음악의 가치는 흔들리지 않지. 그게 헝가리 시절에 한스 선생님께 배운 가르침이거든. 하지만 난 정말로, 한 치의 거짓도 없이 그렇게 생각했을까?”

마침내 콩쿠르에 참가조차 못 하게 된다는 사실을 알아차린 순간 깨달았지, 하고 탄력을 잃은 목소리가 파르르 떨렸다.

“레슨실보다, 라이브 바보다 훨씬 큰 홀에서 연주하고 싶어. 미카사의 강사로서 발표회 무대에 서는 게 아니라 내 이름으로 관객을 모으고 싶어. 쓸데없다고 여겼던 욕심과 허영을 나도 남들 못지않게 가지고 있지. 이번 일본 음악 콩쿠르가 마지막 기회야. 입상해서 솔리스트를 목표로 삼을래. 한스 선생님은 이제 안 계셔. 나 스스로 인생을 헤쳐나가야 해.”

지금 포기하면 죽을 때 분명 후회할 거야, 라는 중얼거림이 막다른 공간에 녹아들었다. 아사바가 탄산수에 입을 대자 잠시 침묵이 이어졌다.

“……그렇다고 미카사에서 강사로 일하는 게 싫은 건 아니야.”

무슨 말인지 알려나, 하고 갑자기 고개를 들자 압니다, 하고 다치바나는 대답했다. 짙은 안개에 휩싸인 듯한 머릿속이 천천히 역회전하기 시작했다.

어떻게 하면 아사바를 한 점의 거리낌도 없는 상태로 보내줄 수 있을까?

콩쿠르에.

"저기, 「타이타닉」이라는 영화 알아?"

호화 여객선이 이렇게 거대한 빙산에 충돌해서 침몰하는 이야기인데, 하며 아사바가 위스키에 떠 있는 얼음을 손끝으로 찔렀다. 평소 잡담하던 때와 똑같은 분위기라 콩쿠르와 헝가리 이야기는 이제 끝난 듯했다.

어느새 다치바나도 완전히 취해서 남 걱정할 상황이 아니었다.

"내가 그 영화에서 제일 좋아하는 부분은 침몰하는 배의 갑판에서 죽음을 각오한 음악가들이 연주하는 장면이야. 도망치지 않고 마지막 순간까지 계속 연주하지. 절망적 상황 속에서 그들이 연주하는 음악만이 사람들의 마음을 위로해."

그건 그야말로 이상적인 인생이잖아, 하고 진지한 얼굴로 말하는 모습에 다치바나는 저도 모르게 웃음을 터뜨렸다. 이게 웃을 이야기야? 하고 불만스러운 듯 아사바가 목덜미를 문질렀다.

"하지만 그대로 침몰하잖아요? 최악인걸요."

"나도 익사하는 건 싫어. 하지만 태어난 이상 언젠가는 죽잖아? 그럼 긍지 있는 모습으로 죽고 싶어. 뭐, 내 인생에 그런 영화 같은 일은 일어나지 않을지도 모르지만."

다치바나 씨는 그런 부끄러운 망상 안 해? 하고 조르듯이 묻자 갑자기 물어보시니 뭐라고 대답해야 할지, 하고 다치바나는 위스키 잔으로 시선을 돌렸다. 누구든지 인류를 구하고 죽는 유의 망상을 하나쯤은 품고 있을 텐데, 하고 아사바가 투덜투덜 불평을 늘어놓았다.

"넌 그런 점이 문제야. 잘생겼으면 가끔은 망가질 줄도 알아야지."

"딱히 인류를 구하고 죽고 싶지는 않아서……."

"나만 모자란 놈 같잖아! 콩쿠르가 어쨌느니, 칭찬받았으니까 저쨌느니, 결국에는 인류를 구하고 죽고 싶다질 않나, 내년에 서른 살인 놈이."

오늘 다치바나 씨의 창피한 이야기를 듣기 전에는 자리에서 일어나지 않을 거야, 하며 술을 들이켜는 바람에 골치 아프게 됐구나 싶었다. 취하면 주사가 심하다는 이야기는 많이 들었건만 감상적인 분위기 탓에 방심했다.

만취한 눈빛인데도 오히려 감만큼은 날카로워진 듯했다.

"딱 까고 말해서 벽이 있지 않나? 여기와 여기 사이에."

"벽요?"

"거대하고 두꺼운 투명한 벽. 난 이런 데서는 남들보다 감이 좋아. 다치바나 씨, 나한테 뭔가 중대한 비밀을 숨기고 있지?"

오, 정곡을 찔린 얼굴인데, 하고 예의 없이 삿대질을 하자 다치바나는 무심코 얼굴을 실룩거렸다. 그러고 나서, 재미있는 말씀을 하시네요, 하고 웃음을 터뜨리며 도수 높은 술을 입에 댔다.

이상한 맛이었다. 맛이 너무 이상해서 웃음이 멈출 것 같지 않았다.

"여기까지 왔으니 다 털어놔. 어차피 별 이야기도 아닐 거잖아."

"그거야말로 선생님이 싫어한다는, 누구에게 갖다 붙여도 통할 법한 점괘 같은 소리 아닌가요? 남에게 말하지 못할 비밀 한두 개쯤은 누구나 가지고 있는 법이에요."

어쩐지 우스워져서 다치바나는 껄껄 웃었다. 자꾸 웃음이 쏟아져 나왔다. 여기서 전부 털어놓으면 편해질 것 같기도 했다. 자수해야 죄가 가벼워진다. 재판 때 들통날 바에야 스스로 자백하는 편이 낫지 않을까.

지금 네 눈앞에 있는 사람은 연맹에서 파견된 스파이라고.

"그렇게 자신만만하게 말하니까 오기로라도 맞혀보고 싶네. 힌트 없어?"

"에이, 재미없게 힌트는 무슨."

얼빠진 소리를 하고 나자 웃음이 더 솟구쳐서 막다른 공간의 풍경이 흔들렸다. 그야말로 궁지에 몰린 쥐가 된 것 같은 이 상황도 웃겼다. 어쩐지 전부 웃겨서 견딜 수가 없었다.

어쨌거나 얼마 지나지 않아 규탄당할 날은 다가온다.

"딱히 말해도 상관없는데요, 비밀."

바에 조용히 흐르고 있는 음악은 재즈였다. 오래된 서양 음악을 편곡한 곡이다.

바에 들어올 때 문의 스티커를 확인하는 걸 깜박했다. 연맹의 새빨간 스티커가 붙어 있지 않다면 관리본부에 보고해야 한다.

저작권법 제22조 상연권 및 연주권.

허가 없이 대중음악을 불특정한 사람에게 들려주는 것은 연주권 침해에 해당한다.

"저, 밤길을 걷다 유괴당할 뻔한 적이 있어요. 어릴 적에."

연이어 튀어나온 말은 다치바나도 예상치 못한 말이었다. 마치 좌우를 착각한 것과 비슷한 감각이 느껴져서 어리둥절했다.

왜 그런 말을 꺼냈는지 스스로도 알 수 없었다.

"어, 웃을 장면인데요. 왜 그렇게 심각한 표정이세요?"

"……아니, 웃을 장면이 아니잖아."

그건 웃을 이야기가 아니야, 하고 대꾸하는 반응에 겁이 덜컥 났다.

어느 틈엔가 아사바의 얼굴에서 웃음기가 싹 빠져나갔다.

야단났네, 하고 실실거리며 위스키 잔을 잡자 팔꿈치부터 아랫부분이 바르르 떨리는 것을 알 수 있었다.

문을 두드리는 듯한 심장 소리가 가까워졌다.

"죄송해요, 어쩐지 분위기가 이상해졌네요. 그래도 아주 오래전 일이에요. 중학교 일 학년 때니까 어린아이라고 할 정도는 아닌가. 어쩐지 묘한 느낌이네요. 하지만 어른이 된 후에 길에서 중학생을 보면 기억 속의 자기 모습보다 훨씬 어린아이로 느껴지지 않나요? 뭐, 지금 그건 아무 상관없는 문제고, 오해가 없도록 설명하자면, 그렇게 대단한 사건은 아니었어요. 뉴스에도 나오지 않았고, 경찰에 신고도 안 했으니까요. 결국 미수에 그쳤죠. 그런 건 꽤 흔한 일 아닌가요? 이상하게 들릴 수도 있겠지만, 저는 자꾸 그런 쪽으로 생각이 기울어요. 저 같은 분위기의 사람을 보면, 저 사람도 어두운 곳에 끌려간 적이 있지 않을까 싶죠. 제가 남을 두려워하는 건 역시 그 일이 원인일 거예요. 의외로 범인이 붙잡혔으면 좋겠다는 마음은 별로 없어요. 대신에 세상은 전혀 믿을 만한 곳이 못 된다는 사고방식이 그날부터 제 머릿속에 박혔죠. 조금이라도 방심하면 어두운 곳에 끌려가요. 제가 첼로를 그만둔 것도 그 일이 원인이고요. 첼로 교실에 다녀오는 길에 사건이 발생해서 집안 분위기도 안 좋아졌고, 무엇보다 첼로가 망가졌거든요. 첼로는 좋아했어요. 혼자서도 할 수 있으니까. 괴롭히는 녀석들도 없었고요. 어린아이들은 큼지막한 악기를 메고 다니면 기가 죽거든요. 그게 바이올린이었으면 달랐을걸요. 집 근처에서 첼로를 메고 다니는 건 저뿐이라, 뭐, 눈에 띄긴 했죠. 집도 돈이 없는 것치고는 부지가 넓고 겉모습만큼은 그럴듯했고요. 사람에 따라서는 부잣집 도련님처럼 보였을지도 모르겠네요. 옛날부터 생김새로도 이러쿵저러쿵 말을 많이 들었으니, 이제는 뭐가 그 일의 원인이었는지 모르겠지만요."

십수 년간 마음속에 담아둔 감정이 마구 뒤섞인 채 튀어나왔다.

탁류에 떠밀려 가듯 멈추지 않고 말이 쏟아져 나왔다.

"그 사건이 일어나고 얼마 지나지 않아 꿈을 꾸게 됐어요. 첼로 교실 뒷골목에서 승합차에 끌려 들어가는 무서운 꿈을요. 처음에는 사건의 기억이 꿈속에서 재연될 뿐이었는데, 어느덧 색깔이 칠해져서 그저 컴컴한 곳으로 변해버렸죠. 저는 어째선지 거기를 바닷속이라고 믿었고, 악몽에 시달릴 때마다 이건 심해의 꿈이라고 생각하게 됐어요. 어른이 된 후에도 달라지지 않았고요. 정말로 극히 최근까지 매일 그런 악몽만……."

테이블에 양쪽 팔꿈치를 대고 고개를 푹 떨구자 아사바가 카운터를 돌아봤다. 물 좀 주세요, 라는 목소리에 이끌리듯 서서히 세상에 소리가 되돌아왔다.

사장이 가져다준 물을 마신 후에도 다치바나는 말을 멈추지 않았다.

"……요전에 첼로를 사는 게 어떻겠냐고 하셨잖아요?"

그랬지, 하고 아사바가 고개를 크게 끄덕였다. 이마에는 아직 붉은 기가 남아 있었지만 눈빛은 또렷했다.

"실은 저만의 첼로를 가지고 싶어요. 학자금부터 갚아야 하는데, 마음만 먹으면 살 수 있겠죠. 하지만 그 일을 겪은 후로 악기를 가진다는 게 몹시 무섭게 느껴져요. 첼로를 사면 또 부서지거나 불태워질지도 모른다. 첼로를 사면 또 어두운 곳으로 끌려갈지도 모른다. 그런 곳으로 끌려가는 건 이제 딱 질색이에요."

대체 무슨 말을 하는 건가 싶었다.

첼로를 사지 않는 이유는 곧 잠입 조사가 끝나기 때문이지 않은가.

"미카사에서 빌린 대여용 첼로에는 별 감흥이 없어요. 하지만 내 첼로를 산다고 생각하면 덜컥 겁이 나죠. 다음에 또 누군가에게 점찍히면 그때야말로 끝장이다 싶어서요. 옛날 그 일이 몹시 무서웠던 것 아닐까요? 무서웠어요. 무서웠어, 죽을 만큼."

막다른 공간의 테이블에 다시 정적이 찾아오자 바에 흐르는 기분 좋은 재즈 음악이 살짝 귀에 다가들었다.

갑자기 졸음이 몰려와서 위스키 잔이 흐릿해 보였다.

"이게 남과 저 사이에 투명한 벽을 만드는, 별것 아닌 비밀이에요. 십수 년 전 일에 여태 얽매여 있다니 어른스럽지 못하달까, 창피한 이야기죠. 인류를 구하는 유의 망상은 아니지만, 이걸로 넘어가 주시면 안 될까요?"

안 돼, 하고 아사바가 단호하게 대답해서 다치바나는 그만 웃음을 터뜨렸다. 너무 엄격하신 것 아닌가요, 하고 웃어도 아사바의 태도는 변함이 없었다.

"……이야기의 내용은 둘째치고, 저로서는 상당히 애써서 말씀드린 건데요."

"창피한 이야기란 자신의 책임이 미치는 범위 안에서 일어난 실없는 일을 가리키는 거잖아. 직장에서 사소한 실수를 연발했다거나, 한심한 짓을 저질렀다거나. 뭐랄까, 좀 더 하찮은 일이야. 그 이야기는 그렇지가 않아. 내 시시한 신변잡기의 대가로는 어울리지 않는다고. 어른스럽지 못하지도, 창피하지도 않잖아. 그건 다치바나 씨가 부끄러워해야 할 일이 아니야."

괜히 말하라고 강요해서 미안해, 하고 아사바가 사과해서 머릿속이 새하얘졌다.

“어, 그렇게 진지하게 받아들이지 않으셔도 정말 괜찮아요. 저도 평소는 잊고 지내는 일인걸요. 친구가 없으면 이럴 때 분위기를 망친달까…….”

“그러니까 대가는 나중에 다시 들려줘. 상사한테 왕창 깨졌다든가, 여자한테 어이없이 차였다든가, 그런 수준의 이야기로 말이야.”

또 한잔하자고 부르면 나와줘, 라는 말이 마음속 깊이 스며들기까지 시간이 좀 필요했다. 생각해 볼게요, 하고 무뚝뚝한 목소리로 대꾸했다. 좀 떨어진 카운터에 비치는 조명이 희미해 보였다.

첼로 말인데, 하고 아사바가 말했다.

“실은 가지고 싶다면, 언젠가 꼭 사봐.”

사정을 알았으니까 강요는 하지 않겠지만, 하고 신중하게 말을 이었다.

그 모습을 멍하니 바라보며 다치바나는 자신의 마음속 깊은 곳에서 튀어나온 말이 사실은 필사적인 구난 신호였음을 깨달았다.

“다치바나 씨는 이제 어른이야. 키도 나보다 훨씬 크잖아. 이제 유괴 같은 건 안 당해. 아무도 악기를 부수지 않고, 아무도 다치바나 씨를 점찍지 않아. 자신의 첼로를 메고 다녀도 무사히 집에 돌아갈 수 있어."

아사바가 주머니에서 지갑을 꺼냈다. 그리고 지갑에서 모서리가 닳은 새하얀 명함을 뽑아서 천천히 내밀었다.

낯선 그 명함이 투명한 벽을 뚫고 들어왔다.

"내 단골 악기점. 좋은 가게야. 수리 실력도 좋아. 뭐, 실은 미카사에서 사라고 권해야 할지도 모르지만. 지금 당장 어쩌라는 건 아니고, 다치바나 씨가 언젠가 자신만의 첼로를 받아들일 수 있게 되면."

명함을 손끝으로 받아든 순간, 뭔가가 조용히 가슴속에 내려앉았다.

"……이거 제가 가져도 되나요?"

"응, 줄게. 후줄근해져서 미안하지만."

감사합니다, 하고 중얼거리며 다치바나는 악기점 명함을 가만히 들여다봤다. 이제 꿈쩍도 하지 않을 만큼 결의가 단단히 굳어졌다.

도움이 되고 싶다는 감정이 솟구쳤다.

"콩쿠르."

"응?"

"제가 어떻게든 할게요, 선생님."

어떻게든이라니 뭘 어쩌려고, 하며 웃자 응원하겠다는 거죠, 하고 다치바나는 이를 보이며 웃었다. 잔에 남은 위스키를 들이켜자 오히려 머리가 맑아졌다.

지금 이대로 아사바를 재판에 끌어들이면 죽을 때 반드시 후회한다.

"앞으로 남은 일정은 어떤가요?"

"참가 신청과 동시에 과제곡이 발표돼. 이번 달 말부터 장난 아니겠지. 그 기간에 들어서면 한잔하러 갈 여유는 없을 거야. 지인에게 레슨을 부탁해도 되는지 아직 사무국과 상담 중인데, 그 일만 해결되면 당분간 못 보겠지."

아직 꿈에서 깰 수는 없으니까, 하며 아사바가 위스키 잔을 기울였다. 잔 속에 떠 있던 얼음은 어느 틈엔가 작아졌다.

다치바나는 덴엔토시선 전철에서 라부카를 들으며 앞으로 어떻게 할지 생각했다.

증인 신문은 거부한다. 그리고 시오쓰보에게 제출한 조사 보고서와 레슨 녹음 파일을 파기한다. 아사바의 콩쿠르가 무사히 끝날 때까지는 자신이 연맹의 스파이라는 사실을 미카사 쪽에 들켜서는 안 된다.

창밖으로 보이는 밤의 하천이 순식간에 뒤로 지나갔다. 빛나는 선율은 바다로 들어가서 추하게 생긴 물고기가 숨어 있는 깊이까지 암흑 속으로 점점 빠져들었다.

## IV

다치바나는 연맹에서 사용하는 책상이 오키쓰 제품임을 확인한 후, 책상 열쇠를 잃어버렸다는 핑계로 오키쓰사에 문의 전화를 걸었다. 제품 번호, 시리얼 번호, 열쇠 구멍 번호를 알면 열쇠를 주문할 수 있다기에 바로 야근을 신청했다.

업무 시간이 끝나서 모두 퇴근한 후, 시오쓰보의 자리 앞에 서자 긴장한 나머지 목이 말랐다. 카펫에 한쪽 무릎을 꿇고 천천히 책상 서랍장을 앞쪽으로 끌어당겨 살펴보니 본체 바로 뒤에 시리얼 번호가 적힌 스티커가 붙어 있었다. 스마트폰으로 스티커를 촬영하자 찰칵, 하고 작은 소리가 났다. 다치바나는 무심코 어깨를 움츠리며 자료부를 한 번 더 둘러봤다.

레슨 시간에 녹음한 파일은 그때그때 시오쓰보에게 메일로 보냈다. 그건 공유 폴더 어딘가에 보관돼 있을 것이다. 그리고 꼼꼼한 성격의 시오쓰보는 분명 다른 저장 매체에도 파일을 백업해 놓았을 것이다.

이번 재판의 향방에 관련된 중요한 증거니까.

시오쓰보의 책상 서랍장에 백업용 저장 매체가 있을 것이라 기대하고 시오쓰보는 일단 여벌 열쇠를 주문했다. 백업용 저장 매체는 분명 평범한 외장 하드다. 훔치거나 바꿔치는 등 물리적으로 어떻게든 할 수 있다.

하지만 공유 폴더에 있을 파일을 삭제할 방법은 전혀 떠오르지 않았다. 다치바나의 아이디로는 조사위원회의 폴더가 있는 루트 폴더에조차 접속할 수 없다.

어떻게든 증거를 전부 삭제해야 한다. 최대한 빨리.

간토 지방에 장마가 시작된 금요일, 다치바나는 미카사의 라운지에서 공부하는 아오야기를 봤다. 중간 길이의 검은 머리를 형광빛을 띤 초록색 헤어밴드로 묶고 있었다. 노트 옆에는 펜과 포스트잇이 놓여 있었다. 시험을 앞둔 학생답게 짐이 많았다.

오노세의 콘서트 티켓 예매에 성공했다고 이야기하자 아오야기의 반응은 엄청났다.

"어, 성공하셨다고요?! 일반 예매로요?!"

"어떻게 하다 보니 성공했네. 덕분이야."

저는 아무것도 안 했는데요, 하고 쑥스러워하면서도 동그스름하니 앳된 얼굴에 웃음이 맺혔다. 어느 날 티켓인데요? 하고 확인하는 말에 첫날이라고 말하자 아쉬워했다. 아오야기는 그다음 날 티켓을 예매했다고 한다.

"레슨을 쉬지 않고 왔구나. 시험까지는 쉴 줄 알았는데."

"기분을 전환할 유일한 방법이라서요. 여기서 잠깐 공부도 할 수 있고……."

아오야기는 이번 달 말에 공립 유치원 필기시험을 친다. 분명 아사바의 콩쿠르 접수일 전후였을 것이다.

이번 달은 아무래도 비바체에서 정기 모임을 열 수 없을 듯했다.

"공부하는데 말 걸어서 미안해. 이만 위층에 가봐야겠다."

"아니요, 미안하기는요."

미안하달까, 하고 중얼거린 다음에 이어질 말은 아오야기의 입에서 나오지 않았다. 아오야기와 헤어져 큰 계단을 올라가니 공조 설비의 건조한 바람이 기분 좋았다.

녹음 파일을 삭제하면 예정대로 미카사를 그만둔다.

잠입 조사를 실행한 직원이 증인 출석을 거부하면 연맹은 어떻게 재판을 진행해 나갈까. 그 후에 자신은 어떤 처분을 받을까. 전부 다 정리되지 않고서는 마음 편히 여기로 돌아올 수 없다.

"안녕, 오느라 고생 많았어. 밖에는 아직 비가 내리나?"

복도 끝에 있는 레슨실의 문을 열자 아사바가 가볍게 한 손을 들었다. 그 옆에는 평소처럼 첼로 두 대가 눕혀져 있었다.

오키쓰사에서 여벌 열쇠가 도착하자 다치바나는 다시 야근을 신청했다. 업무 시간이 끝난 후 새 열쇠로 시오쓰보의 책상 서랍장 자물쇠를 거침없이 열고 그의 사생활을 침범했다.

서랍을 하나씩 구석구석 뒤지자 제일 아래쪽 서랍에 그럴싸한 외장 하드가 들어 있었다. 자기 자리로 돌아가서 내용물을 확인하니 날짜가 제목인 녹음 파일이 죽 나열돼 있었다. 컴퓨터 음량을 조절하고 파일 중 하나를 클릭했다. 아사바의 목소리가 들렸다. 틀림없이 다치바나가 미카사의 레슨 시간에 녹음한 파일이었다.

외장 하드의 외관을 촬영해 상품명을 확인한 후, 다치바나는 즉시 스마트폰으로 똑같은 상품을 주문했다. 내일 중에 집으로 배달된다니까 모레에는 바꿔치기할 수 있으리라. 외장 하드를 서랍에 도로 넣고 내친김에 시오쓰보의 컴퓨터를 켜봤지만 당연히 로그인은 할 수 없었다.

시오쓰보의 아이디로 접속하면 조사위원회의 폴더를 손쉽게 들여다볼 수 있다.

하지만 상사가 어떤 비밀번호를 사용할지 짐작도 가지 않았다. 자기 이름이나 생일을 그대로 넣을 만큼 멍청하지는 않으리라. 다치바나는 시오쓰보의 취미고, 취향이고, 가족 정보고 전혀 모른다.

설령 다치바나가 증인 출석을 거부하더라도 잠입 조사의 증거는 남는다. 그걸 재판에서 사용하면 금방 아사바에게 다다를 것이다. 백업용 외장 하드를 바꿔치더라도 공유 폴더에 파일이 남아 있으면 아무 의미도 없다.

공유 폴더는 클라우드에 있으므로 손을 쓸 수 없다. 사옥에 서버가 있었던 시절이라면 물리적으로 부술 수 있을 텐데, 라는 생각이 머리를 스쳤다. 스스로 생각하기에도 선을 넘은 발상이었다.

들통나면 징계 처분이다. 게다가 신고까지 당하면 낭패다.

그날은 전에 없이 회사 안팎에서 문의가 겹쳐 정신없이 바빴다.

전혀 진전이 없는 작업에 진저리를 내면서도 야근할 핑계가 생기겠구나 싶었다. 공유 폴더에 있는 녹음 파일을 삭제할 방법은 아직 찾아내지 못했다. 불안감을 끌어안고 집에 돌아가기보다는 직장에서 손을 움직이는 편이 낫다. 여벌 열쇠를 사용해 또 시오쓰보의 책상이라도 뒤져볼까.

이제 연맹 측 고문 변호사와 본격적으로 협의를 시작하지 않을까 생각하자 정신이 이상해질 것 같았다. 한시라도 빨리 녹음 파일을 삭제하지 않으면 복사할지도 모른다. 파일이 외부로 유출되면 다치바나로서는 더 손쓸 방법이 없다.

바꿔치기용 외장 하드는 늘 가방에 넣어 다닌다.

"아직도 남아 있었나? 이만 마무리하고 집에 갈 시간이야."

밤에 인기척이 없어질 때까지 데이터베이스 갱신 작업을 하던 다치바나는 느닷없이 나타난 시오쓰보를 보고 간이 떨어지는 줄 알았다. 업무 시간이 끝난 후 조명을 반쯤 꺼서 삼층은 침침하고 조용했다.

작고 마른 체형의 중년 남자는 평소처럼 의미심장한 웃음을 지었다.

"요즘 자주 늦게까지 남아 있는 것 같던데. 우리 부서에서 야근이라니 별일이군. 업무 분장에 문제가 있다면 언제든지 상담하러 와."

정면에서 걸어온 시오쓰보는 다치바나의 자리 옆을 지나쳐 자기 자리에 앉았다.

"……낮에는 전화를 받느라 바빠서 작업이 밀렸네요."

"내일로 돌릴 수 있는 건 돌리면 돼. 이래 보여도 관리직이잖아. 부하들의 야근을 엄격히 관리하라고 위에서 막 쪼거든."

죄송합니다, 하고 대답하면서 다치바나는 뒤에서 들리는 희미한 소리에 신경을 집중했다. 키보드를 재빨리 두드리는 소리.

컴퓨터를 켠 것이다. 시오쓰보의 아이디로.

"다치바나 군."

"네."

"역시 지난주부터 야근 일수가 좀 많은 것 같아. 조심해."

인사관리 소프트웨어를 들여다봤는지 시오쓰보가 부드럽게 타일렀다. 죄송합니다, 하고 중얼거리는 목소리가 떨릴 것 같았다.

좋은 기회였다. 이보다 더 좋은 기회는 없다.

"자네가 성실한 건 잘 알지만, 남들보다 많이 일하려고 너무 애쓰는 것 아닌가?"

지진이든 화재든 뭐든 좋으니까 재난이 발생해서 삼 층이 통째로 대혼란에 빠졌으면 했다. 시오쓰보의 컴퓨터는 로그인 상태가 유지된 채로.

"……하던 것만 일단락 짓고 들어가겠습니다. 그만 마음이 급해져서요."

"이렇게 늦게까지 있을 만한 곳이 아니야, 사무실은."

차라리 시오쓰보를 밀쳐내고 억지로 마우스를 빼앗을까 싶기도 했다. 클라우드에 있는 데이터는 한번 삭제하면 복구가 안 된다. 책임을 면할 수 없는 폭력을 행사해서라도 그 녹음 파일을 확실히 지울 수 있다면.

얼른 자리를 비워라. 지금 당장.

"아니요, 지금 삼 층에 있습니다만."

갑자기 맥락 없는 말이 들려서 다치바나는 무심코 뒤쪽을 돌아봤다. 스마트폰을 귀에 댄 시오쓰보가 네, 하고 긴박한 목소리로 말했다.

시오쓰보가 벌떡 일어서자 바퀴 달린 의자가 뒤로 쭉 밀려나갔다.

"바로 돌아가겠습니다. 아니요, 가겠습니다."

시오쓰보가 다급한 표정으로 통로를 종종걸음 쳐서 복도로 향했다. 몹시 동요한 듯 다치바나에게는 시선도 주지 않았다.

자료부가 고요해졌다.

다음 순간, 다치바나는 자기 가방을 움켜쥐고 시오쓰보의 책상 앞으로 달려갔다. 넘어지다시피 바닥에 꿇어앉아 모니터를 올려다보며 마우스를 딸칵딸칵 세게 클릭하자 인사관리 소프트웨어 화면이 확 켜졌다.

할 수 있다.

너무 긴장해서 토할 것 같았지만 다치바나는 의자 등받이를 붙잡고 앞으로 끌어당겼다. 의자에 앉아 데스크톱 아이콘을 눌러 연맹의 공유 폴더를 열자 조사위원회의 폴더는 열람 이력에서 금방 찾을 수 있었다. 시오쓰보라는 이름의 폴더에 들어가자 미카사 잠입 조사라는 이름의 폴더가 있었다. 후려갈기듯이 폴더를 클릭하자 화면 중앙에 작은 창이 떴다.

|| 비밀번호를 입력하십시오.

그걸 본 순간, 다치바나는 오른쪽 아래편에 있는 책상 서랍장을 무릎으로 쾅 찍었다.

미카사 잠입 조사 폴더를 여는 데도 다른 비밀번호가 필요하다. 무심코 손등을 깨물자 아파서 한순간 정신이 번쩍 들었다. 이토록 철저하게 신중을 기하다니 넌더리가 났다. 손이 계속 떨렸다. 지금 시오쓰보가 돌아오면 모든 것이 물거품으로 돌아간다.

다치바나는 딸칵딸칵 마우스를 클릭하며 피가 배어날 만큼 세게 손등을 깨물었다.

생각해라.

생각해라.

이걸 지우지 못하면 끝장이다. 그 녹음 파일이 재판에 증거로 제출되면.

부웅, 하고 진동음이 울려 퍼져서 다치바나는 잔뜩 움츠러들었다. 바지 주머니에서 스마트폰을 꺼내자 티켓 사이트에서 보낸 문자 메시지가 눈에 들어왔다.

오노세 아키라 관련 티켓이라는 제목을 보고 지금은 그럴 때가 아니라며 스마트폰을 내팽개치고 싶어졌다. 머리에 피가 확 쏠렸다.

그런데 어째선지 그 제목이 기억의 문을 두드렸다.

자네는 뭘 연주하는데?

오노세 아키라의 영화음악입니다.

어, 하고 손등에서 입을 떼자 쇠 맛이 혀끝을 스쳤다.

그때 일이 떠오르자 어쩐지 가슴이 울렁거렸다. 일상에 섞여든 아주 작은 위화감. 라부카를 연주한다고 알려준 순간, 늘 얼굴에 달고 다니는 시오쓰보의 미소가 왠지 딱딱해진 것 같은 느낌이 들었다.

생각해 보면 그때뿐이었다.

조직 이야기만 하던 시오쓰보가 자신에 관한 이야기를 꺼낸 건.

다치바나는 비밀번호 입력창에 '전율하는 라부카'라고 로마자로 입력했다. 폴더가 열릴 낌새는 없었다. 라부카로도 열리지 않았지만 다치바나는 희한하게도 굳은 확신을 버리지 않고 스마트폰으로 영화의 원제를 검색했다.

우리 세대에서는 실감 나는 스파이 영화 하면 그거거든, 이라는 가모의 말이 귓속에 되살아났다.

어차피 그것 말고 다른 비밀번호는 떠오르지 않았다.

영화 원제를 입력해도 폴더가 열리지 않았으므로 라부카라고 일본어로 검색하자 물고기 사진이 떴다. 날카로운 삼지창 모양의 이빨을 가진 뱀 같은 심해어. 신원을 위장해 적의 품으로 숨어드는 추악한 스파이의 멸칭.

아주 긴 학명이 눈에 들어오자 다치바나는 오히려 수긍이 갔다.

신중하고, 주도면밀하고, 다른 사람을 믿지 않는 고독한 남자가 만들 법한 비밀번호.

라부카의 학명 앞부분을 입력하고 조용히 엔터키를 누르자 폴더가 열렸다.

미카사의 레슨 시간에 녹음한 파일이 줄지은 폴더에는 다치바나가 요전에 제출한 조사 보고서도 저장돼 있었다. 파일을 전부 선택하고 우클릭해서 삭제를 눌렀다. 수많은 파일이 전부 삭제되기까지는 시간이 좀 필요했다. 삭제되기를 기다리는 동안 메일함에서 녹음 파일이 첨부된 메일을 삭제하고 다운로드 폴더도 확인했다. 휴지통도 비워서 모든 파일을 없애버렸다.

소리도 없이 사라지는 첩보의 흔적을 바라보며 다치바나는 머릿속으로 몇 번이고 되풀이해 중얼거렸다.

여기가 내 전쟁터다.

내 전쟁터는 여기다.

여벌 열쇠로 시오쓰보의 책상 서랍장을 열자 예전과 같은 곳에 백업용 외장 하드가 들어 있었다. 그걸 집에서 가져온 새 외장 하드로 바꿔치고 책상 서랍장을 잠갔다.

그 후 자기 자리로 돌아가서 컴퓨터에 저장된 잠입 관련 파일을 모조리 삭제했다. 마지막으로 가슴주머니에 꽂아둔 녹음기 속 음성도 깨끗이 지우자 그것은 단순한 볼펜이 됐다.

작업을 마치고 스마트폰으로 시간을 확인했을 무렵에는 쿵쿵 뛰던 심장이 어느새 차분해졌다.

다치바나, 하고 부르는 소리에 고개를 들자 미나토가 서 있었다. 아직 업무가 시작되고 얼마 지나지 않은 오전 열 시경이었다.

어젯밤에 한숨도 못 잤는지라 다치바나는 온몸이 나른하고 피곤했다.

"……왜요?"

"시오쓰보 씨가 당장 지하 자료실로 오래."

대체 무슨 사고를 친 거냐, 하고 심술궂게 속삭이는 바람에 온몸의 털이 삐쭉 섰다.

얼른 커피를 마셨지만 두근거리는 가슴은 진정되지 않았다. 커피 맛도 느껴지지 않았다. 드디어 진짜로 궁지에 몰리자 머리가 제대로 돌아가지 않았다. 이미 각오했건만 한심하리만치 횡격막이 바들바들 떨렸다.

공유 폴더에 이상이 생겼음을 눈치챈 걸까? 아니면 바뀌친 외장 하드 쪽? 또는 파일이 대량으로 삭제되면 관리자에게 알림이 오도록 설정해 둔 걸까? 혹시 사무실에 방범 카메라라도 설치해 둔 걸까? 그렇다면 발뺌도 못 한다.

아무 짓도 하지 않고 이대로 조직에서 처신만 잘한다면 인생은 무사태평했을 것이다.

콩쿠르가 뭐 어쨌는데.

가령 아사바가 피해를 입는다고 해도 그건 내 탓이 아니다. 재판도, 잠입 조사도 조직에서 멋대로 정한 일이지, 내 의사는 어디에도 없었다. 위에서 하라고 시키면 하는 수밖에 없다. 그러다 누군가의 기회를 망친들 내 알 바 아니다. 애당초 아사바가 콩쿠르에서 만족스러운 결과를 낼 수 있을지 없을지도 확실치 않다. 지금부터 진심으로 임한다고 과연 입상할 수 있을까. 가타기리 말마따나 그렇게 만만한 세계가 아니다. 그렇듯 불확실한 가능성을 지켜주겠다는 돌발적인 사명감에 휩싸여 이렇게 조건 좋은 직장을 포기하려 하다니, 멍청이도 이런 멍청이가 또 어디 있단 말인가.

그래도 죽을 때 후회하기는 싫었으니까.

버튼을 누르고 잠시 기다려도 엘리베이터는 좀처럼 내려오지 않았다.

최상층에 멈춰 있는 표시등을 올려다보기를 그만두고 다치바나는 엘리베이터 홀 바로 뒤에 있는 비상계단 철문을 열었다. 어두침침한 통 속으로 떨어지는 것처럼 무심하게 계단을 뛰어 내려가자 발소리가 탁탁 울렸다.

머릿속에는 바흐가 흐르고 있었다.

마지막 층계참에 다다른 순간, 아래층에 쪼그려 앉아 있는 여자가 눈에 들어와서 다치바나는 몸을 움찔했다. 터질 것 같았던 심장이 단숨에 쪼그라들었다.

이제 와서 발을 멈춘들 여자에게 들키지 않을 리 없었다.

"다치바나 씨?"

깜짝 놀랐네, 하며 그 사람이 돌아본 순간, 다치바나는 맥이 탁 풀렸다.

그 눈에 눈물은 없고 입가에는 웃음조차 맺혀 있었지만 남이 우는 모습을 우연히 목격한 것 같은 거북함이 아무래도 가시지 않았다.

하필이면 미후네였다.

"어쩐 일이에요? 굳이 비상계단을 사용하다니."

"……엘리베이터가 내려오질 않아서요."

그렇다고 비상계단을 사용하는 사람이 있구나, 하고 놀리듯이 말해 어떻게 대꾸하면 좋을지 몰랐다. 미후네 씨야말로 이런 곳에서 뭐 하세요? 라고는 도저히 못 물어본다.

이런 곳에 오는 건 누구의 눈에도 띄고 싶지 않을 때다.

"그렇게 난감해하는 표정 짓지 말아요. 내가 울고 있던 것도 아니잖아요?"

그러고 보니 오노세의 콘서트 티켓은 구했어요? 하고 미후네가 물었다.

무릎을 끌어안은 자세로 쪼그려 앉아 천천히 앞뒤로 몸을 흔들면서. 평소의 미후네에게서는 상상도 못 할 만큼 어린아이 같은 모습이었다.

“구했습니다.”

“우와, 대단하다. 다행이네요.”

나도 음악을 아주 좋아해요, 하고 미후네는 맑은 호수 같은 목소리로 속삭였다.

이 정체 모를 찜찜함을 느껴본 적 있는 것 같아서 다치바나는 뭘까 생각해 봤다. 최근에 수없이 반복해서 들었던 멜로디. 오노세 아키라의 「난파」가 잔물결처럼 부드럽게 밀려왔다.

기묘한 예감이 들었다.

자신이 모르는 곳에서 커다란 뭔가가 움직이고 있다.

“중학교 때 취주악 동아리에 가입해서 플루트를 했었거든요. 클래식, 재즈, 대중가요, 뭐든 가리지 않고 좋아하죠. 연주자가 꿈이었던 건 아니지만, 어른이 되면 뭔가 음악에 관련된 일을 하고 싶었어요. 그래서 여기서 일하는 게 좋았어요. 사무직이라도 스스로에게 자부심을 품을 수 있었으니까.”

무슨 마음인지 알겠어요? 하고 동의를 구하는 말에 그럭저럭요, 하고 다치바나는 중얼거렸다. 그 모호한 대답에 미후네는 후후 웃었다.

문득 층수 표시를 보자 미후네가 앉아 있는 곳은 지하였다.

“오노세의 공연은 언제인가요?”

"9월 중순요."

"이야. 나도 티켓을 구해둘 걸 그랬네. 그런 게 있으면, 무슨 일이 생기더라도 어떻게든 헤쳐나갈 수 있을 것 같은데."

다치바나 씨는 자료실에 가는 거죠? 하고 중얼거리며 미후네가 천천히 일어섰다. 무심코 얼굴을 바라봤지만 미후네는 더 이상 입을 열지 않았다.

침침한 계단은 최상층부터 지하까지 꿰뚫듯이 뻗어 있었다.

> 미카사에 공공연한 스파이 행위
>
> 일본 저작권 연맹, 미모의 여직원을 이용한 잠입 조사로
>
> '연주권' 침해 입증에 승부수를 던지다.

그 헤드라인을 본 순간, 세상이 크게 기울어지는 소리가 들린 것 같았다.

시오쓰보에게 아직 정식 발간되지 않은 주간지를 받은 다치바나는 그 글씨를 그저 응시하는 것이 고작이었다. 귀청을 찢을 듯한 침묵 속에서 오래된 공조 설비의 소리만 어렴풋이 들렸다.

"……잠입했다는 이 직원은."

"총무부의 미후네."

미후네 씨가 어째서, 하고 중얼거렸지만 그다음 말은 나오

지 않았다.

예상치도 못했던 전개라 뭐가 뭔지 전혀 이해가 안 됐다. 목 앞부분에 손을 댄 채 기사를 읽어나가자 머릿속이 새하얘졌다.

> 음악 저작권 관리단체로 유명한 일본 음악 저작권 연맹이 조사차 대형 음악 교실 미카사에 직원을 잠입시켰다는 사실이 밝혀졌다. 연맹과 미카사는 '연주권'을 둘러싸고 재판까지 벌일 정도로 첨예하게 대립 중이며, 연맹은 권리를 침해당했음을 입증하기 위해 직원을 보낸 것으로 보인다. 잠입한 여직원은 약 이 년간 플루트 상급반에 다니며 다른 학생과 마찬가지로 강사에게 일대일 수업을 받았다. 레슨 시간에 다룬 연습곡 중에는 연맹에서 관리하는 악곡이 다수 포함돼 있었으며, 연맹은 이 직원의 증언을 토대로 '연주권' 침해를 입증해 나갈 전망이다.

지난 이 년간 다치바나가 미카사에서 했던 일과 완전히 똑같았다.

"……저만 미카사에 잠입했던 게 아니었습니까."

멍하니 말을 꺼내자 나도 그런 줄 알았어, 하고 시오쓰보가 목소리를 죽였다.

주간지의 얇은 표지가 손바닥에 불쾌하게 들러붙었다. 사실을 있는 그대로 보도했을 뿐인 기사가 궁지로 바싹 몰아붙이는 기분이었다. 활자의 힘에 목이 졸려서 구역질이 났다. 자신이 저지른 짓을 온 세상이 질책하는 것만 같아서 머릿속이 싸늘하게 식어갔다.

들통났다. 연맹 직원이 미카사에 잠입했다는 사실이.

"미후네 아야카. 아카사카파와 가깝게 지내는 것 같더니만, 이랬을 줄이야. 누구 지시지? 미카사 잠입 조사는 진작부터 가구라자카파에서 진행해 온 안건이야. 그야말로 몇 년에 걸쳐 세밀하게 세운 계획이라고. 여기까지 와서 아카사카파에게 추월당하다니, 윗분들이 길길이 날뛰겠군."

시오쓰보가 씁쓸한 표정으로 내뱉듯이 말했다. 다치바나가 품고 있는 감정과는 크게 동떨어진, 어쩐지 유치한 분노였다. 이 상사의 머릿속에는 어디까지나 조직 내부의 파벌 싸움밖에 없다.

그 우스꽝스러운 모습을 보자 다치바나는 아주 약간이나마 냉정함을 되찾은 것 같았다. 하지만 그 생각은 착각일 뿐, 실은 지금 자기가 무엇에 충격을 받았는지조차 제대로 표현할 수가 없었다.

기사에서는 잠입 조사를 맡은 직원이 재판에서 다음과 같은 취지로 증언하지 않을까 예상했다.

'강사의 연주는 콘서트처럼 매혹적이라 넋을 놓고 감상할 정도였습니다.'

"이 주간지는 어디서 새어 나온 겁니까?"

"확인 중이야. 내부 사정을 알지도 못하면서 요란스레 써대는 기레기들 같으니라고."

본문 속의 '잠입 직원'은 냉담해서 찔러도 피 한 방울 나지 않을 것 같은 인물로 묘사됐다. 다치바나가 아는 미후네의 모습과는 일치하지 않았고 자신의 모습과도 거리가 멀었다.

우리는 평범한 인간이다. 적어도 여기 적혀 있는 것보다는.

"……이제 저는 어쩌면 될까요?"

앞으로 몇 번 더 미카사에 다닐 예정이긴 합니다만, 하고 다치바나가 묻자 있어 봐, 하고 시오쓰보는 딱 자르듯이 말했다. 일 초, 십 초, 시간이 지나갈수록 점점 기분이 가라앉았고 전부 다 포기해 버리고 싶어졌다.

오랜 시간을 들였건만 너무나 변변치 못하게 막을 내렸다.

"아카사카파가 미후네를 증인으로 내세울 작정이라면 이미 변호사와 상의했을 가능성이 높아. 기사에서 미후네의 성별을 까발린 이상, 증인을 자네로 바꾸는 건 좋지 못한 수야. 스파이가 여러 명이었냐면서 또 여론의 비난이 거세지겠지. 요즘 안 그래도 불합리한 여론에 시달리고 있으니 이사들이 싫어할 거야."

이제 자네가 미카사에 다닐 필요는 없겠지, 하고 말하자 알겠습니다, 하고 다치바나는 고개를 끄덕였다. 상상했던 것과 달리 감상적인 기분은 전혀 솟아오르지 않았다.

재판 증인이 미후네로 결정됐다면 미카사 쪽에 자신의 이름이 알려질 리 없다. 그렇다면 아사바도 피해를 입지 않을 테니, 아무 걱정 없이 콩쿠르에 임할 수 있다. 언젠가는 레슨 녹음 파일을 삭제한 것을 시오쓰보에게 들킬지도 모른다. 그래도 재판에서 불필요해졌다면 그 일마저 흐지부지될 가능성이 있다.

스파이였다는 사실만 꼭꼭 숨기면 미카사를 그만두더라도 가끔 비바체에 얼굴 정도는 내밀 수 있으리라.

합주회도 들으러 갈 수 있다.

일이 어정쩡하게 끝났더라도 이걸로 잘됐지 않은가.

"아참, 첼로."

악기를 반납하러 가야 한다고 다치바나가 중얼거렸지만 시오쓰보는 아무 대답도 없었다.

스파이 기사는 연일 인터넷을 뜨겁게 달구었다.

"오늘 갑자기 추워졌네. 이제 여름이라고 생각했는데, 입을 옷이 없어서 당황스러웠어."

쿨비즈•를 실천할 기온이 아니지, 하고 아사바가 웃으며 양복 차림의 다치바나를 가리켰다. 전날부터 기온이 뚝 떨어져서 다치바나도 오랜만에 양복 윗도리를 걸친, 비 내리는 금요일이었다.

다치바나는 손을 뒤로 돌려 문을 닫으며 낯익은 레슨실을 멍하니 바라봤다.

아담한 방에 눕혀진 첼로 두 대와 마주 보는 의자 두 개 외에는 보면대와 작은 테이블 정도밖에 물건이 없었다. 테이블 위에는 파란 악보가 뒤집혀 있었다. 분명 아사바의 개인 물품이다. 짧은 휴식시간에도 콩쿠르 연습을 하는 모양이었다.

집에서 연습하기 위해 빌린 대여용 첼로는 방금 안내 데스크에 반납했다.

"그러고 보니 그 뉴스 봤어?"

미카사에 스파이가 잠입했다는 뉴스 말이야, 하고 의자에 앉은 아사바가 눈을 오므렸다. 마치 우리와는 아무 상관도 없는 소문이라도 이야기하듯이.

다치바나는 양복 윗도리를 벗고 옷걸이에 손을 뻗다가 움직임을 멈췄다.

• 기업이나 관공서 등에서 여름철에 간편한 옷차림으로 근무하는 것.

"……요즘 뉴스를 전혀 안 봐서요."

"아주 화제야. 여기에 관련된 이야기니까 다들 수군거리지."

저작권 어쩌구 하는 녀석들이 미카사에 스파이를 보냈대, 하고 영화 줄거리라도 알려주듯 가볍게 말하자 그렇군요, 하며 다치바나는 눈을 돌렸다.

미리 각오는 했지만 그 화제를 직접 접하니 가슴이 몹시 뜨끔했다.

"그 스파이, 학생으로 미카사 음악 교실에 다녔대. 그것도 이 넌이나. 지유가오카점이라는데, 여기서 꽤 가깝지 않나?"

"꽤 가깝네요."

"음악 교실에서 대중음악을 연습하려면 돈을 내라. 그게 그 저작권 단체의 주장이라나 봐. 이렇게 좁은 곳에서 일대일로 레슨을 하더라도 말이야. 나도 연주권이 뭔지 정도는 알지만 이런 식의 적용은 이해가 안 돼. 하지만 그게 옳으냐 그르냐보다 더 큰 문제는 방법이야. 학생으로 교실에 숨어드는 건 반칙이잖아. 담당 강사가 너무 안됐어. 그런 짓을 당했다간 사람을 못 믿게 될 거야."

왜 우두커니 서 있어? 하고 아사바가 의자를 가리켰지만 이제는 태평하게 첼로를 켤 기분이 아니었다. 이대로 가다가는 의심받는다. 자신이 지금 어떤 표정인지 확인할 방법은 없었다.

원래는 마지막 레슨을 받고 나서 미카사를 떠날 예정이었는데 한시라도 빨리 이 자리를 떠나고 싶은 기분이 앞섰다.

"왜 그래? 뭔가 이상한데."

"……저어, 정말로 갑작스러운 이야기라 죄송한데요."

실은 아까 첼로를 반납했습니다, 하고 말을 꺼내자 어, 왜? 하고 아사바가 다치바나를 올려다봤다. 그 가벼운 말투로 보건대 다치바나가 그만둘 걸 예상하지는 못한 듯했다.

"여러 가지 사정으로 더는 레슨을 받을 수가 없어서요."

"뭐?"

"그래서 오늘은 마지막 인사를 드리러 왔어요. 아사바 선생님께는 오랫동안 정말로 많은 도움을 받았으니까요."

느닷없이 이런 말씀을 드려서 죄송합니다, 하고 빠른 말투로 중얼거리고 도망치듯 발 쪽으로 시선을 돌렸다. 왼팔에 걸쳐둔 양복이 묘하게 무겁게 느껴졌다.

당혹스러워하는 아사바의 표정을 보자 가슴이 뜨끔뜨끔 아팠다.

"인사라니, 설마 이게 마지막이라는 거야? 아무리 그래도 너무 갑작스럽잖아."

"가을까지 반년 분의 수강료를 납부해 놨는데요. 환불은 괜찮습니다."

"지금 수강료 이야기를 하자는 게 아니잖아. 무슨 일 있었어?"

본가에 돌아가 봐야 해서요, 하고 거짓말을 하자 그런 쪽 이야기였구나, 하고 아사바가 손바닥으로 목덜미를 문질렀다. 생각했던 것보다 심각한 분위기가 연출돼서 새삼스레 양심이 아팠다.

"그, 가족에게 안 좋은 일이 생긴 거야? 다치바나 씨는 심적으로 괜찮아?"

"저는 아무렇지도 않아요. 그렇게까지 심각한 이야기는 아니지만, 이런저런 일이 겹쳐서요. 실은 오늘도 바로 돌아가야 해요."

직장도 그쪽에서 다시 찾을 예정이니 다른 분들께도 안부 전해주시기 바랍니다, 하고 말하면서 너무 지나치지 않나 싶었다. 이 정도까지 설정하면 여기로 쉽게 못 돌아온다. 하지만 너무 조마조마해서 더 이상 뭔가가 드러나기 전에 인연을 뚝 끊어버리고 싶었다.

그러는 편이 안심된다.

"비바체에서 모임을 열 때마다 즐거웠어요. 저는 그런 모임을 경험해 본 적이 별로 없거든요. 매번 초대해 주셔서 감사하다고 여러분께 말씀해 주세요. 첼로도 다시 켤 수 있게 돼서 다행이고요. 정말로 열심히 지도해 주신 덕분에 좋아하는 곡도 연주할 수 있게 됐네요. 아사바 선생님께는 정말이지 여러모로 신세만 져서……."

말을 줄줄 늘어놓는 동안 정말로 이번 생에는 다시 못 만날 것만 같은 감정이 북받쳐서 가슴 안쪽이 찡했다. 어디까지가 지어낸 이야기고 어디부터가 본심인지 스스로도 모를 지경이었다. 이것이 매번 레슨실에 들어가기 전에 녹음 버튼을 누른 인간의 말이라고는 아무도 생각지 않으리라.

이걸로 전부 끝이다. 이걸로 모든 것이 원만하게 수습된다.

"……신세를 졌다니 그런 서먹서먹한 소리 하지 마. 다치바나 씨는 열심히 배우고 센스도 있어서 가르치는 보람이 있었으니까. 나도 정말 아쉬워."

다른 사람들에게도 꼭 소식 전할게, 하고 아사바가 약속하자 가공의 이야기가 대단원의 막을 내린 것 같아서 다치바나는 겨우 마음을 놓았다.

묘한 경위로 시작한 레슨이기는 했지만 즐거웠다.

인생을 살면서 한 번쯤은 이런 추억을 쌓아도 괜찮지 않겠느냐고 진심으로 생각할 만큼.

"본가는 어디였더라?"

"나가노요. 나가노현의 마쓰모토시."

"그럼 그렇게 멀지는 않네. 도쿄에 올 일 있으면 말해. 누가 여행이나 출장으로 그쪽에 갈 기회가 있을지도 모르고. 딱히 아무 일 없어도 적당할 때 연락 줘. 이사하고 직장까지 새로 구하려면 힘들잖아? 요전에 그런 이야기도 들었겠다, 뭐랄까,

내가 힘이 될 수 있는 일이 있다면."

꿍꿍이속이 없는 그 말에 갑자기 마음 한끝이 흔들렸다.

"……또 연락드릴게요."

"또 술 마시러 가자. 나도 앞으로 고생길이 훤하지만."

합주회 때는 오겠습니다, 하고 중얼거리자 그 사소한 일정이 희망으로 변해 새로운 빛이 태어난 기분이었다. 나아가는 길 앞쪽에서 다치바나를 살며시 이끌어 주는 길잡이 같은 불빛이었다.

"아참, 작별 선물로 선생님의 사인을 받아도 될까요?"

반드시 가치가 높아질 거라고 아오야기 씨가 전에 그랬으니까요, 하고 다치바나가 웃으며 가방을 열자 왜 웃으면서 말하는 거야? 하고 아사바가 비슷한 웃음을 지었다.

「오노세 아키라 명곡집」 악보를 꺼내자 유성펜 없는데, 하고 아사바가 쑥스러운 듯 손끝으로 또 목덜미를 긁적였다.

"아오야기 씨가 그런 소리를 했던가?"

"제가 처음으로 모임에 참석했을 때요. 왜, 하나오카 씨가 제 사인을 받느니 마느니 하셨을 때."

사인펜이 있던가, 하고 다치바나가 정신을 다른 곳으로 돌렸을 때 아, 그거면 되겠네, 라는 목소리가 정면에서 들렸다. 그게 뭔지 생각할 틈도 없이 아사바가 친근감을 담아 무람없이 손을 뻗었다.

편의상 그냥 꽂아둔 스테인리스 볼펜.

"표지 바로 다음 장도 괜찮지? 여기라면 보통 펜으로도 쓸 수 있으니까."

왼팔에 걸쳐둔 양복의 가슴주머니에서 아사바가 볼펜을 뽑은 순간, 괜찮다고 다치바나는 불안한 마음을 간신히 달랬다. 이것은 이제 그냥 볼펜이다. 녹음 파일은 다 삭제했다. 설령 클립 안쪽에 있는 비밀스러운 버튼의 존재를 알아차려도 전혀 두려워할 것 없다.

모든 증거를 없애버린 볼펜은 모두에게 아무 해도 끼치지 않을 터였다.

"어?"

동시에 발생한 다른 변고를 먼저 알아차린 사람은 아사바였다.

볼펜을 뽑을 때 다치바나의 양복 가슴주머니에서 뭔가가 같이 빠져나왔다. 그것은 작고 딱딱한 소리와 함께 레슨실 바닥에 떨어졌다.

그것이 무엇인지 다치바나는 한순간 알아보지 못했다.

"미안, 뭔가 떨어뜨렸네."

아사바가 그걸 주우려고 몸을 구부렸을 때, 배지는 불타듯이 빛났다.

이 로고마크는 유명하다. 조금이라도 세상 돌아가는 일에 흥미가 있는 사람이라면 본 적 있을 터였다. 특히 잠입 직원의 뉴스로 떠들썩했던 최근 며칠간, 이 로고마크는 한층 많은 사람에게 알려졌을 것이다.

일본 저작권 연맹의 새빨간 로고마크.

"왜 그렇게 표정이 이상해?"

아사바가 자세를 되돌리는 것과 동시에 들고 있던 배지에 시선을 주었다.

그것이 연맹 로고마크라는 건 아사바도 알아차렸으리라.

"……뭐야 이건."

방금 화제로 삼았던 회사 거잖아, 하고 농담처럼 중얼거리는 말에 다치바나나는 굳어버렸다.

"시디 같은 데 딸린 굿즈? 레코드 회사도 아닌데 이런 걸 줘봤자 처치 곤란이잖아. 저작권 어쩌구 하는 회사의 굿즈를 어디 써먹겠어? 뭐, 레코드 회사의 배지도 나는 필요 없지만……."

어떻게 된 거야? 하며 아사바가 고개를 든 순간, 어떻게든 얼버무리고 넘어가야 하건만 스스로도 놀랄 만큼 아무 핑계도 떠오르지 않았다.

결정적 증거를 눈앞에 들이대는 바람에 머리가 전혀 돌아가지 않았다.

"어떻게 된 거냐고 묻잖아. 난 모르겠으니까."

대답을 안 해주면 몰라, 하고 반쯤 웃으며 묻는 모습을 보며 다치바나는 숨 쉬는 방법을 잊어버렸다. 찌르듯이 강한 아사바의 시선은 점점 온도를 잃어갔다. 지하 호수를 연상시키는 깊고 투명한 고요함 속에서 마침내 다치바나의 정체가 드러났다.

왜 회사 배지가 여기 있을까?

지하 자료실에서 시오쓰보에게 지적을 받았을 때, 그 자리에서 빼서 어쨌더라?

"입 다물고 있지 말고 뭔가 말해."

아사바의 얼굴에서 웃음기가 사라졌다.

"……뭔가라니."

"내게 해야 할 말이 있을 텐데."

변명 한두 개쯤 얼마든지 생각해 낼 수 있잖아, 하고 금세 목소리에 분노가 번졌다. 너무 무섭게 다그쳐서 다리가 얼어붙었다.

아사바는 핏발이 설 만큼 힘주어 두 눈을 부릅떴다.

"굿즈라도 상관없어. 난 그런 회사는 모르고, 받은 물건이라고 하면 순순히 믿을게. 그야 믿을 수밖에 없겠지. 다치바나 씨가 그렇게 말한다면."

이건 누구의 어떤 물건이야, 하고 따져 묻기에 다치바나는 은사를 가만히 바라봤다.

"……이건 회사 배지입니다."

"누구 건데?"

"다름 아닌 제 겁니다. 연맹 직원이면 누구나 가지고 있죠. 나름대로 중요한 물건이라 굿즈로 살 수는 없어요."

돌려주시겠습니까, 하며 아사바의 손에서 배지를 낚아채자 뒤틀린 용기가 펄펄 솟아올랐다. 궁지에 몰렸을 때만 발휘되는 어두운 용기가.

가슴을 펴고 주먹을 움켜쥐자 배지가 손바닥을 꾹 파고들었다.

"일본 저작권 연맹은 선생님이 아까 말씀하셨던 저작권 단체입니다. 창작에 전념하는 아티스트 대신, 그들이 심혈을 쏟아 만든 악곡의 저작권 사용료를 징수합니다. 세상 사람들은 이곳을 두고 막말을 하는 모양이지만, 정당한 단체예요. 누군가가 이 일을 맡지 않으면 이 나라의 음악 비즈니스는 성립되지 않아요."

인터넷에 올라오는 의견만 믿으시면 곤란합니다, 하고 내뱉듯이 말한 후 그만 입가에 웃음이 맺혔다. 아까 감동적이었던 작별 장면과 간극이 너무 커서 눈이 빙글빙글 돌 것만 같았다.

"이번에도 스파이 행위라고 호들갑을 떠는 모양이지만, 우리 활동에는 법적 근거가 있어요. 우리가 관리하는 악곡을 무단으로 사용해서 부당하게 이익을 얻는 자가 있다면, 그에 상응하는 대응을 해야겠죠. 그게 우리 일이고, 음악이라는 지적재산권을 창출하는 저작자들에게 보여야 할 성의니까. 동네 음악 교실의 일대일 레슨이고 뭐고 상관없어. 남이 만든 음악을 멋대로 사용해서 부당한 이득을 얻으려고 하지 마."

미카사와의 재판에서는 연맹이 이기리라.

미후네도 분명 제 역할을 잘해낼 것이다.

이쪽의 논거에 틀린 점은 없다. 증거도 넘쳐난다. 저작권 사용료 징수에 관련된 소송에서 연맹이 질 리 없다.

그러니 오늘은 냉큼 돌아갈 걸 그랬다. 첼로만 반납하고.

"난 그저 정당한 절차를 통해 미카사에서 레슨을 받았을 뿐이야. 수강료도 밀리지 않게 냈고, 오는 사람은 거부하지 않는다는 게 이 음악 교실의 모토일 텐데. 여기서 보고 들은 연주권 침해 행위의 시시비비는 재판에서……."

"그거, 누구한테 하는 말이야?"

연설하고 싶으면 다른 데서 해, 하고 섬뜩할 만큼 매서운 목소리가 날아들어 다치바나는 말문이 막혔다. 지금까지 들어본 적 없는, 진심으로 화난 아사바의 목소리.

눈앞에 서 있는 남자가 점점 격앙돼 가는 낌새가 느껴져서 무서웠다.

"……이봐, 누구에게 정의가 있든지 없든지 그건 아무래도 상관없어. 법률에 대해서는 잘 모르고, 인터넷이든 여론이든 내 알 바 아니야. 난 그저 고용된 강사니까, 미카사가 어디와 재판을 하든 솔직히 아무 흥미도 없어."

지금 그런 걸 묻는 게 아니잖아, 하고 을러대서 눈조차 제대로 맞출 수 없었다. 아까까지만 해도 일방적으로 떠들어댔으면서 상대방이 감정을 고스란히 드러내자 몹시 겁이 났다. 일단 겁을 먹자 마음을 다잡을 수가 없었다.

꿈꿨던 대단원은 이제 엉망진창이 됐다.

어차피 엉망진창이 됐다면 빨리 달아나고 싶었다.

"내 질문에 대답 좀 해줄래?"

"……네."

"넌 뉴스에 보도됐던 일본 저작권 연맹의 잠입 직원 중 한 명이고, 애당초 미카사를 조사하기 위해 이 음악 교실에 등록했다. 맞아?"

그렇습니다, 하고 다치바나는 의연하게 대답하려 했지만 목소리가 떨렸다.

"내게 레슨을 받은 것도 그래서고?"

"맞습니다."

"재판에 이기기 위해서라면 무슨 증거, 그렇지, 예를 들면 레슨 때마다 녹음이나 녹화를 해서 직장에 제출했나?"

"……녹화는 한 번도 안 했습니다."

그러니까 녹음은 했다는 거네? 하고 아사바가 웃었다. 너무 긴장한 나머지 토할 것 같았다. 레슨실 바닥으로 시선을 피하자 나란히 놓인 첼로 두 대가 보였다.

그저 여기서 조용히 첼로를 켜고 싶었다.

"일이 어떻게 돌아간 건지 대강은 알겠어. 그랬군. 나랑 그리고 하나오카 씨와 가지야마 씨 같은 사람들과 친하게 지내려 애쓴 것도 그 업무의 일환인가."

아닙니다, 하고 목구멍을 쥐어짜자 어째서 그건 아닌데, 하고 아사바가 웃음을 터뜨리며 고개를 갸웃했다. 술 취했을 때 동작이 커지는 것처럼 과장되게.

"일이 아니라면 뭔데? 거기만 거짓말 해봤자 아무 의미도 없잖아."

"……거짓말은."

"왜 그렇게 겁을 먹었어?"

어째서 그렇게 주눅 든 건데? 하고 어이없어하는 얼굴이 살짝 어두워졌다.

경멸 섞인 눈빛이 날아들자 다치바나는 자신이 무엇보다 두려워했던 것이 하늘에서 떨어져 내린 듯한 기분이었다.

"그렇게 본인이 피해자인 것 같은 표정 짓지 마. 상처 입은 건 나라고. 하나부터 열까지 전부 거짓말에다가 남의 비위나 살살 맞추고 말이야. 구청 공무원은 개뿔. 대중음악을 켜보고 싶기는 뭘 켜보고 싶어? 아, 그야 켜보고 싶었겠지, 대중음악을 연주하면 그걸 증거 삼아 몇억 받아낼 수 있으니까. 잘됐네, 강사가 나같이 어수룩한 인간이라."

그런 짓은 어떤 기분으로 하는 거야? 하고 아사바가 말을 이었다.

"착한 인간인 척할 생각은 없지만, 난 그런 짓 안 해. 겉과 속이 달랐던 적도 없고, 높은 사람의 기분을 맞추러 다니지도 않아. 그래서 손해를 보기도 하지만, 그걸로 됐다고 생각해. 본의와 다른 말을 해봤자 자기 마음이 죽을 뿐이니까."

하지만 넌 그렇지 않은가 보군, 하고 아사바가 중얼거린 순간, 얇은 뭔가가 찢어지고 순수한 체념이 사방에서 밀려왔다. 마음속 깊은 곳에 가둬졌을 어둠이 그물처럼 확 펼쳐졌다.

인생이란 결국 이런 것이다.

"예전에 상상력이 어쨌느니 하면서 널 칭찬한 적이 있었지. 그 말은 취소할게. 네게 상상력 같은 건 없어. 있을지언정 아주 작은 한 조각조차 남에게는 사용하지 않아."

나가, 라는 말에 안 그래도 그럴 겁니다, 하고 값싼 허세가 입에서 튀어나왔다. 레슨실을 나서려던 순간, 무의식적으로 벽시계를 올려다봤다. 여기서 몸에 밴 습관이 싫어졌다.

상상력이 결여된 인간이라서인지 아직 현실감이 부족했다.

다음 주에 다시 이 문을 열면 평소와 다름없이 레슨을 받을 수 있을 것 같았다.

"……저기, 마지막으로 한 말씀만 드리자면."

고함이 날아들 것에 대비해 다치바나는 열었던 문을 일단 닫았다.

"콩쿠르, 힘내세요."

"힘이 나겠냐, 이 망할 새끼야!"

아사바가 의자를 힘껏 걷어차자 레슨실에 요란한 소리가 울려 퍼졌다.

다치바나가 바로 복도로 나가자 악기 소리가 넘쳐흘렀다. 마주 보고 늘어서 있는 각 레슨실 문에서 다양한 음악 소리가 흘러나왔다.

완만하게 휘어진 통로를 빠져나와 위쪽이 뻥 뚫린 큰 계단에 다다르자 갑자기 시야가 확 트이고 아래에 화사한 로비가 보였다.

그 광경을 본 순간, 온몸에서 힘이 쭉 빠졌다.

"아, 다치바나 씨."

벌써 끝나셨어요? 하고 밝게 말을 거는 목소리에 라운지로 눈을 돌리자 아오야기가 있었다. 평소와 다름없이 아주 싹싹한 태도라 어쩌면 시간이 조금 되돌아갔을지도 모른다는 희망적 망상을 품었다.

한편으로 모든 것이 무너져 내리는 굉음이 머릿속에서 울려 퍼졌다.

"아까 채팅방에 글 올라온 거 보셨어요? 다음 달 모임 일정을 지금 가지야마 씨가 취합하고 계세요. 다들 일정상 월초가 좋겠다는데요. 저는 못 갈 것 같은데, 다치바나 씨는……."

무슨 일 있으세요? 하고 도중에 말을 끊고 묻는 말에 이제 이 상황을 넘길 여유조차 남아 있지 않다는 걸 깨달았다. 많이 어린 학생에게까지 염려를 받다니 한심했다.

"모임에는 나도 못 가."

"그렇군요. 일이 바쁘시면 아무래도……."

"그리고 아쉽지만 합주회에도 못 가게 됐어."

"네?"

아오야기 씨 시험 잘 봐, 라는 말을 남기고 엘리베이터로 가서 버튼을 누르자 바로 문이 열렸다. 일 층 악기점으로 내려가서 금관악기가 줄지은 진열대 옆을 재빨리 통과해 정면 현관 밖으로 나가니 아직 비가 내리고 있었다. 보얗고 부드러운 빗발이 밤길을 오가는 차를 적셨다.

우산을 깜박했다는 걸 알아차렸지만 미카사로 돌아갈 수는 없었다.

다치바나는 스마트폰을 꺼내 쌓여 있는 알림을 눌러 메시지 앱을 띄웠다. 아사바 선생님과 함께하는 모임의 멤버 목록에서 모두를 차단하고 채팅방에서도 나가자 손안의 스마트폰이 둥실 떠오를 것처럼 가볍게 느껴졌다.

계절에 어울리지 않게 쌀쌀해서 양복 윗도리를 잡은 손이 바들바들 떨렸다.

그날 밤, 다치바나는 오랜만에 또 심해의 꿈을 꿨다.

검게 칠한 듯한 암흑 속에서는 아무 음악도 들리지 않았다.

## V

'자, 드디어 잠을 이루기 힘든 계절이 찾아왔는데요. 여러분은 요즘 어떠세요? 저는 얼마 전에 새 파자마를 샀는데요. 충동 구매한 것치고는 감촉이 꽤 좋더라고요. 잘 때 입으면 딱입니다. 까슬까슬하니 몸에 붙지 않아요. 옛날에는 운동복을 입고 잤죠. 그야말로 학창 시절에 입었던 것 같은 운동복을요. 지금은 착용감을 중시합니다. 어른이 된 거죠. 그럼 이번 주의 첫 번째 편지를 전해드리겠습니다. 음, 닉네임은.'

'그런 고민 있죠. 압니다, 알아요. 우리 아이도 지금이야 갈비가 맵다고 말하는 삼십 대가 됐지만, 중고등학생 때는 도시락 때문에 난리였어요. 아무리 고기를 좋아해도 균형 있는 식

사가 중요하잖아요.'

'아, 잠깐만. 이거 무슨 깜짝 카메라인가요? 정말 못 들었는데. 어, 진짜? 믿기지가 않네. 저, 진짜로 내내 팬이었어요. 쭉.'

'그런데 단골 라면집이 문을 닫았지 뭐예요. 정말 죽겠더라고요. 진심으로.'

다치바나는 통근 전철 안에서 라디오 앱의 채널을 계속 바꿨다. 어느 방송을 틀어도 바로 귀에 거슬려서 결국 토익 시험 대비 앱으로 바꿨다. 미국 영어인지, 호주 영어인지 모를 비즈니스 회화가 이어폰에서 나오자 갑자기 의식이 멍해졌다. 숨이 콱 막힐 것같이 사람들로 가득한 한여름 전철에 냉방이 뿜어져 나왔다.

첼로가 없는 생활에는 생각보다 빨리 익숙해졌다.

악보와 현은 옷장 속 깊숙이 처박은 뒤로 한 번도 건들지 않았다. 연습하러 다녔던 근처 노래방의 회원 카드는 버렸고 첼로가 없는 방의 모습도 완전히 눈에 익었다. 할 일이 없어 무료한 평일 밤이나 휴일을 홀로 보내는 것도 그리 어렵지 않았다. 스마트폰 게임으로 시간을 때우거나 밀린 빨래를 하고 가끔 수영하러 수영장에 가면 여가는 순식간에 지나갔다. 취미다운 취미가 없고 특정한 공동체에 소속되지 않은 인간에게도 요즘 세상은 살기 쉬운 곳이다.

이 년 전으로 돌아갔을 뿐이라는 생각이 들었다.

원래 생활로 돌아갔을 뿐, 뭔가 잃어버린 건 아니다.

열몇 달 만에 찾아간 불면 외래 클리닉은 예전과 전혀 달라진 점이 없었다.

"그 후로 한동안은 수면유도제 없이 주무셨다는 말씀이군요. 최근에 다시 증상이 심해진 느낌인가요?"

그것도 그렇고 슬슬 가지고 있는 약이 다 떨어질 것 같아서요, 하고 다치바나가 말하자 그럼 똑같은 약을 처방할게요, 하고 의사가 가벼운 손놀림으로 키보드를 두드렸다. 단발머리 사이로 드러난 귀에는 여전히 화려한 피어스가 달려 있었다.

"또 일이 바빠지셨다든가?"

"굳이 따지자면 반대인데요."

전보다 업무량은 줄었습니다만, 하고 중얼거리자 원인을 콕 짚어서 파악하기는 어려운 법이죠, 하고 의사는 부드러운 웃음을 지었다. 의료직 종사자답게 웃음에 숙달된 모습이었다. 책상 앞쪽에 있는 몬스테라의 커다란 잎사귀는 매일 닦는지 모조품처럼 선명한 진녹색이었다. 진찰실은 조용했다.

마지막으로 여기 왔을 때와 무엇 하나 달라지지 않은 광경을 본 탓인지 다치바나는 기묘한 감각에 사로잡혔다. 방대한 시간이 중간에 쑥 빠져나가 버린 듯한 감각에.

이렇게 진찰실의 동그란 의자에 멍하니 앉아 있으니 미카사 음악 교실에 다녔던 것 자체가 꿈 아니었을까 싶었다.

"주변 환경의 변화는 긍정적인지 부정적인지와는 관계없이, 똑같이 스트레스로 작용해요. 약의 도움을 받으면서 또 상황을 지켜봅시다."

그러고 보니 아직도 기타를 배우고 계신가요? 하고 묻는 말에 다치바나는 시선을 들었다.

"……용케 기억하고 계시네요."

"기타 교실이 아니라 피아노 교실이었던가요? 음악을 배우기 시작하자 불면 증상이 개선됐다는 게 인상 깊었거든요."

"요전에 그만뒀습니다. 인간관계에 말썽이 좀 생겨서요."

"어머, 그러셨군요."

미카사를 그만둔 건 인간관계에 말썽이 생겼기 때문이 아니라 그저 잠입 조사를 계속할 필요가 없어졌기 때문이다. 마지막에 예상외의 일이 발생한 탓에 거기서 쌓은 인간관계도 파국을 맞기는 했지만.

"또 수면에 문제가 생긴 건 그 때문일지도 모르겠군요. 오랫동안 배우셨는데, 아쉽게 됐네요. 그럼 혹시 다른 기타 교실에 다녀보면 어떨까요?"

다른 기타 교실요? 하고 되묻는 말에 의사는 네, 그렇죠, 하고 시원스럽게 맞장구를 쳐줬다.

배웠던 건 기타도 피아노도 아니라 첼로였다. 잠입 조사를 한 건 둘째치고 자신이 배웠던 악기 정도는 제대로 정정해도 될 텐데.

스파이 짓을 하든 하지 않든 적당한 말을 늘어놓을 뿐이다.

“기타 자체가 싫어진 게 아니라면, 다시 시작해 보시는 게 어떨까요? 오랫동안 몰두했던 취미를 그만두기는 아까우니까요.”

그것도 그러네요, 하고 중얼거리며 다치바나는 책상 너머의 작은 창문을 쳐다봤다. 이 각도에서는 옆 건물의 벽밖에 보이지 않았지만, 의외로 볕은 들었다.

7월 모일, 도쿄 지방 법원에서 열린 제2차 구두 변론에서 증인 신문이 행해졌다. 다치바나가 업무를 마쳤을 무렵에는 각종 뉴스 사이트에 기사가 올라왔다.

그날 밤, 다치바나는 법원에서 돌아온 미후네와 회사 근처 레스토랑에서 만나기로 했다. 주택가 안쪽에 있는 이탈리안 레스토랑은 회사에서도 런치 메뉴가 호평인 듯했지만 퇴근 시간 후에는 연맹 직원과 마주칠 일이 거의 없다고 했다.

“뭐 마실래요?”

난 와인으로 할까, 하며 미후네가 음료 메뉴를 이쪽에 보여줬다. 저는 우롱차로, 하고 다치바나가 즉시 답하자, 술 안 마시고요? 하고 신기해했다.

"약을 먹고 있어서 좀."

"그런가요."

뭔가 꼬투리를 잡지 않을까 싶기도 했지만 미후네는 그대로 시선을 되돌렸다. 파스타로 할까 고기 요리로 할까, 하며 가죽 표지 메뉴를 천천히 넘겼다. 당연하다는 듯 손톱에는 윤기가 흐르는 매니큐어를 칠했지만 얼핏 봐서는 눈에 띄지 않을 만큼 살빛에 가까운 색깔이었다.

그 빈틈없는 행동거지에서는 비상계단에서 봤던 모습이 상상도 되지 않았다.

증인 신문이 끝나고 잠깐 이야기 좀 할래요? 하고 제안한 건 미후네였다. 재판의 자세한 내용이 궁금했던 다치바나는 바로 업무용 메일로 답장을 보냈다.

당초 계획대로였다면 오늘 다치바나가 증인으로 법정에 섰을 것이다.

"다치바나 씨는 옷도 확정 신고에 포함해요?"

회사원이 입고 다니는 옷도 경비에 포함할 수 있다는 모양이에요, 하고 생뚱맞은 화제를 꺼낸 탓에 무슨 이야기일까 싶었다.

"……아니요, 그런 건 전혀."

"이 옷, 오늘을 위해 일부러 샀거든요. 평소 입던 옷을 입고 가도 전혀 상관없었을 것 같기는 하지만요."

미후네가 상반신을 조금 비틀어서 의자 등받이에 걸쳐둔 감색 여름 재킷을 가리켰다. 듣고 보니 못 보던 옷 같기도 했다. 회사에서 마주칠 때 미후네는 늘 하얀색 계열의 옷을 입고 다니는 이미지였다.

"지금까지 재판에 나가본 적이 없어서 좀 차려입었죠. 방청석에는 신문이나 주간지 기자도 있다고 하고, 또 누가 볼지 모르니까요. 싫잖아요? 괜스레 옷차림으로 논란이 되는 건."

이건 분명 경비로 처리할 수 있을 테니 신고해야겠어요, 하더니 단정한 입매에 웃음이 맺혔다. 본론으로 들어가기 전의 잡담치고는 희한한 화제구나 싶었다.

음료가 먼저 나와서 일단 건배했다.

"고생 많으셨습니다, 재판."

다치바나가 진지하게 위로하니 이거 무슨 모임인가요? 하더니 미후네가 웃음을 터뜨렸다. 그러고는 스파이 동지회인가, 하고 장난스럽게 말하며 가느다란 목을 기울였다.

"증인 신문은 어땠나요?"

"피곤하더라고요. 진짜 녹초가 됐어요. 재판 내내 뭘 하는 건가 싶더군요. 연맹 직원은 오백 명이 넘는데 왜 내가 뽑혔을까. 다치바나 씨가 나왔으면 좋았을 텐데. 그런 생각도 오백 번 정도 했어요."

"……죄송합니다, 제가 나갔어야 했는데."

다치바나 씨한테 사과받을 일은 아닌걸요, 하며 미후네가 또 웃었다. 회사에서 보여주는 철벽같은 미소와는 달랐지만 꾸밈없는 표정 같지는 않았다.

"다치바나 씨는 언제 잠입 조사를 지시받았어요?"

"이 년 전 오 월요."

"그럼 미카사에는 내가 먼저 다니기 시작했네요."

가구라자카파의 계획을 베꼈으면서 실행하는 건 빠르다니까, 하고 약간의 비난 섞인 말과 함께 그 사실은 명백해졌다.

시오쓰보의 말대로 먼저 미카사 잠입 계획을 세운 건 이쪽이었다.

"저기, 미후네 씨는 아카사카파 쪽 사람 맞습니까?"

"설마요."

이렇게 젊은 말단 직원이 그런 파벌에 어떻게 들어가겠어요? 하며 미후네는 와인 잔을 천천히 입술에 댔다. 다치바나도 잔에 손을 뻗었지만 우롱차로는 뭔가 허전했고 모양도 나지 않았다.

"아카사카파의 회합에 몇 번 얼굴을 내민 게 전부예요. 그럼 반대로, 다치바나 씨는 가구라자카파의 정식 멤버인가요?"

“저는 그저 일주일에 한 번, 미카사에 다니라고 상사에게 지시를 받았을 뿐인데요.”

“나도 그런 느낌이에요. 자세한 건 전혀 몰라요.”

그래도 미후네는 다치바나보다는 훨씬 조직의 내부 사정에 밝은 것 같았다.

“무슨무슨파 하면 거창하게 들리지만, 요컨대 직원들의 모임이잖아요? 사내 정치도 결국은 일종의 청백전이고요. 많은 사람이 거기에 진심으로 열을 올리다니 참 이상하다 싶어요. 하지만 얼마 전까지는 나도 좀 이상했나.”

미카사에 장기간 잠입하라는 지시를 받았을 때 어땠어요? 하고 묻는 말에 싫었죠, 하고 다치바나는 중얼거렸다. 당시의 솔직한 감정이 쏟아지듯 입에서 튀어나왔다.

“……꽤 건실하네요.”

“네?”

“겉보기와 달리 양심이 있달까.”

갑자기 실례되는 말을 들은 것 같기도 했지만 자신이 직접 지적하기는 망설여졌다. 양심의 가책을 느껴서 잠입하기가 싫었던 건 아닙니다, 하고 대꾸하자 그런가요, 하며 미후네는 눈을 돌렸다.

미카사에 잠입하기 싫었던 건 그런 유의 반감이 있었기 때문이 아니다. 다시 첼로를 켜기가 두려워서 회피하고 싶었을 뿐이다. 돌이켜 보면 거기서부터 아주 먼 곳에 다다른 기분이었다.

방대한 시간이 중간에 쑥 빠져나가 버린 것 같지만 커다란 변화가 하나 있었다.

길거리에서 첼로 케이스를 봐도 다치바나는 이제 불안이나 공포에 사로잡히지 않는다.

"난 좀 기뻤어요. 잠입 조사를 지시받았을 때."

이제야 내 능력을 인정받는다는 기분이었달까, 하며 총무부의 미인은 밤이 내린 창문으로 고개를 돌렸다. 레스토랑 맞은편에 있는 단독 주택 현관의 동그란 불빛이 보였다.

"지금 생각하면 얕은 기대였지만, 발탁된 건가 싶었죠. 쓸데없이 접대하러 끌려 나가는 것과는 다르잖아요? 처음에는 묘하게 의욕이 넘쳤달까요. 반드시 결과를 내겠다는 마음이었죠."

그런데 내가 다치바나 씨한테 점심 먹으러 가자고 몇 번 그랬잖아요? 하고 느닷없이 오래된 일을 꺼내자 뭐라고 반응하기가 난감했다. 틀림없이 호감이 있어서 그러는 거라고 생각했는데 이야기가 흘러가는 걸 보니 완전히 착각이었던 듯하다.

"……그거 어떻게 생각했어요?"

"……평범하게 점심을 먹으러 가자는 뜻이라고 생각했는

데요."

"다치바나 씨가 가구라자카파에서 잠입시킬 스파이라고 들었거든요. 재미있게 됐다 싶어서 그쪽 동향을 살펴볼 생각이었는데, 방어가 철저해서 놀랐어요."

여자 친구랑 사내 커플이에요? 하고 오해한 듯 물어봐서 그런 건 아닌데요, 하고 얼버무렸다. 그럼 꽤 별나네요, 하고 미후네는 자신만만하게 웃었다.

"다치바나 씨가 나랑 같은 이유로 미카사에 다닌다는 걸 알고 레슨 이야기를 들어보고 싶었을 뿐인데. 첼로를 배운다는 사실 자체를 내게 숨겼잖아요? 미카사에서 첼로를 배운다고 해도 재판에서 이기기 위한 잠입 조사라고 상상하지 않아요, 보통은."

언젠가 버스 정류장에서 있었던 일이 문득 떠올랐다. 놀림당했을 뿐이었다는 걸 깨닫자 당시의 신기했던 상황도 이해가 갔다.

파스타가 나오고 레드와인을 한 잔 더 따른 후, 미후네가 물었다.

"다치바나 씨는 레슨을 받을 때 뭘 연주했어요?"

나는 유행곡 모음집 같은 악보를 사용했는데, 하고 중얼거렸을 때 미후네의 표정이 갑자기 부드러워졌다. 다치바나는 요전에 비상계단에서 봤던 미후네의 어린아이 같던 모습이 떠올랐다.

“처음에는 대중음악을 연주했어요. 영화음악이 실린 악보를 가지고요.”

“영화음악이라, 좋네요.”

“한동안 그러다가 오노세 아키라의 명곡집으로 넘어갔죠.”

선생님은 어떤 사람이었어요? 하고 핵심을 찌르자 목구멍에 납 구슬을 집어넣은 것처럼 가슴이 답답해졌다.

“……좋은 사람이었습니다. 첼로 실력도 훌륭했고요.”

“상냥한 성격?”

“지적할 때는 엄했지만, 그런 편이었죠.”

“좋았겠다. 내 선생님은 신경질적인 아줌마였어요.”

알겠어요? 늘 카랑카랑하게 소리 지르듯 말하는 사람 있잖아요, 하고 입가에 손을 대고 미후네가 웃었다. 어린아이처럼 천진난만하게 킥킥, 하고.

어느덧 둘 다 포크를 든 손이 멈춰버렸다.

“공사 구분을 철저히 하고, 붙임성도 없고요. 처음에는 골치 아픈 선생님한테 걸려서 힘들겠구나 싶었죠. 하지만 레슨에는 아주 열성을 보였고 설명도 이해하기 쉬웠어요. 나 같은 아마추어를 늘 진지하게 대해줬죠. 잘 연주했을 때는 칭찬도 해줬고요.”

매끄러운 시선이 허공을 더듬다가 어느 한 점에 딱 멈추더니 미후네의 표정이 험악해졌다. 다치바나가 처음으로 보는 미후네의 꾸밈없는 본모습 아닐까 싶었다.

"재판 이야기인데요."

"……네."

"미카사 쪽 증인 네 명은 전부 플루트 강사였어요. 제 정보가 알려졌으니 그렇게 구성한 거겠죠. 그중에는 내 선생님도 있었고요. 선생님과 눈이 마주쳤을 때는 가슴이 철렁했고, 죄악감으로 온몸에 소름이 돋더군요. 하지만 솔직히 그때는 다른 데 정신을 팔 상황이 아니었어요. 변호사와 연습한 문답을 제대로 기억하는 것만으로도 머릿속이 가득했으니까요. 우리 회사 중역들이 와서 긴장도 됐고요. 원고 쪽 증언이 먼저고 그다음이 내 차례였는데, 미카사 쪽의 진술 내용은 전혀 귀에 들어오지 않았어요. 하지만 선생님이 증언을 시작하자, 심장이 순식간에 얼어붙었죠."

선생님이 뭐라고 했을 것 같아요? 하고 물어봤을 때 플루트를 부는 입술이 희미하게 떨렸다.

"강사와 학생은 신뢰와 인연으로 고정된 관계다. 그건 결코 대체할 수 있는 것이 아니다. 내 선생님은 그렇게 말했어요."

그 순간 내 전부가 더러워진 것 같아서 정말로 기분이 찜찜했어요, 하고 미후네는 감정이 담기지 않은 알토• 목소리로 차분하게 속삭였다.

다치바나는 미후네의 소름 끼치도록 무서운 표정을 보고 마치 거울을 들여다본 것 같은 착각에 빠졌다.

"깜짝 놀랐죠. 그걸 지금 이 자리에서 말한다고? 그런 생각이 들었거든요. 그런 말이 법정에서 통하지 않는다는 것쯤은 나도 알아요. 미카사는 누구든지 레슨을 받을 수 있는 동네 음악 교실이잖아요? 불특정 학생은 인원수와 관계없이 '공중'이에요. 쭉 그런 논리로 여기까지 왔는데, 이제 와 신뢰라느니 인연이라느니 눈에 보이지도 않는 걸로 호소한들 대체 무슨 도움이 된다는 거예요? 그 후의 내 증언은 나무랄 데가 없었다고 생각해요. 난 그런 일에 자신 있거든요. 언제 어떻게 미카사에 등록해서, 어떤 레슨을 받았는가. 어떤 악곡을 선택해서 어떤 지도를 받았는가. 무슨 생각을 했고 어떻게 느꼈는가. 아주 세세하게 증언했죠. 선생님의 플루트 연주가 아주 훌륭해서 감정이 뒤흔들렸다고도요. 그 연주를 눈앞에서 들은 건 콘서트를 뛰어넘는 경험이었다, 온몸에 소름이 돋았다고 정면을 똑똑히 보고 말했죠."

그러면서도 어째서 새 옷을 사서 입고 왔을까 내내 생각했

• 여성의 가장 낮은 음역, 또는 그 음역으로 부르는 가수.

어요, 하고 미후네가 잠꼬대하듯 중얼거렸다.

"유일한 스파이 동지인 다치바나 씨에게 묻고 싶은데요."

"……네."

"내가 나쁜 짓을 했나요?"

이건 배신인가요? 하고 확인하는 그 직선적인 말투가 다치바나의 심장을 날카롭게 후벼팠다.

"참 길었죠? 우리의 이 년은 무거웠어요. 윗사람들이 생각하는 이 년과는 전혀 다르죠."

"……제 이야기를 하자면요."

마지막 레슨 시간에 실수해서 미카사의 강사에게 연맹 쪽 사람이라는 걸 들켰습니다, 하고 밝히자 미후네가 천천히 시선을 들었다.

아사바에게 정체가 들통났다는 사실은 아직 시오쓰보에게도 보고하지 않았다.

"기껏 증인 출석을 피했는데, 어처구니없는 해프닝으로 제 정체가 발각되고 말았죠. 선생님은 무섭게 화를 냈어요. 상상력이 없는 인간이고, 있을지언정 아주 작은 한 조각조차 남에게는 활용하지 않는다고 실컷 욕을 먹었죠. 정말 그래요. 지금도 기껏 증인 출석을 피했다고 말하면, 재판정에 나가야 했던 미후네 씨에게 실례잖아요."

선생님이 레슨실의 의자를 걷어찬 순간 남의 신뢰를 배신

한다는 건 이런 것임을 느꼈죠, 하고 말하자 그날의 광경이 선명하게 되살아났다.

"저도 미후네 씨와 마찬가지로 미카사에 다니면서 스파이 노릇을 했죠. 신분을 속이고 매번 레슨 내용을 녹음하면서도, 시치미를 뚝 뗀 채 잡담을 나눴죠. 학생들 교류회에도 참석해서 선생님뿐만 아니라 여러 사람을 속였어요. 그 기사가 화제가 되었을 때, 선생님은 이렇게 말했습니다. 그런 짓을 당했다간 사람을 못 믿게 될 거라고요. 정말 그래요. 한 번이라도 그런 꼴을 당했다간 학생을 새로 받기가 무섭겠죠."

우리는 그런 짓을 한 거예요, 하고 단언하자 잠시 후 미후네가 어깨를 움츠리고 웃었다.

"다치바나 씨가 너무 가차 없이 말해서 나도 모르게 웃음이 났네요."

"……그게, 미후네 씨를 나무라는 건."

"우리는 나쁜 짓을 했고, 남을 배신했다. 뭘 어떻게 변명해도 그 사실은 변함없다. 지금 반성해 본들 별수 없고, 분명 사죄할 기회도 없을 테고, 사과해도 상대는 난처할 뿐이다. 그런 뜻이죠?"

생각 없이 말해서 죄송합니다, 하고 다치바나가 사과하자 정말로 상상력이 없는 모양이네요, 하고 신랄한 말이 되돌아왔다. 하지만 상투적인 말로 위로받는 것보다는 훨씬 낫나, 하며 미후네는 식은 파스타 접시 위로 포크를 빙글빙글 돌렸다.

창밖은 조용하니 사람이 돌아다니는 기척은 없었다.

"이상한 방향으로 빠질 가능성도 있잖아요, 이런 유의 반성회는."

이상한 방향? 하며 다치바나도 다시 파스타를 말기 시작하는데 이상하달까 정말 꼴같잖은 방향으로요, 하고 미후네가 와인 잔을 집었다.

"남들이 말하는 것만큼 우리는 나쁘지 않다고 서로 위로하거나, 미카사에 한 방 먹였다고 자화자찬하거나."

"아아, 네."

"나는 그런 분위기로 흘러가는 거 싫어요. 남자 친구는 꽤 그런 식이지만."

남자 친구는 뭐 하는 분입니까, 하고 반쯤 흥미 삼아 물어보자 축구선수라는 대답이 돌아왔다. 다치바나는 놀라서 고개를 들었다. 하지만 이군이에요, 하고 미후네는 쌀쌀맞게 말했다.

레스토랑을 나서서 큰길 옆의 버스 정류장이 보이자 나는 차로 데리러 오기로 해서요, 하고 미후네가 갑자기 밝은 목소리로 말하며 돌아봤다. 밤이 되자 메구로길의 교통량은 줄어들어서 어렵지 않게 반대편으로 건너갈 수 있을 정도였다.

이때 미후네가 지은 표정이 무슨 의미인지 다치바나는 잘

읽어낼 수 없었다.

"다치바나 씨도 그동안 고생했어요. 재판 이야기 들어줘서 고마워요."

"저야말로 고맙죠. 오늘은 정말 고생 많으셨습니다."

스파이 동지회는 이걸로 해체, 하고 새 재킷을 팔에 걸친 미후네가 허전해 보이는 웃음을 지었다. 그 순간 깜짝 놀랄 만한 감정이 마음속에서 꿈틀댄 것 같았지만 멀리서 다가온 버스 불빛에 이끌려 다치바나는 반사적으로 그 자리를 떠나고 말았다.

일상은 영화나 주간지 같은 결말을 맞지 못하고 덤덤하게 이어진다.

"재판도 무사히 끝났겠다, 미카사에서 있었던 일은 잊어버릴래요. 한동안 우울할지 몰라도, 우울함이 바닥을 치면 전부 잊어버릴 거예요. 싫은 기억은 흘려보내고, 빨리 현실로 돌아가야겠죠. 당장 내일부터 다시 일해야 하니까."

일본 저작권 연맹으로 검색하자 SNS에서는 아직 관련 논의가 활발했다.

"다치바나 씨. 연주부에서 전화."

업무가 시작되기까지 아직 몇 분 남았건만 다른 부서에서 문의 전화가 와서 다치바나는 책상에 스마트폰을 엎어놓았다. 전화 수화기를 들자마자 세세한 질문이 잇달아 날아들어서 도저히 머리가 따라갈 수 없었다.

다시 심해의 꿈을 꾸게 돼서 잠을 제대로 이루지 못하는 밤이 늘어났다.

"알겠습니다. 확인하고 다시 연락드릴게요. 괜찮으시면 메일로요."

들러붙는 졸음을 떨치기 위해 눈구석을 누르며 캔커피에 손을 뻗었다. 잠자리에 들기 전에 먹는 수면유도제의 여운이 아침까지 남아 있어서 또 카페인을 입에 달고 지내게 됐다.

"오늘 회의 시간 바뀌었어."

이소가이 씨가 오후에 볼일이 있대, 하고 알려주는 미나토에게 알겠습니다, 하고 고개를 끄덕였다. 하마터면 하품이 나올 뻔해서 침을 꿀꺽 삼켰다.

미후네 씨 일 들었어? 하고 묻는 말에는 모르는 척했다.

"우리랑 미카사의 재판 말이야. 소셜미디어에서 뜨겁게 불타올랐는데, 결국 정보 방송에서도 다루었대."

"큰일이네요."

"주간지에 후속 기사도 실린 모양이고. 얼굴이나 이름이 드러나지 않아도 무서울 거야. 미후네 씨가 이번 주 내내 쉬는 거 그 때문인가? 걱정되네."

대체 누구에게 잘 보이고 싶은 건지 알 수 없었다. 게다가 자신의 배려심을 인상에 남기고 싶어 하는 듯한 말을 꺼내서 우스꽝스러웠다. 여기서 그런 노력을 해본들 미후네에게는 전해지지 않을 테고, 설령 전해진들 분명 아무 소용도 없다.

위장이 찌릿찌릿 아파서 책상 서랍에 넣어둔 위장약을 찾았다. 캔커피와 함께 삼키려다 알약이 목구멍에 걸려서 괴로웠다.

지하 자료실로 오라는 시오쓰보의 메일을 받았을 때, 다치바나는 징계 처분을 각오했다.

"오늘은 잡무를 부탁하려고. 바쁠 텐데 미안하지만 서가를 좀 정리해 주겠나?"

그곳에 있는 오래된 종이 파일의 목차를 문서 파일에 작성해서 자료화해 달라는 부탁을 받았지만, 그게 본론일 것 같지는 않았다. 그런 지시는 메일로도 할 수 있다. 시오쓰보가 굳이 지하 자료실까지 내려온 이유는 분명 따로 있을 것이다.

지하 자료실 통로에는 손잡이가 떨어진 작은 밀차가 준비돼 있었다. 이 구역에 있는 파일을 전부 삼 층까지 이동시켜야 한다면 꽤 중노동이다. 혼자 그 작업을 해야 한다고 생각하자 기분이 우울해졌다.

다치바나는 서가에서 파일을 꺼내 밀차에 쌓기 시작했다. 잠시 후 시오쓰보가 입을 열었다.

"재판에서 미후네 아야카가 증언했다는 소식은 뉴스 같은 걸로 접했나?"

잠입 조사 내용을 보고할 때와 마찬가지로 몸집이 작은 상사는 하얀 벽을 등지고 서 있었다. 시오쓰보의 발 부근 바닥이 형광등 불빛을 반사해 점선처럼 빛났다.

다치바나는 시오쓰보를 슬쩍 돌아봤지만 바로 철제 서가로 고개를 돌렸다.

"네. 인터넷에 올라온 기사는 대충 훑어봤습니다."

"미후네는 4월 중순에 미카사를 그만뒀다는군. 우리보다 한발 먼저 조사 내용을 정리해서 상부에 보고한 모양이야. 참 유능하다니까. 내게 반성할 점이 있다면 자네를 너무 오래 잠입시켰다는 거야. 무려 이 년이나 기다릴 필요는 없었어."

묵직한 잠기운이 소용돌이치며 점점 날뛰는 심장을 억눌렀다. 두꺼운 파일을 한꺼번에 몇 권 밀차에 싣고 키 큰 서가 상단으로 다시 손을 뻗자 문득 그리운 기억이 떠올랐다.

지상 삼 미터는 어느 정도 높이일까.

"그런데 다치바나 군. 볼펜형 녹음기는 어쨌나?"

아직 반납하지 않은 것 같은데? 하고 캐물은 순간, 다치바나는 손을 멈췄다.

"……제 자리에 있습니다. 올라가서 바로 돌려드릴게요. 그만 깜박했네요."

"그거, 정말로 내가 준 녹음기인가?"

설마 파일이 들어 있지 않은 새것은 아니겠지, 하고 추궁하듯 묻자 다치바나는 시오쓰보 쪽으로 몸을 돌렸다.

희미한 웃음이 들러붙은 시오쓰보의 얼굴은 전에 없이 긴장돼 보였다.

"자네가 미카사에서 녹음한 파일이 사내 공유 폴더에서 모조리 사라졌어. 녹음 파일이 첨부된 메일도 삭제됐고, 백업용 기록 매체는 통째로 바뀌었지. 시리얼 넘버가 다르더라고. 어떻게 된 거지?"

"아카사카파에게 당했다는 말씀이십니까?"

"시치미 떼지 마, 다치바나!"

사무실에서는 들어본 적 없는 성난 고함 소리가 조용한 지하 공간에 울려 퍼졌다. 하지만 다치바나는 아무 망설임도 없이 시오쓰보를 진지한 얼굴로 바라봤다.

이상하리만치 찐득거리는 졸음이 정상적 판단을 방해했다. 징계 처분이고 나발이고 아무래도 상관없다는 기분이었다.

자신에게는 이제 아무것도 없다.

직장과 집만 왕복하는 인생이라면 있으나 없으나 매한가지였다.

"시치미를 떼기는요. 우리 쪽 잠입 조사 자료가 없어졌다면, 아카사카파*가 수작을 부린 것 아니겠습니까?"

"결백을 주장하는 건 자네 자유야. 하지만 반납한 녹음기 본체에도 미카사에서 녹음한 파일이 없다면, 자네의 행동을 조사위원회에 보고하겠어."

경우에 따라서는 징계 처분을 받겠지, 하고 위협하자 다치바나는 무심코 시오쓰보를 노려봤다. 그게 의외였는지 뱀 같은 시오쓰보의 눈이 크게 벌어졌다.

유감이야, 다치바나 군, 하며 시오쓰보가 한쪽 뺨만 부자연스럽게 위로 끌어올렸다.

"중요한 데이터를 파기한 데다 기기까지 훔치다니. 경찰을 불러도 될 만한 사안인데?"

"저는 그래도 상관없습니다만."

그러면 언론이 더 난리를 치겠죠, 하고 쏘아붙이자 시오쓰보가 발끈한 걸 알 수 있었다. 약점을 찔렀다는 느낌에 다치바나는 턱 끝을 쳐들었다.

"지금 화제 만발인 연맹 내부에서 자료 파기 및 디지털 기기 도난 사건이 발생했다. 이 타이밍에 그런 사건이 발각되면 반드시 어디선가 외부로 정보가 새어 나가겠죠. 그러면 의도적으로 파기한 자료가 뭘까 싶어서 또 대중의 관심이 집중될 겁니다. 연맹이 미카사에 보낸 스파이는 여러 명이었고, 증인 신문에는 제출되지 않았던 녹음 파일까지 가지고 있었다. 소셜미디어를 다시 뜨겁게 달구기에 충분한 소식이에요."

연맹의 정회원들도 우리 방식에 회의적인 목소리를 내기 시작했는데, 그거야말로 패착을 두는 꼴 아닐까요, 하고 다치바나가 말을 쏟아내자 몹시 기가 찬다는 표정으로 시오쓰보가 입을 열었다.

"……이봐, 어쩌자는 거야."

"조사위원회에 보고하지 않아주시면 감사하겠습니다. 시오쓰보 씨 입장에서도 그게 좋을 거예요."

자료 파기를 계획한 건 저지만, 그런 놈에게 들킬 만한 비밀번호를 설정한 건 시오쓰보 씨예요, 하고 툭 내뱉자 시오쓰보의 입에서 웃음이 흘러나왔다. 흰빛을 띤 지하실의 한쪽 구석에 가느다란 숨소리가 울려 퍼졌다.

어쩐지 흐느끼는 것과도 비슷하게 애달픈 소리였다.

"자네에게 라부카 이야기를 한 게 잘못이었군. 확실히 그건 내 실수야. 어리석었어. 그런 추억에 발목을 잡힐 줄이야. 이래서."

이래서 남은 믿을 수가 없다니까, 하고 시오쓰보가 확신 어린 표정으로 중얼거렸다. 저주를 읊조리는 듯한 그 말이 녹은 사탕처럼 다치바나의 가슴속 깊은 곳에 찰싹 달라붙었다.

"결과만 보면 스파이를 이중으로 잠입시키길 잘한 건가. 설마 자네에게 배신당하고 아카사카파의 도움을 받을 줄은 몰랐군. 공들여 키운 개에게 손을 물린 기분이야."

"……죄송합니다. 많이 아껴주셨는데."

자네를 가구라자카파에 들이겠다는 이야기는 없던 걸로 하겠어, 라는 말에 다치바나는 고개를 깊이 숙였다. 안팎의 기온차에 반응했는지 공조 설비 소리가 갑자기 커졌다.

지금 당장 쓰러져도 이상하지 않을 만큼 너무 졸려서 죽을 것 같았다.

"대체 미카사에서 뭐라고 꼬드겼길래 그런 건가? 녹음 파일을 지우고 나서 어떻게 할 생각이었어?"

지하 자료실 구석에서 나가기 직전에 시오쓰보가 물었다. 새삼 그런 질문을 받으니 다치바나 스스로도 알쏭달쏭했다. 증거 자료를 모조리 파기하고 증인 출석만 거부하면 뭔가 바뀔 수 있다고 생각한 걸까. 미후네는 단 한 번도 그런 기분이 들지 않았을까.

미후네가 알려준 플루트 강사의 말이 떠올랐다.

"음악 교실에는 신뢰와 인연이 있다고 합니다."

다치바나는 그렇게 말하며 키 큰 서가의 상단으로 손을 뻗었다. 이 손을 아무리 뻗어도 지상 삼 미터 높이에는 닿지 않는다.

첼로 소리는 이보다 훨씬 높은 곳까지 닿았다.

"음악 교실의 강사와 학생은 결코 대체할 수 없을 만큼 강하게 고정된 관계래요. 이건 뉴스 기사에서 읽은 미카사 쪽 강사의 주장입니다만, 그런 인연이 실제로 존재하는지 저로서는 모르겠네요."

사회인이 된 후 처음으로 평일에 늦잠을 자서 오후에 깨어났다. 커튼 틈새로 비쳐드는 빛의 종류가 다르다는 것을 깨닫고는 마침내 망가졌구나, 하고 다치바나는 멍하니 생각했다.

직장에 전화해서 결근하겠다고 알린 후 별생각 없이 불면외래 클리닉에 전화를 걸었다. 마침 예약이 취소돼서 세 시간 후라면 진료를 받을 수 있다고 했다. 그럼 부탁드립니다, 하고 예약하자 온몸이 순식간에 흐물흐물 이완됐다.

전화를 끊고 일단 침대에 다시 드러누우니 혼자뿐인 방이 고요했다.

"어쩐 일로 이 시간대에 오셨나 했더니, 그런 사정이 있었군요."

평일 아침에 일어나지 못할 만큼 졸음이 심하면 힘드시겠네요, 하고 귀에 피어스를 한 의사가 고개를 끄덕이자 그렇습니다, 하고 다치바나는 중얼거렸다. 그것만으로도 기분이 가벼워진 듯한 느낌이었지만 더 이상 의사에게 할 말은 없는 것 같기도 해서 굳이 병원으로 달려온 것이 부끄러웠다.

그저 남에게 맞장구를 듣고 싶었을 뿐이라니 이상하지 않은가.

"약이 너무 강한 것 같으니 양을 줄여볼까요? 수면과 각성의 균형을 맞춰야 하니까 일단 반으로 줄이고 상황을 지켜보도록 하죠."

"반요?"

"네. 지금 두 알을 드시니까 오늘 밤부터는 한 알만 드셔보세요."

한 알요, 하고 되뇌자 대화가 마무리되는 낌새가 느껴졌다. 진찰에 필요한 이야기는 다 했으니까 당연한 흐름이었지만 이대로 집에 돌아가면 아무것도 달라지는 게 없을 듯했다.

뭐든지 좋으니까 이야기를 하고 싶었다.

날씨든 뉴스든, 화제는 뭐라도 상관없으니까 누군가와 이야기를 하고 싶었다.

"……첼로라는 악기, 아세요?"

다치바나가 대뜸 묻자 정사각형 모양 피어스를 한 의사는 약간 놀란 표정을 지었다. 하지만 다치바나가 풀 죽기 전에 알아요, 하고 대답해 줬다.

"커다란 바이올린 같은 악기죠? 의자에 앉아서 연주하는."

"최근까지 배운 악기는 첼로였습니다. 기타나 피아노가 아니라."

"그랬군요. 좋네요, 첼로."

어떤 곡을 연주하셨나요? 하고 이야기가 이어지자 눈앞이 트이는 기분이었다. 바깥 공기가 불어든 것처럼 뇌에 산소가 차올랐다.

이 의사에게 개인적인 이야기를 한 건 이번이 처음이었다.

“바흐를 좋아하지만, 음악 교실에서는 오노세 아키라의 악곡을 배웠습니다.”

“확실히 오노세 아키라는 현악기를 주로 쓰는 이미지가 있죠. 최근에 자동차 광고 음악에도 사용됐고요. 저도 그 사람의 곡 좋아해요.”

“첼로는 현악기라 티 없이 맑은 소리를 내기까지가 어려워요. 현을 누르는 왼손보다, 활을 쥔 오른손이 압도적으로 중요하죠. 하지만 저는 신경질적인 성격이라 멜로디 라인을 정확하게 따라가는 것만 신경 썼거든요. 그러다 보니 활 놀림을 소홀히 해서 늘 선생님께 야단맞았어요.”

샘물처럼 솟아오르는 말은 눈앞의 의사를 믿는 데서 비롯됐다. 하지만 남을 믿는다는 선택지를 다치바나에게 준 것은 다른 사람이었다.

내가 나 스스로에 대해 이야기할 가치가 있는 인간임을 일깨워 준 사람은 누구였더라.

“좀 다른 이야기인데, 선생님은 악몽을 꾸세요?”

최근에 또 악몽에 시달려서요, 하고 중얼거리자 목구멍에서 반짝이는 생선 가시라도 발견한 것처럼 의사가 몸을 앞으로 내밀었다. 어떤 악몽인가요? 하고 질문하자 보이지 않는 미로를 헤매는 것처럼 다치바나의 시선은 이리저리 흔들렸다.

"심해의 꿈입니다."

"물에 빠지는 꿈 같은 건가요?"

"컴컴한 곳에서 옴짝달싹도 못 하는 꿈이에요. 저는 심해라고 생각하지만, 거기가 정말로 바닷속인지는 모르겠습니다. 어릴 적부터 쭉 같은 꿈만 꾸지만, 처음에는 바닷속이 아니었어요. 처음에는 밤의 뒷골목이었는데 점점 검게 변하다가 아무것도 보이지 않게 됐습니다."

특별한 충격을 받으면 이렇게 되기도 하나요, 하고 물어보자 그럴 수도 있겠죠, 하고 신중한 대답이 돌아왔다. 특별한 충격이라는 말이 부메랑처럼 되돌아와서 오래된 상처에 앉은 딱지를 떼어냈다.

오래전 사건에서 벗어나지 못하고 여태 두려워하는 자신이 부끄러웠다.

"어릴 적에 유괴된 적이 있습니다."

실은 미수로 그쳤지만요, 하고 말을 잇자 어금니가 따닥따닥 맞부딪쳤다.

"밤길에 느닷없이 차로 끌려가서 대체 뭐가 어떻게 된 건지 몰랐죠. 우연히 위기를 넘겼지만, 공포가 가져다준 충격 자체는 변함없었습니다. 그 후로 늘 막연한 불안에 사로잡혀 지냈고, 똑같은 악몽을 꾸게 됐죠. 여기는, 이 세상은 언제 어느 때 시커먼 암흑으로 끌려 들어갈지 모르는 불확실한 곳이잖아요? 요컨대 저는 이 세상 자체를 신용할 수 없는 곳으로 여기며 살고 있어요. 하지만 슬슬 한계입니다. 만약 이런 불안이나 공포를 치료할 방법이 있다면, 심리 상담이든 뭐든 받겠습니다."

얇은 껍질 하나 없이 고스란히 드러난 채 피가 통하는 심장에 기억 속의 어떤 말이 음악처럼 떨어져 내렸다.

어른스럽지 못하지도, 창피하지도 않잖아.

그건 다치바나 씨가 부끄러워해야 할 일이 아니야.

"……잘 이야기해 주셨어요. 믿어주셔서 감사합니다."

그 순간 시야가 확 트이고 눈에 비치는 모든 것이 앞으로 튀어나온 것 같은 독특한 감각에 휩싸였다. 지금까지 느껴본 적 없는 그 감각이 세상을 극적으로 넓혀놓았다.

문득 자신이 변함없는 모습인지 확인하기 위해 다치바나는 손바닥을 내려다봤다. 왼손 손끝에는 아직 단단한 굳은살이 동그랗게 배겨 있었다.

9월 중순은 아직 더워서 휴일에는 샌들을 신고 다녔다. 하지만 이날은 콘서트홀에 가는 만큼 다치바나는 오랜만에 보통 신발을 신었다.

오노세 아키라가 공연할 콘서트장은 우에노에 있었다. 익숙지 않은 곳이라 조금 여유 있게 집을 나섰다. 주택가의 좁은 인도를 걸으니 금세 온몸에 땀이 배었다. 티켓을 구했을 때만 해도 공연일은 가을이라고 생각했건만 가을은 아직 찾아올 낌새가 없었다.

콘서트에 앞서 다치바나는 이어폰으로 오노세 아키라의 곡을 들었다. 「비 내리는 날의 미로」를 들은 건 미카사를 그만둔 이후로 처음이었다.

오랜만에 첼로 음색을 듣자 참 좋았다.

무심코 가로수를 올려다보자 커다란 잎들 사이로 가느다란 햇빛이 비쳐들었다. 걸음을 옮길 때마다 햇빛이 아른아른 흔들렸다.

콘서트는 예정대로 시작됐다. T교향악단의 연주자들이 자기 자리에 앉은 후, 떠나갈 듯한 박수갈채를 받으며 오노세 아키라가 무대에 나타났다. 이 층석의 뒤편에서 내려다본 위대한 거장은 쌀알처럼 작아 보였다.

오노세가 지휘봉을 들자 사방이 쥐 죽은 듯 고요해졌다.

빛을 발하는 듯한 피아노 소리가 첼로의 중저음을 끌어냈다. 예전에는 이 예리한 선율이 어마어마한 위협으로 느껴졌고 자신의 어두운 부분을 비춰내는 것 같은 망상에 사로잡혀

제풀에 겁을 먹었다.

라부카는 아름다운 곡이었다. 아사바가 예전에 말했듯이.

콘서트가 끝난 후 사람들의 물결 속에서 입구 홀을 걷고 있는데 저기요, 하고 누군가 힘차게 불러서 다치바나는 반사적으로 뒤를 돌아봤다.

"팸플릿 배부하는 곳에 서 계시는 걸 봤거든요. 틀림없는 것 같길래."

오랜만이네요, 하고 아오야기가 어깻숨을 내쉬며 동그란 눈을 크게 뜨고 바라봤다. 그 눈빛을 받은 순간, 고독한 평온함이 깨졌다.

다치바나가 미카사를 그만둔 지 석 달도 채 지나지 않았다.

"……아오야기 씨는 내일 오는 거 아니었나?"

"친구 몸이 안 좋아서 티켓을 서로 바꿨거든요. 다치바나 씨가 첫날에 보러 온다는 걸 생각은 했었어요."

하지만 정말로 만날 수 있을 줄은 몰랐는데, 하고 아오야기가 중얼거리는 소리가 흐릿해졌다. 희미해졌을 죄책감이 순식간에 다시 진해졌다.

싫었다.

떼어냈던 불안정한 세계가 다시 돌아오는 것이.

"잘 지내셨어요, 다치바나 씨?"

"……아오야기 씨는?"

"저는 잘 지내요. 다른 분들도요. 잘 지낸달까, 그거랑은 전혀 다른지도 모르겠지만."

무슨 일을 하시는지 아사바 선생님께 들었어요, 라는 말에 등골이 오싹했다.

일방적으로 끝맺었던 이야기가 본의 아닌 형태로 다시 시작됐다.

"일본 저작권 연맹 직원이셨군요, 다치바나 씨는."

"응."

짧게 긍정하자 위팔에 소름이 돋았다.

비바체에서 쌓았던 즐거운 추억을 덧칠해 버릴 정보는 결코 듣고 싶지 않았다. 잠입 조사를 위한 스파이였다는 이야기를 듣고 그 사람들이 자신을 어떻게 생각했을지는 알고 싶지도 않았다.

"다들 걱정하세요. 걱정한달까, 여러 가지 반응이죠. 가지야마 씨는 화를 냈지만, 그건 다치바나 씨가 멋대로 연락처를 차단했기 때문이에요. 가모 씨도 다치바나 씨가 뭘 하고 지낼까 궁금해하고, 하나오카 씨와 저도 얼굴 볼 때마다 다치바나 씨 이야기를 해요."

아사바 선생님도 마음에 두고 계시기는 할 거예요, 하고 아오야기가 아사바의 이름을 꺼내자 심장이 꽉 쪼그라들었다.

콩쿠르 예선을 앞둔 아사바는 그런 데 신경 쓸 형편이 아닐 것이다.

쓸데없는 짓을 하지 말 걸 그랬다고 새삼스레 후회했다.

수강료를 내고 일주일에 한 번 레슨만 받으면 그만이었다. 그래도 조사에 충분히 도움이 됐을 것이다. 불성실하게 시간만 때웠다면 아사바도 좋은 인상을 품지 않았으리라. 대체 왜 열심히 몰두한 걸까.

첼로를 켜는 게 즐거웠으니까.

"……읽었구나, 기사."

"네."

"나는 그 기사에 나온 사람과는 다른 잠입 직원이야. 미카사에서 어떻게 레슨을 하는지 조사하기 위해 후타코타마가와점의 음악 교실에 잠입했지. 재판에서 이기기 위해서는 연맹 내부 사람이 법정에서 증언할 필요가 있었거든."

말을 늘어놓으면 늘어놓을수록 인간미 없는 변명으로 들려서 싫었다. 어떻게 설명해도 속죄와는 전혀 무관한 소리였다.

"중요한 시기에 일이 이렇게 돼버려서 선생님을 볼 낯이 없네. 여러분까지 끌어들여서 정말로 미안해. 잠깐 살펴보기만 할 생각이었는데 매번 모임에 참석해서……."

다치바나가 고개를 숙이자 아니에요, 하고 아오야기가 말렸다.

"가지야마 씨가 그러셨어요. 위에서 시키면 시키는 대로 할 수밖에 없다고요. 조직 속에서 본인의 신조나 신념을 관철하기는 힘들대요. 직장인은 그런 법이라고, 자기는 안다고."

"잠입 수사는 제쳐놓더라도, 비바체의 정례 모임에 참석한 건 내 판단이었어. 싫겠지, 전철 속 주간지 광고에서 볼 수 있는 사건의 관계자와 아는 사이라니."

내가 경솔하게 비바체에 드나들지 않았다면 전부 뉴스 속의 이야기에 지나지 않았을 텐데, 하고 자조 섞인 말을 흘리자 아니에요, 라는 말이 한 번 더 들렸다.

단호하게 부정하는 듯한 목소리였다.

"……그런 말씀은 하지 마세요."

늘 즐거웠잖아요, 하고 아오야기가 진지한 표정을 지으며 말했다.

"다 함께 모여서 밥도 먹고, 재미있었잖아요, 그 모임은. 매번 특별한 일이 있는 것도 아닌데 다들 모이는 것만으로도 충분히 즐거웠잖아요. 적어도 저는 그랬어요. 분명 다른 분들도 그럴 거라는 생각으로 다 함께 모일 수 있도록 일정을 조정한 거예요, 늘."

저는 사회인이 아니라서 직장에 대해서도, 다치바나 씨의 업무에 대해서도 전혀 모르지만 처음부터 하지 말 걸 그랬다고 나중에 후회하듯 말하는 건 옳지 않다고 생각해요, 하고 단숨에 말을 꺼내서 놀랐다.

아오야기가 감정을 이렇게 대놓고 드러내는 모습은 처음 봤다.

"저, 붙었어요."

"응?"

"붙었다고요, 공립 유치원 채용 시험에."

분명 필기에서 죽 쑬 줄 알았는데 면접까지 가서 합격했어요, 하고 여세를 몰아 알려주는 바람에 다치바나는 어안이 벙벙해졌다.

"합격률 오 퍼센트라는 그 시험?"

"네. 공부를 잘하는 편이 아니라 필기에서 떨어질 줄 알았는데."

정말 축하해, 하고 바로 축하의 말을 건네자 감사합니다, 하고 아오야기가 인사를 받았다.

"와, 대단하다, 정말……."

"제 나름대로는 아주 열심히 했어요. 대학 입시 때보다 더요. 통째로 암기할 만큼 문제집을 많이 봤고, 모르는 부분은 반복해서 공부했어요."

어째선지 아시겠어요? 하고 아오야기가 물어봤지만 짐작도 가지 않았다.

다치바나가 당황한 걸 알아차렸는지 아오야기가 부드러운

어조로 느리게 말했다.

"……공무원 시험은 반복하는 게 제일이라고 다치바나 씨가 말씀하셨으니까요. 연맹 직원이라면 실은 공무원이 아니신 거죠? 그렇지만 저는 그 말을 믿고 열심히 했어요. 그랬더니 필기에 통과했고요."

말이 씨가 된다는 속담과는 좀 다른 것 같지만 이런 일이 일어나기도 하네요, 하고 아오야기가 천천히 눈을 돌렸다.

그 동그란 눈에는 투명한 눈물 막이 엷게 처져 있었다.

"가지야마 씨가 화를 냈다고 했는데, 실은 저도 화가 났어요. 고작 연락처를 차단한다고 자신의 흔적을 지울 수 있다고 생각하세요? 그래봤자 다들 다치바나 씨를 기억하고, 이렇게 콘서트장에서 마주칠 수도 있고, 제가 시험에 합격한 것도 되돌릴 수 없는 일이고……."

후타코타마가와로 돌아오시지 않겠어요? 라는 제안에 발밑이 꿀렁 흔들린 것 같은 기분이었다.

"……아무래도 그건 안 되겠지."

"하지만 기사에 난 것도, 재판에 나간 것도 다치바나 씨가 아니잖아요?"

"그런 문제가 아니잖아. 그리고 무엇보다 선생님이 용서하지 않을 거야. 마지막 날에 정체가 들통나서 의자를 걷어차며 쫓아내셨는걸."

"하지만 아사바 선생님은 미카사 운영진에게 다치바나 씨 이야기를 안 했어요!"

보고할 의무는 없다고 했지만 분명 그런 이유가 아닐 거예요, 하고 아오야기가 안간힘을 다해 설득하자 갑자기 주변의 잡음이 더는 귀에 들어오지 않았다.

"그 후로 계속 다른 분이 레슨을 해주고 계세요. 아사바 선생님은 열심히 하고 계세요. 아무도 연락이 안 되는 모양이긴 해도, 분명 매일 콩쿠르를 위해 노력하고 계실 거라고요. 그러니까, 전혀 맥락 없는 이야기가 돼버렸지만, 저는 다치바나 씨가 돌아와 주셨으면 해요."

합주회 일정은 비바체 블로그에서 볼 수 있어요, 하고 똑 부러지게 말해서 심장이 세차게 뛰었다.

뿌리치고 도망친 일정이 다시 눈앞에 나타났다.

"미카사로 돌아오기는 힘들어도, 하나오카 씨의 가게라면 오실 수 있겠죠? 시험도 끝났으니까 이제 저도 합주단에 합류해서 호흡을 맞출 생각이에요. 합격을 축하해 주시는 셈 치고 꼭 들으러 오세요."

이런 대형 콘서트처럼 멋지게 연주하지는 못하더라도 열심히 할 테니까요, 하고 스스로를 타이르듯 과감하게 말하는 동안 아오야기의 눈동자는 계속 흔들렸다.

"반드시 좋은 연주를 할게요. 그러니 꼭 오세요."

다치바나에게 선택을 강요하는 도전적인 눈빛이었다.

인터넷에 검색하자 비바체의 공식 블로그가 바로 떴다. 약간 오래된 디자인의 블로그 제일 위쪽에 합주회의 상세한 내용이 실려 있었다.

삼인조 밴드와 첼로 사중주단이 라이브로 연주한다고 적혀 있었다.

침대에 드러누워 일본 음악 콩쿠르라고 검색해 보니 어느새 과제곡이 발표된 뒤였다. 전부 모르는 곡이었다. 작품 번호로만 표시된 곡들이 하나같이 고상한 분위기를 풍겨서 다른 세상을 들여다본 것 같은 기분이었다.

첼로 부문 본선은 합주회보다 나중에 열린다.

아사바가 순조롭게 본선에 진출하면 비바체에서 마주칠 일은 없을 것이다.

과제곡 중 하나를 검색해 오케스트라의 공식 동영상을 찾아냈다. 쇼스타코비치의 첼로 협주곡. 뒤쪽에 오케스트라를 거느린 어느 나라의 솔리스트가 첼로를 품에 안은 채 무대 한복판에 앉아 있었다.

첫 음이 울리기 직전의 그 긴장감 넘치는 모습을 보니 발표회 날 들었던 이야기가 떠올랐다.

비행기 조종석에 앉았을 때의 뇌파다.

새벽녘이 되어 방이 점점 희붐하게 밝아오는 걸 알아차렸을 무렵, 다치바나나는 벌떡 일어나서 아직 침침한 현관으로 향했다. 신발장 위에 놓아둔 지갑의 카드꽂이에서 카드 다발을 꺼내 그 새하얀 명함을 찾았다.

악기점 위치가 적힌 후줄근한 명함은 곧 눈에 띄었다.

그 작은 악기점은 내려본 적 없는 전철역의 한적한 주택가 안쪽에 있었다. 미카사 후타코타마가와점의 일 층과는 분위기가 다른, 조용한 개인 점포였다.

유리문으로 안을 들여다보자 손님은 없는 듯했다. 천장 근처에는 바이올린을 줄줄이 매달아 놨고 높직한 진열대 안에는 첼로가 여러 대였다. 자세히 보자 비올라도 있었다.

가게 중앙에서는 나무 실링팬이 천천히 돌아가고 있었다.

좁지만 갖출 건 다 갖춘 전문점의 품격이 느껴졌다.

"관심 있으면 들어가시죠."

바로 뒤에서 목소리가 들려서 다치바나는 깜짝 놀랐다. 악기점 사장처럼 보이는 나이 든 남자는 페트병을 들고 있었다. 가게의 대각선 맞은편에 있는 자판기에 갔다가 돌아온 듯했다.

"……저기, 그런데 제가 아마추어라서요."

"손님 중에는 프로가 더 적은걸요. 구경만 하고 가셔도 괜찮습니다."

얇은 니트 모자를 쓴 사장이 문을 열고 기다리는 모습에 거절하기도 미안해서 다치바나는 머리를 꾸벅 숙이며 안으로 들어갔다.

모르는 사람 집에 초대받은 느낌이라 어쩐지 마음이 불편했다.

"경험자세요? 아니면 이제 시작하시려고요?"

조금 배운 적이 있습니다, 하고 대답하니 바이올린? 하고 사장이 물었다. 첼로요, 하고 대답하자 좋지요, 첼로, 하며 주름 잡힌 손으로 녹차 페트병의 뚜껑을 돌렸다. 스몰 토크를 좋아하지 않는다는 걸 눈치챘는지 그 후로는 가만히 내버려 뒀다.

진열장에 세로로 진열된 첼로의 색감은 각각 달랐다. 암갈색에 가까운 것도 있었고 붉은 기가 강한 것도 있었다. 이렇게 옆에서 보자 스크롤•에 각 장인의 개성이 묻어 있는 듯해서 새로운 발견이구나 싶었다.

다치바나는 커다란 실링팬 아래에 멈춰 서 있었다.

첼로 진열장 앞에서 꼼짝도 하지 않자 잠시 후 사장이 말을 걸었다.

"시험 삼아 연주해 보셔도 됩니다."

• 첼로 가장 위쪽에 두루마리처럼 둥글게 말려 있는 부분.

어, 아니요, 하고 무심코 고개를 저으니 손을 댔다는 이유로 강매하지는 않으니까 걱정하지 마시고, 하며 나이 든 사장이 일어섰다. 어느 걸로 할까요, 하고 마음대로 이야기를 진행하는 바람에 그럼 이걸로 부탁드립니다, 하고 다치바나는 재촉에 못 이기듯 첼로를 골랐다. 자신도 모르게 눈길이 가던 첼로다. 그걸 사장이 꺼냈다.

사장이 첼로의 목 부분을 내민 순간, 긴장감이 단숨에 높아졌다.

"……저어, 연주라고 하면."

"뭔가 한 곡 켜보셔도 됩니다. 예약하신 분도 없으니까요."

다치바나는 사장이 가져온 첼로용 의자에 앉았다.

무릎에 첼로를 눕히고 엔드핀의 길이를 조정한 후, 움푹 팬 자국이 남아 있는 나무 바닥에 직접 엔드핀을 꽂았다. 거기를 지지점 삼아 몸체를 세우고 목 부분이 몸의 왼편에 오도록 천천히 첼로를 기울이자 왼쪽 가슴의 늘 닿던 곳에 첼로 테두리가 가볍게 닿았다.

첼로와 맞닿은 그곳이 불꽃이 튄 것처럼 뜨겁게 느껴졌다.

조용히 활을 쥐자 첼로 음색이 실제로 울려 퍼지기에 앞서 음악이 태어나려는 찰나의 분위기를 느낄 수 있었다. 도차우어의 연습곡을 천천히 켜자 미지근한 담수 같은 음색이 부드럽고 높게 뻗어 나갔다. 예전에 첼로 교실에서 본 샘물 그림처럼 투명한 멜로디. 티 없이 맑은 현의 울림이 작은 악기점의 천장에 닿을 듯이 솟아올랐다.

현은 가볍게. 울림은 깊게.

그 순간, 문득 중요한 점이 생각나서 다치바나는 상상력을 발휘했다.

수많은 바이올린이 매달린 가게의 아무것도 없는 하얀 벽에 상상으로 작은 창문을 만들고 샘물을 그쪽으로 향했다. 맑디맑은 물은 살며시 흘러가다가 작은 창문을 통해 바깥세상으로 나갔다.

다치바나 씨의 장점은 그 예민한 상상력이야.

"아름다운 곡이군요. 훌륭한 연주를 들었네요."

연주가 끝나자 사장이 손뼉을 짝짝 쳐서 다치바나는 흠칫 놀라 고개를 들었다.

"……정말 감사합니다. 아주 좋은 첼로였어요."

"다른 것과 비교해 보시겠습니까? 수리 예약을 한 분이 오시기까지 시간이 있으니, 저는 상관없습니다만."

그 제안을 정중히 거절하고 다치바나는 이 가게에 있는 첼로의 가격을 물어봤다. 첼로에 따라 다양하다며 사장은 손수 만든 카탈로그 파일을 가져왔다.

"지금은 첼로를 가지고 계십니까?"

"아니요. 쭉 빌려서 썼습니다."

"그럼 부속품도 필요하실까요? 첼로 케이스는 거기 진열해 둔 것 말고도 많거든요. 온라인 매장에서 전부 볼 수 있으니 필요하시면."

사장이 새하얀 가게 명함을 주려 하자 아, 하고 다치바나는 목소리를 흘렸다.

"……그거, 이미 가지고 있으니까 괜찮습니다."

"어, 그러세요? 어디서 받으셨죠?"

"아는 사람한테요. 여기를 가르쳐 주더군요."

그랬군요, 하고 기쁜 듯이 나이 든 사장의 입매가 누그러졌다. 시끌벅적한 목소리가 들려서 가게 밖을 보니 아이가 개를 데리고 가게 앞길을 힘차게 달려갔다. 쾌청한 가을 하늘이 집집마다 지붕 위에 펼쳐져 있었다.

그날 다치바나는 대여점에 들러서 「전율하는 라부카」 DVD를 빌렸다.

영화 내용 자체는 대체로 기복이 없었다. 이스라엘의 남자 첩보원이 잠입한 베를린의 거리에 점점 융화된다. 그뿐이다.

이웃 사람이 초대하면 같이 술을 마시고 의지할 곳 없는 할머니의 부탁으로 자잘한 집안일을 해주고 동네 축제를 뒤에서 묵묵히 돕는 성실한 우체부로 위장한 남자는 아군의 총에

벌집이 된 채로 운하에 떨어져 최후를 맞는다.

다른 사람으로서 살아가는 동안만 그 남자는 만족스러운 웃음을 지었다.

그 인생에 후회가 있었는지는 영화에서 직접 묘사되지 않았다.

## VI

일본 음악 콩쿠르의 1차 예선은 공휴일에 치러졌다. 결과는 공식 홈페이지에 올라온다. 마음을 단단히 먹고 홈페이지에 들어갔는데 1차에서는 통과자의 성명이 공개되지 않는다는 걸 알고 다치바나는 잔뜩 허탕 친 기분이었다. 참가 번호를 알려준들 아사바가 1차 예선을 무사히 통과했는지 제삼자는 알 수 없다.

본선에 진출하는 2차 예선 통과자들의 성명은 공개한다고 돼 있었다.

2차 예선 당일은 평일이라 다치바나는 평소처럼 출근했다.

"그거, 위태로워 보이는데 괜찮겠어?"

복사기에 갔다가 돌아오던 이소가이가 다치바나의 책상에 높직이 쌓인 종이 파일 더미를 보고 물었다. 의외로 균형이 잘 잡혀서요, 하며 들고 있던 종이 파일을 넘기고는 오래된 손글씨를 알아보기 힘들어서 또 고개를 갸웃했다.

지하 자료실에 보관해 둔 파일의 목차를 자료화하는 작업은 전혀 끝날 기미가 보이지 않았다. 담당 업무와 병행하는 탓에 조금도 진전이 없었다. 그래도 특별히 고된 작업은 아니라서 벌을 주는 것치고는 너무 물렁하다고 할 수 있었다.

그 후로 다치바나가 조사위원회에 호출되는 일은 없었다.

"혹시 그거 전부 수작업해야 하는 거야? 그런 일은 알바생이라도 구해서 적당히 처리하면 될 텐데. 누가 시킨 일이야?"

"시오쓰보 씨요."

솔직히 대답하자 귀찮은 인간한테 걸렸네, 하고 이소가이가 묘하게 히죽거렸다. 본인이 자리를 비운 걸 기회 삼아 상사의 험담을 술술 늘어놓았다.

파벌에라도 소속되지 않는 한 그 사람도 고독할지 모르겠다 싶었다.

"시오쓰보 과장은 별나. 뭔가 핀트가 안 맞는다고 할까. 좋아하는 거겠지, 회사를. 일이 아니라 회사를 말이야. 요즘 그런 건 한물간 사고방식이잖아. 실무에서 별로 접점이 없어서 다행이네. 얽히면 피곤할 것 같아."

안쪽 자리부터 형광등이 탁탁 꺼지는 걸 보고 벌써 점심시간인가, 하며 이소가이가 자기 의자 등받이에 걸쳐둔 얇은 카디건을 집었다. 틀림없이 정오겠지만 다치바나는 무심코 손목시계로 다시 시간을 확인했다.

본선 진출자의 성명은 오늘 저녁 이후에 발표된다.

"뭘 좀 사 올까, 먹으러 나갈까. 고민되네. 오랜만에 저기 이탈리안 레스토랑에라도 가볼까. 알아? 큰길에서 안쪽으로 들어간 곳에 있는 가게인데."

다치바나 씨는 편의점 단골이라 모르려나, 라는 말을 남기고 이소가이는 통로를 걸어갔다. 아침부터 커피를 너무 마신 탓에 식욕이 없었다. 위장이 자극을 받았는지 가슴 주변이 살짝 욱신거렸다.

그때 스마트폰에 불빛이 번쩍해 다치바나는 재빨리 손을 뻗었다.

확인해 보니 그냥 문자 메시지였다. 뭔가 기대했던 자기 자신에게 정이 떨어졌다.

우에노의 콘서트홀에서 아오야기와 마주친 날 밤, 아사바 선생님과 함께하는 모임 멤버의 연락처 차단을 해제했다. 자신이 먼저 연락해야 한다는 건 알지만 결심이 좀처럼 서지 않았다.

합주회 당일을 상상만 해도 가슴속이 술렁거렸다.

막상 저녁이 되자 2차 예선 결과를 확인할 용기는 나지 않았다.

"심리 상담은 어땠나요?"

불면 외래 클리닉에서 진찰받을 때 의사가 묻자 다치바나는 모호한 웃음을 지었다.

같은 클리닉에 병설된 심리 상담실에는 전임 상담사가 있어서 피어스를 한 이 의사에게 상담을 받는 시스템이 아니었다. 다치바나도 거기서 심리 상담을 한번 받아봤지만 초면인 사람에게 이러쿵저러쿵 자기 이야기를 꺼내놓기가 꺼려져서 말을 잘 못했다. 헛돈을 썼구나 싶었다.

"……그게 솔직히 효과를 잘 모르겠다고 할까……."

"지난번이 처음이셨죠? 뭔가 눈에 띄게 확 변하는 치료법은 아니니까, 앞으로 천천히 차근차근 나아가야겠죠. 무슨 일이든 나름대로 시간이 드는 법이라는 생각으로, 너무 초조해하지 마시고요."

"심리 상담을 몇 번쯤 받으면 효과가 있을까요?"

"음, 그것만큼은 개인차가 있어서……."

구두쇠라서 별로 안 다닐지도 모르겠습니다, 하고 다치바나가 반쯤 웃는 얼굴로 중얼거리자 그러신가요, 하며 의사도 웃었다. 비급여 항목인 심리 상담은 한 시간에 만 엔이라 효과가 확실치도 않은데 계속하고 싶지는 않았다.

어젯밤도 심해의 꿈을 꿨고 커피를 너무 마시는 버릇도 고쳐지지 않았다.

"그런데 이건 개인적인 인상이지만, 처음 뵀을 무렵과는 분위기가 많이 달라지신 것 같아요."

예상치 못한 말에 다치바나는 몬스테라 잎사귀에서 시선을 들었다.

"……어떤 점이요?"

"사소한 일이라도 본인 이야기를 하시게 됐죠."

구두쇠라서 별로 안 다닐지도 모른다니, 예전 같으면 절대로 그런 말씀 안 하셨을 거예요, 하고 대답하는 의사의 터키석 피어스가 흔들렸다. 하필 그런 예를 들어서 창피했다.

"진료에 익숙해지신 건지, 다치바나 씨 본인이 변하신 건지는 모르겠지만요. 어쨌거나 여기서 안전함이나 안도감을 느끼신다는 거겠죠? 그런 게 보증되지 않으면 자신을 드러내기 어려운 법이니까요. 지금 다치바나 씨는 자신에 관한 이야기를 해도 괜찮다고 생각하시는 거예요. 그건 이른바 신뢰죠. 그렇듯 많은 신뢰가 쌓여서 인간관계가 구축되는 거고요."

심리 상담실은 그러한 과정을 연습해 보는 모의 시험장 같은 곳이에요, 라는 말에 심리 상담을 받기 위해 갔었던 작은 방이 떠올랐다.

거기는 미카사의 레슨실과 분위기가 약간 비슷했다.

"……저기."

"왜 그러시죠?"

"그런 신뢰 관계는 한 번 무너지면 끝장일까요?"

무너졌달까 산산조각이 났는데요, 하고 저도 모르게 코웃음 치자 웬일로 의사의 얼굴에 당혹감이 서렸다. 그 표정 변화를 파악한 순간, 다치바나는 처음으로 눈앞의 의사가 한 명의 인간으로 다가온 것 같은 기분이었다.

무슨 사정이냐에 따라 다르지 않을까요? 하고 무난한 대답이 돌아와서 초조했다.

"분명 아주 심각한 사정일 겁니다."

"구체적으로 뭘 어쩌셨는데요?"

"……직업 사칭과 무단 녹음?"

형사 사건으로 발전될 소지가 있다면 다른 상담 창구로 연결해 드릴게요, 하고 의사가 갑자기 목소리를 낮추는 탓에 업무를 보다가 생긴 말썽 같은 겁니다, 하고 허둥지둥 답했다.

"사실대로 말씀드리자면 최악의 경우에는 신뢰 관계가 산산조각 난 사람과 다시 만날 기회가 있을지도 몰라서……."

생각만 해도 토할 것 같네요, 하고 말하자마자 심장이 쿵쿵 뛰어서 다치바나는 손바닥으로 가슴을 눌렀다. 괜찮으세요? 하고 의사가 걱정하자 어색한 웃음을 지었다.

절대로 피하고 싶은 사태였지만 충분히 실현될 수 있는 가능성이었다.

아사바가 콩쿠르 본선에 진출하지 못하고 합주회를 보러 올 가능성.

"다치바나 씨, 혹시 평소에 자주 그러신가요?"

"신뢰 관계를 망치는 거요?"

"어, 아니요. 가슴이 두근거린다거나 구역질이 난다거나."

그야 늘 그렇죠, 하며 가슴을 살짝 문지르자 이런, 하고 의사가 중얼거렸다. 그 반응을 보고 비로소 그것이 일반적인 상태가 아니라는 것을 깨달았다. 그럴 때 드실 비상약도 처방할게요, 하는 말을 들으며 여러모로 문제가 많구나, 하고 남의 일처럼 생각했다.

진찰이 끝나자 햇빛이 비치는 몬스테라 잎사귀 옆에서 의사가 말했다.

"아까 이야기 말씀인데요. 신뢰를 키우는 것이 시간이라면, 무너진 신뢰를 회복시키는 것도 시간이라고 생각해요. 다만 신뢰가 무너진 원인이 본인에게 있었다면, 최대한 성의를 보여야겠죠."

연맹을 비난하던 여론은 이미 식어버렸다. 시시각각 새로운 뉴스가 보도돼 미카사에 연맹 직원이 잠입했다는 사실도 금방 잊혔다.

한편 음악 분야 전문가의 비판 기사는 지속적으로 언론에

실렸다.

> 어떤 곡을 연주하고 싶다는 마음은 음악 교실에 다니게 되는 동기 중 하나다. 그 곡이 대중음악이건 클래식이건 다를 바 없다. 음악 문화의 발전을 넓은 시각에서 고민했을 때, 지금 일본 저작권 연맹이 내세우는 방법이 더 좋은 방법이라 할 수 있을까? 음악 교실의 레슨 시간에 연주한 악곡에서도 저작권 사용료를 징수함으로써, 업계 전체를 위축시키는 결과를 초래하지는 않을까? 앞으로는 미카사를 비롯한 음악 교실에서 저작권이 만료된 악곡만 다뤄야 할 수도 있으리라. 어떤 의미에서는 깔끔한 운영이라고 할 수도 있다. 하지만 추억의 인기곡을 연주하고 싶어서 음악 교실의 문을 두드린 학생에게, 이제 누구도 그 곡을 배울 수 없다고 알리는 건 잔혹하지 않은가? 업계 안팎에서도 불만이 나오고 있다. 자신의 곡은 사용해도 상관없다고 성명을 발표한 작곡가도 있다. 음악은 사람에게서 멀어지면 안 된다. 일본 저작권 연맹이 일본 음악 업계에 크게 공헌해 온 것은 널리 알려진 사실이다. 하지만 이 방침은 재고해 주기를 바란다.

그 기사 아래에 달린 댓글 하나가 눈에 들어왔다.

'그럼 돈을 내면 되겠네.'

합주회 전날 밤, 벌써 긴장되는 탓에 다치바나는 불면 외래 클리닉에서 처방받은 비상약을 시험 삼아 한 알 먹어봤다. 그리고 침대에 똑바로 누워서 멍하니 천장을 쳐다보니 심장이 시끄럽게 쿵쿵 뛰었다. 몸을 눕혔을 때 심장이 요동을 쳤다. 마치 지진이 발생한 것 같아서 마음이 심란했다.

내일 비바체에 갈 거라고 아오야기에게 연락하는 편이 좋을까 생각만 했는데도 이 모양인데 당일은 어떨지 걱정됐다. 대체 무슨 낯짝으로 그들에게 돌아간단 말인가.

약이 효과를 발휘하기까지 다치바나는 여러 생각을 했다.

모임 멤버 중 누굴 만나고 싶지 않은지 생각하자 일단 가지야마의 얼굴이 떠올랐다. 다치바나가 멋대로 연락처를 차단한 걸 알고 화를 냈다고 들었기 때문이다. 그럼 가지야마 씨가 내 상황이면 어떻게 했을까, 가지야마라면 모두에게 경위를 똑바로 설명했을지도 모른다. 감정적으로 대응하지 않고 마지막 인사도 했을지 모른다.

가모가 연맹에서 보낸 스파이였다면 도중에 들켰을지도 모르겠다고 아무 의미 없는 상상을 하기도 했다. 거짓말도 적성이 맞는 사람이 있고 맞지 않는 사람이 있다. 그런 점에서 볼 때 하나오카라면 임무를 무사히 완수했을지도 모르겠다 싶었다. 하지만 그건 어디까지나 영화배우 같은 이미지 때문일 뿐, 분명 실제 기업 스파이에는 전혀 어울리지 않는 사람이다. 아오야기는 더욱 무리일 것이다. 아오야기의 모습이 머리를 스칠 때마다 공무원 시험에 대해 무책임한 충고를 늘어놓았던 게 떠올라 얼굴이 화끈거렸다.

당연히 아사바를 제일 만나고 싶지 않았다.

그러나 내일 비바체에서 아사바와 마주칠 일은 없으리라. 콩쿠르 본선을 앞둔 아사바로서는 지금이 인생에서 가장 중요한 시기일 테니까.

틀림없이.

붕, 하고 스마트폰 진동음이 울려 퍼졌다. 어차피 티켓 사이트의 문자 메시지겠거니, 하고 다치바나는 신경도 쓰지 않았다. 하지만 그 소리가 몇 번이나 반복되자 깜짝 놀라 침대에서 벌떡 일어났다.

비상약이 효과가 있었는지 심장 소리는 거세지지 않았다.

머뭇머뭇 스마트폰을 집어서 화면에 뜬 이름을 확인한 순간, 뭐야, 하고 힘이 쭉 빠졌다.

아까 회상 속에 등장시키는 것조차 완전히 잊어버렸던 가타기리였다.

"……네."

"아, 다치바나 씨예요?"

맞습니다, 하고 어쩐지 얼빠진 기분으로 대답했다. 긴장감이 없었다.

비상약 때문인지, 상대가 가타기리여서인지는 모르겠다.

"느닷없이 전화해서 미안해요. 연락처를 차단했다는 이야기를 들어서 확인도 할 겸 물어볼 게 있어서 전화했어요. 지금은 괜찮나요?"

"괜찮습니다. 차단은 그, 이미 풀었으니까요."

여러모로 소란을 일으켜서 죄송합니다, 하고 말하면서도 왜 처음으로 머리를 숙이는 상대가 하필 가타기리일까 싶은 마음도 들었다. 솔직히 아무래도 상관없었다. 자신이 그렇게 생각하듯 가타기리도 상관없을 것이다.

대학원생인 가타기리는 다치바나와 나이 차이가 적었다. 하지만 전혀 마음이 맞지 않아서 모임 멤버 가운데 유일하게 개인적 애착이 거의 없는 사람이었다.

머리가 멍한 탓에 어쩐지 이상한 느낌이 들었다.

"다치바나 씨는 일본 저작권 연맹의 스파이였군요. 인터넷을 뜨겁게 달군 그거요."

"네, 맞습니다."

"아는 사람이 인터넷에서 화제가 된 거 처음이라 깜짝 놀랐어요. 전에 다치바나 씨가 레슨받았던 시간에, 지금은 내가 레슨을 받아요. 금요일 밤의 그 시간대, 마음에 들어요. 토요일은 나른해서 낮에 후타코타마가와까지 나오기가 힘들었거든요. 그나저나 용건이 뭐냐 하면요."

합주회를 보러 갈 건가요? 하고 대뜸 묻는 말에 속이 뒤집힐 만큼 화가 났다.

자신이 죽을 만큼 몹시 고민하는 일을 그렇게 가볍게 말하다니.

"갈 겁니다."

"네, 알겠어요."

아오야기 씨가 다치바나 씨에게 전화를 못 한다길래 대신 확인한 거예요, 라는 말에 이상하다 싶었다.

"……차단을 푼 지 꽤 됐는데요."

"그게 아니라 다치바나 씨가 여전히 차단한 상태라면 어쩌나 무서워서 통화 버튼을 못 누르겠다는 뜻 아닐까요?"

적당히 메시지라도 보내는 편이 좋을 거예요, 하고 아무 생각도 없어 보이는 이 남자의 정당한 지적에 온몸을 짓누르는 것 같은 충격을 받았다. 어쩐지 여러 가지 일들이 허무하게 느껴져서 피곤했다.

예상치 못한 일이 계속 일어나는 법이다.

살아 있으면.

"가타기리 씨는 갈 겁니까, 합주회?"

"나는 학회 준비를 해야 해서 못 가요. 아사바 선생님은 갈 모양이고요.”

네? 하고 무심코 물으니 채팅방에 보러 가겠다고 답을 올렸어요, 하고 아무 일도 아니라는 듯이 가타기리가 대답했다.

대체 무슨 소리인가 싶어 머릿속이 새하얘졌다.

“……이번 달 말이 콩쿠르 본선이잖아요?”

“아사바 선생님은 못 나가요. 2차 예선에서 떨어졌으니까.”

인터넷에서도 결과 볼 수 있어요, 하고 천연덕스럽게 알려주는 말에 온몸이 굳어버렸다. 잠시 아무 말도 하지 않으니 전파 상태가 안 좋은가 보네요, 하고 야무지지 못한 목소리가 들렸다.

합주회가 열리는 밤, 오랜만에 덴엔토시선을 탄 다치바나는 창밖에 시선을 모았다. 어둠이 깔린 다마가와강 하천 부지가 점점 가까워졌다.

밤이 되자 창문은 거울처럼 들여다보는 사람의 모습도 비춰냈다. 표정이 빈약한 그 남자는 어느덧 나이를 먹어서 이제 젊지는 않다.

일본 음악 콩쿠르의 첼로 부문 본선 진출자 목록에 아사바 오타로라는 이름은 없었다. 몇 번을 확인해도 없었다. 모르는 사람의 이름만 줄지어 있어서 작품 번호로만 표시된 과제곡 목록을 봤을 때처럼 소외감이 느껴졌다. 발표된 지 꽤 됐으니 이제 와 새로고침 버튼을 계속 누른 사람은 이 세상에 다치바나 한 명뿐이었으리라.

앞으로 몇 년이 지나도 거기에 아사바의 이름은 올라오지 않는다.

후타코타마가와역에 도착해 전철에서 내리니 공휴일 밤은 시끌벅적했다. 환절기라 그런지 거리를 돌아다니는 사람들의 옷차림도 각양각색이었다. 걸칠 옷을 가져올 걸 그랬다고 멍하니 생각했다. 밖으로 나와서 걷자 좀 쌀쌀했다.

역 앞의 큰길에서 돌아보자 미카사 후타코타마가와점 빌딩이 저편에 보였다.

다마가와강 쪽으로 걸음을 옮기자 예전에 건너다녔던 다리까지는 금방이었다. 비바체에는 후타코신치역이 더 가깝지만, 어쩐지 이 다리를 건너서 가야 할 것 같은 사명감이 느껴졌다. 이제 십 분 정도면 비바체에 도착한다. 전혀 실감이 나지 않았다. 미리 비상약을 먹은 탓인지 묘하게 차분한 기분이었다.

선생님이 있으면 뭐라고 말하지?

앞쪽에 있는 다리로 시선을 옮기자 지나다니는 차들이 빛나 보였다.

찬란하게 빛난다는 무슨 다리 같다던 그리운 기억이 되살아났지만 다리의 이름은 혀끝에 맴돌 뿐이었다.

헝가리어를 무슨 어라고 했는지도 생각나지 않았다.

비바체의 문을 열자 음악부터 귀에 들어왔다. 디지털 음향이 아니라 울림이 피부에 직접 전해지는 재즈 라이브 연주였다. 가게 안쪽에 보이는 턱이 없는 무대에서는 다치바나 또래의 사람들이 즐겁게 공연을 하고 있었다. 몸집이 아담한 여성이 커다란 콘트라베이스를 켜고 있어서 감탄했다.

가게를 재빨리 둘러봤지만 아는 얼굴은 눈에 띄지 않았다.

"오늘은 음료든 음식이든 상관없이 일인 일 메뉴입니다."

다치바나가 기둥 뒤쪽 자리에 앉자 낯익은 웨이터가 다가왔다. 무알코올 맥주를 주문하자 바로 차갑게 식힌 맥주잔과 맥주를 가져다줬다. 눈에 잘 띄지 않는 자리가 비어 있어서 다행이다 싶었다. 무대 앞 테이블에는 재즈 밴드의 친구 같은 사람들이 동창회같이 신나는 분위기 속에 모여 있었다. 그 테이블이 일종의 방파제 역할을 해주는 것 같아 든든했다.

내장 공사를 마친 비바체는 산뜻한 느낌을 풍겼다. 전체적 분위기는 달라지지 않았고 어디가 어떻게 바뀌었는지 구체적으로는 모르겠지만 분명 세세한 부분이 새로워진 것이리라. 자세히 보자 무대 위에는 그럴싸한 조명이 설치돼 있었다. 윤곽이 확실치 않은 마음 편한 불빛이 비쳤다.

무대 옆에 세워진 칸막이 두 개는 휴게실 문으로 이어지는 듯했다. 저기서 모임 멤버들이 나온다고 생각하니 가슴이 철렁했다.

곧 첼로 사중주단의 연주가 시작될 시간이었다.

한 번 더 주변을 머뭇머뭇 둘러봤지만 아사바의 모습은 보이지 않았다.

"오늘 기념비적인 첫 번째 뮤직 나이트에 초청해 주셔서 정말 기쁩니다. 대학교 동아리에서부터 알고 지낸 사이라도, 이런 자리가 아니면 좀처럼 모이기 힘들거든요. 오랜만에 사람들 앞에서 연주하니까 어쩐지 가슴이 뭉클하네요. 다시 음악을 하고 싶어졌습니다."

쑥스러운 표정으로 마이크를 잡은 색소폰 연주자의 말을 들으며 다치바나는 미카사 음악 교실에 다니던 시절을 떠올렸다.

제대로 켤 수 있을 때까지 몇 번이고 연습했다. 아름다운 음색을 내려고 갖은 애를 썼다. 그 무렵에 달리 뭘 했는지도 기억이 안 날 만큼 첼로에만 몰두했다. 건성으로 넘어간 적은 한 번도 없었다. 남들이 보기에는 기껏해야 회사원의 취미에 불과했을지 몰라도 스스로 그렇게 생각한 적은 없었다. 언제나 진지했다.

"다들 일하느라 바빠서 음악과는 전혀 관계없는 일상을 보내고 있지만요. 그건 그것대로 즐겁지만, 가끔 이런 무대에

서기만 해도 보이는 경치가 달라지는 것 같습니다. 뭐랄까, 좀 거창한 소리일지도 모르지만, 내 인생도 나쁘지는 않구나 싶달까요."

다치바나가 발표회 날 보고 느꼈던 점을 생생하게 기억하는 것처럼 이 색소폰 연주자도 오늘을 평생 잊지 않으리라. 저 평평한 무대에서 보이는 경치도 분명 멋질 것이다. 하지만 저기에는 다 담을 수 없는 열정이 존재한다는 사실을 다치바나는 이미 알고 있었다.

레슨실보다, 라이브 바보다 훨씬 큰 홀에서 연주하고 싶어. 미카사의 강사로서 발표회 무대에 서는 게 아니라 내 이름으로 관객을 모으고 싶어.

재즈 밴드의 공연이 끝나자 박수 소리가 여기저기서 들렸다. 재즈 밴드는 친구들의 성원에 손을 흔들며 무대에서 내려갔다.

사회자고 뭐고 없는 탓에 진행이 원활하지는 않았다.

가모가 신부 아버지 같은 복장으로 제일 먼저 칸막이 뒤에서 나타났다.

"앗."

놀라서 다치바나를 똑바로 가리켰지만 그 손끝에서 악의는 느껴지지 않았다.

앞쪽 자리에 있는 손님들이 이쪽을 돌아본 것과 동시에 발표회 날처럼 차려입은 멤버들이 첼로를 들고 무대로 나왔다.

턱시도 차림의 가지야마와 눈이 마주친 순간, 다치바나는 심장이 미친 듯이 뛰었다.

"이번에야말로 왔구나, 이 정 없는 인간아!"

마이크를 쥔 가지야마가 악역 같은 투로 말하며 다치바나를 노려보자 사정을 모르는 손님들이 킥킥 웃었다. 퉁명스럽게 입을 꾹 다물기는 했지만 아무래도 진심으로 화내는 것처럼 보이지는 않았다. 그 옆에서 검은색 롱 드레스를 입은 하나오카가 눈초리를 내리고 손을 살짝 흔들었다. 샴페인골드 색깔의 드레스를 입은 아오야기도 감정이 북받친 표정으로 이쪽을 바라봤다.

그들이 실제로 보여준 반응은 다치바나가 상상했던 그 어떤 반응과도 달랐다.

내내 잘 대해줬던 첼로반 동료들.

가지야마가, 하나오카가, 가모가, 아오야기가 다치바나의 말에 귀를 기울여 보지도 않고 경멸하는 눈빛을 던질 리 없었다. 대체 왜 일방적으로 과도하게 두려워한 걸까.

다치바나와 세상 사이에 있는 투명한 벽은 아주 높다. 세상의 원래 모습을 저절로 왜곡해 버릴 만큼 두껍기도 하다. 다치바나의 불신이 만들어 낸 그 거대한 방벽이 눈에 비치는 모든 것을 위협으로 바꾼다.

이 위협은 환영이다.

손을 뻗어야 할 현실은 언제나 두려움 너머에 있다.

"저희 네 명이 함께 연주하는 건 오늘 밤이 처음이에요. 긴장돼서 죽을 것 같네요. 아시는 분도 많겠지만, 저희가 가지고 나온 악기는 첼로예요. 바이올린의 친구인데요, 좀 더 낮은 음을 낼 수 있죠. 저희 연주를 듣고 첼로는 참 근사하다고 느끼실 수 있으면 좋겠습니다."

하나오카가 인사말을 하는 동안 웨이터가 무대에 의자를 네 개 늘어놓았다. 네 명은 같은 간격으로 놓인 의자에 앉아 활을 쥐었다.

직접 무대에서 연주하는 것도 아닌데 신기한 기분이었다.

감미로운 긴장감이 웅크린 등을 내리눌렀다.

가지야마가 반주를 시작하자 이어서 하나오카가 멜로디를 얹었다. 그리고 두 소절 늦게 가모가 같은 멜로디를 자아냈다. 그로부터 두 소절 후에 아오야기가 같은 멜로디를 연주하자 하나로 녹아드는 듯한 「캐논」의 화음이 태어났다.

봄빛을 엮듯 몇 겹으로 겹친 첼로 소리가 이 순간 자체를 공명시켰다. 눈앞의 공간이 넓어지는 듯한 감각과 함께 문득 의식이 멀어졌다.

한 번 더.

첼로를 켜고 싶었다.

"뭐 해."

곧 연주가 끝나려던 때였다.

"여기서 뭐 하느냐고 묻잖아."

무슨 일이 벌어진 건지 다치바나가 이해하기도 전에 온몸의 털이 곤두섰다. 쿵, 하는 커다란 소리와 함께 심장이 터질 뻔했다.

흰색 첼로 케이스를 등에 멘 남자가 기둥 앞에 서 있었다.

"……오노세의 콘서트장에서."

"뭐?"

"아오야기 씨와 우연히 마주쳤는데, 합주회에 오라 해서."

변명하듯 중얼거리자 아 그래, 하고 아사바가 무대를 봤다.

연주가 끝나고 네 명이 의자에서 일어나자 박수 소리가 들렸다. 부풀어 오른 죄책감 때문에 머리가 제대로 돌아가지 않아서 적절한 반응이 떠오르지 않았다. 조도가 낮은 레스토랑 한구석에서 동요한 감정이 어쩔 줄 모르고 갈팡질팡했다.

사과해도 상대는 난처할 뿐이다, 라고 미후네는 말했다.

"지금 꽤 놀랐거든."

"……네."

"부른다고 오나? 예상이 빗나가서 기가 차는군."

대체 무슨 낯짝으로, 하고 내뱉는 말에 겁에 질린 심장이 멎을 뻔했다.

자신에게 결여된 타인에 대한 상상력. 미후네 말대로 사과한들 아사바는 난감할 뿐일지도 모른다. 어쩌면 더 화날 수도 있다.

그렇지만 그 짐작은 전부 벽의 이쪽에 있는 것들이다.

이제 스스로 만들어 낸 거대한 방벽 너머로 발을 내디뎌야 할 때였다.

"저기."

"왜?"

"……정말 죄송합니다, 전부 다."

마지막 기회였는데, 라는 말이 입에서 흘러나오자 아사바가 다시 돌아봤다.

"콩쿠르 결과 알아?"

가타기리 씨한테 들었습니다, 하고 중얼거리자 왜 거기서 가타기리 씨가 나오는 건데, 하고 한순간 아사바의 얼굴에 웃음이 맺혔다. 쾌활한 웃음과는 거리가 멀었지만 팽팽하게 긴장된 분위기를 해소하기에는 충분했다.

"일본 음악 콩쿠르 2차 예선에서 탈락. 그렇게까지 의외의 결과는 아니었고, 오히려 아주 선전한 셈이겠지."

그 결과가 어쨌길래 죄송하다는 건데? 하고 반쯤 어이없어하는 목소리가 들렸다.

"하지만."

"하지만 뭐?"

"제가 중요한 순간에 이상한 짓을 저지르지 않았다면 좀 더."

좋은 결과를 낼 수 있었을지도 모르는데, 하고 마지막까지 말하기는 꺼려졌다.

치열한 경쟁이 벌어지는 콩쿠르에서는 강한 마음가짐이 중요하다. 안 그래도 힘들 연습 기간에 필요 없는 부담을 안겨 준 건 틀림없는 사실이었다.

자신이 스파이임을 끝까지 숨긴 채 미카사를 그만뒀다면. 아예 처음부터 그 음악 교실에 다니지 않았다면.

콩쿠르 결과는 조금이나마 달라졌을지 모르는데.

"설마 자기 때문에 내가 본선에 진출하지 못했다고 생각하는 거야?"

잘난 척 좀 작작 해, 하고 아사바가 조용히 분노를 뿜어내는 바람에 또 뭔가 크게 헛발질을 했을지도 모르겠다 싶었다.

하지만 그 다갈색 눈동자에는 부드러운 감정이 깃들어 있었다.

"네가 뭔가 했다고 해서 날씨, 재해, 전통 있는 콩쿠르의 결과 등등 이 세상의 모든 것이 네 탓이야? 신처럼 모든 일이 다 너한테 달려 있다는 거냐고? 그럴 리가 있나. 인생의 중요한 분기점에서 쓰레기 같은 짓을 한 건 용서하지 않았지만, 그거랑 이거는 별개의 문제야. 내 실력은 이게 전부였던 거지. 너한테 사과받을 이유는 없어."

아사바는 메고 있던 하드 케이스를 바닥에 내려놓고 잠금쇠를 찰칵찰칵 풀었다. 그리고 첼로 케이스 뚜껑을 위쪽으로 열자 황갈색 첼로가 나타났다.

무대에서는 아직 하나오카가 멤버들을 소개하고 있었다.

"……좀 제대로 차려입고 올 걸 그랬네."

"네?"

"아오야기 씨가 너무 끈질기게 굴길래, 정말로 다치바나 씨가 합주회를 보러 오면 한 곡 연주하겠다고 했거든. 다치바나 씨는 절대로 안 올 거라고 생각했으니까. 왜 전부 쫙 빼입은 거야? 저기 나가면 나만 없어 보이겠네."

아사바의 차림새를 다시 보자 아랫도리는 운동복이었다. 다 빨아서 이것밖에 없었어, 하고 목덜미를 긁적긁적했다.

"지각하신 오타로 선생님? 이제 준비 다 됐나요?"

마이크를 잡은 하나오카가 재촉하자 잠깐만요, 하고 아사바가 무대를 향해 크게 소리쳤다. 쓴웃음 섞인 그 목소리에 손님들 사이에서 또 웃음이 새어 나왔다.

이벤트도 종반부에 접어들어 분위기는 완전히 무르익었다. 출연자의 지인들만 모여서 그런지 흥이 깨질 낌새는 전혀 없었다.

아사바가 활 밑부분의 조임 나사를 돌리자 하얀 활털이 팽팽해졌다.

“설령 경력이 거짓말이었더라도.”

사람의 본질은 꾸밀 수 없는 법이겠지, 하고 속삭이는 소리에 다치바나는 몸을 움츠렸다. 아사바가 목 부분을 잡고 첼로를 케이스에서 천천히 꺼냈다.

이제부터 어떤 말이 날아올지 두려웠다.

“다치바나 씨는 스스로 잘라낸 걸 다시 곁으로 끌어당길 사람이 아니라고 생각했어. 경위야 어떻든, 그런 짓을 저질렀으니 다시는 돌아오지 않을 거라 믿었지. 내 예감은 기본적으로 잘 들어맞아.”

하지만 이번엔 빗나갔네, 하며 아사바가 무대 조명을 올려다봤다.

“다치바나 씨는 여기에 왔어. 세상에는 무슨 일이 일어날지 모르는 법이라니까.”

황갈색 첼로를 든 아사바의 뒷모습이 밝은 쪽으로 멀어지자 박수 소리가 점차 커졌다. 커다란 콘서트홀에서처럼 성대하지는 않았지만 적어도 이 레스토랑에서는 갈채로 들렸다.

한가운데 의자 하나만 남겨놓고 아오야기를 비롯한 세 사람은 칸막이 안쪽으로 들어갔다.

“자, 마지막은 스페셜 게스트의 무대입니다. 미카사 후타코타마가와점에서 첼로를 가르치고 계시는 아사바 오타로 선생님. 아주 열정적이고 멋진 선생님이세요. 그런 오타로 선생님께 제자의 중요한 공연에 지각한 변명을 한마디 들어보도록 할까요?”

무대 의자에 앉은 아사바가 하나오카의 손에 들린 마이크로 고개를 뻗었다. 전철이 지연돼서요, 죄송합니다, 하고 겸연쩍은 듯이 대답하자 그런 사정이라면 아슬아슬하게 봐줄 만하네, 하고 칸막이 너머에서 가지야마가 야유를 날렸다. 그 하잘것없는 대화에 또 웃음이 일었다.

아사바가 밝은 회색 운동복의 무릎 사이에 첼로 몸체를 끼웠다.

“어, 소개해 주신 대로 미카사에서 강사로 일하는 아사바입니다. 첼로에 흥미가 있으신 분은 누구나 말씀 주시기 바랍니다. 초심자 환영입니다.”

아사바가 활을 쥐자 레스토랑이 조용해졌다.

몇 번이나 반복해서 가르쳐 줬던 「비 내리는 날의 미로」.

상냥한 음압이 심해에서 작동하는 음파 탐지기처럼 다치바나의 좌표를 적확하게 파악해 그 윤곽을 있는 그대로 또렷하게 부각했다.

성황리에 이벤트가 끝나자 레스토랑에 이완된 분위기가 감돌았다. 북적거리던 재즈 밴드의 친구들이 떠나자 무대 앞쪽 공간이 대번에 확 트였다. 웨이터가 남아 있던 큰 접시와 빈 잔을 재빨리 정리했다.

다치바나도 레스토랑을 떠나려던 찰나, 아오야기에게 붙들렸다.

“다 함께 축하연을 할 거예요. 다치바나 씨도 오세요.”

“그건 좀. 아무래도 구별할 건 구별해야지.”

아무도 신경 안 써요, 하고 매달려서 난처함을 무릅쓰고라도 이참에 아오야기에게 할 말은 해야 한다는 생각도 들었다.

도망만 치던 자신의 등을 힘껏 떠밀어 준 고마운 사람.

“정말 멋진 합주였어. 다시 첼로를 켜고 싶을 정도로.”

오늘 불러줘서 고마워, 하고 다치바나가 감사를 표하자 콘서트장에서 만났을 때부터 기세등등했던 아오야기의 말문이 턱 막혔다.

그 두 눈에 살짝 맺힌 눈물을 본 순간, 다치바나는 아무 생각 없이 빈손으로 온 걸 후회했다. 합격 축하 선물로, 합주회 기념으로 꽃이라도 사 올 걸 그랬다.

홀로 비바체를 나서서 후타코신치의 상점가를 걸었다. 가게는 대부분 문을 닫은 뒤였다. 가을 밤, 인적 없는 길에서 심호흡을 하고 나니 눈이 점점 맑아졌다.

문득 인기척이 느껴져 다치바나가 발을 멈추자 거울같이 반짝이는 점포의 셔터 테두리에 자신의 모습이 비쳤다.

거기 서 있는 사람은 의심할 여지 없는 어른이었다. 먼 옛날부터 고착된 연약한 자신의 이미지를 훌훌 털어버린 모습이었다.

# 에필로그

이듬해 봄, 그 뉴스는 다시 사람들의 주목을 받았다.

> 도쿄 지방 법원은 일본 저작권 연맹 쪽 주장을 전면 수용해 미카사를 비롯한 대형 음악 교실에 저작권 사용료를 청구하는 것은 정당하다고 판단하고, 원고 쪽 청구를 기각했다.
>
> 이에 '음악 교실 협회'는 항소할 의사를 표명했다.

과거의 사건이 발단인 다치바나의 심해는 지금도 가끔 되살아난다.

"아까 그 과자 어디서 샀어? 맛있더라."

다치바나 씨치고는 좋은 선택이었어, 하고 이소가이가 악의 없이 깔깔 웃었다. 역 건물에서 샀어요, 하고 다치바나는 책상 주변을 청소하면서 대답했다. 모니터 뒤쪽과 코드를 꼼꼼히 닦자 생각보다 먼지가 많았다.

청소를 마치고 다치바나는 반납 물품 목록을 다시 확인했다. 건강보험증 및 버스와 전철의 정기권은 총무부에서 받은 A4 용지 크기의 갈색 봉투에 넣어뒀다. 나머지는 만약을 위해 오늘 업무가 끝날 때까지 가지고 있는 편이 나은 물건뿐이었다. 책상 열쇠, 사물함 열쇠 그리고 사원증.

회사 배지라는 글씨가 눈에 들어와서 다치바나는 책상 제일 위쪽 서랍을 열었다.

새빨간 배지를 봉투에 데구루루 굴려 넣고 봉투 위쪽을 접었다.

"자, 이제 팀 미팅 시작하겠습니다."

미나토가 소리를 쳐서 저도 참석해야 할까요, 하고 확인하자 넌 됐어, 하고 웃었다.

"오늘부로 그만두는 사람한테 앞으로의 업무 일정을 알려준들 무슨 소용이야. 아, 해외 단체에 보낼 영문 양식의 자료나 제대로 정리해 둬."

다치바나의 후임인 젊은 직원을 뒤에 거느리고 그렇게 말하는 모습을 보며 마지막까지 밉살스럽게 구는구나 싶었다. 그럼 다치바나 씨는 전화 당번 좀 부탁해, 하며 이소가이도 자리를 뜨자 갑자기 주변이 휑해졌다. 센다이 지사 시절에 함께 일했던 사람들에게 퇴직 메일을 전체 발송하고 나니 더 할 일이 없어졌다. 마시려던 드립 커피는 어느덧 미지근했다.

취직한 지 오 년. 우여곡절은 있었지만 나름대로 열심히 일했다고 할 수 있으리라.

마지막 점심시간이 시작되기를 기다리고 있자니 오랫동안 자리를 비웠던 제2자료과 과장이 통로 저편에서 걸어왔다. 자료부는 그다지 바쁘지 않다. 가구라자카파 소속인 저 남자는 분명 다른 목적을 위해 또 비밀리에 움직이고 있을 것이다.

조직이라는 집단은 생태를 파악할 수 없는 심해 생물처럼 그 거대한 전모를 감추고 있다. 재판 하나가 끝나도 결코 비밀스러운 움직임을 멈추지는 않는다.

오늘도 볕이 들지 않는 지하실에서 다른 계획을 진행 중일 것이다.

"다치바나 군은 오늘이 마지막 출근이랬지? 다음 직장은 정해졌나?"

눈이 마주치자 시오쓰보는 뱀 같은 얼굴로 씩 웃었다. 한 번도 교류할 기회가 없었던 직원을 위로하는 듯한 그 천연덕스러운 태도에 다치바나도 무심코 입꼬리가 올라갔다.

다치바나는 지난주에 드디어 자료실 파일의 목차를 자료화하는 작업을 끝냈다.

“네, 다행히 이직할 곳은 구했습니다.”

“그거 듣던 중 반가운 말이로군. 새로운 곳에 가서도 잘해봐.”

“시오쓰보 씨께 정말 많은 도움을 받았습니다. 감사합니다.”

다치바나가 일어서서 고개를 깊이 숙이자 그렇게 딱딱하게 예의를 차릴 것 없어, 하고 시오쓰보는 평소처럼 호들갑스러운 말투로 사양했다. 다치바나처럼 대인 관계가 원만하지 못한 남자. 일찍이 영화 라부카에 푹 빠졌던 사람.

고삐가 풀린 다치바나의 행동을 상부에 보고할 수도 있었을 텐데, 어째선지 그러지는 않았다.

“자네와 업무적으로는 아무 접점도 없어서 아쉽군. 그럼 잘 지내게.”

시오쓰보는 자기 자리로 향했다. 한낮에 자료부에서 다치바나가 시오쓰보와 제대로 대화를 나눈 것은 이번이 처음이자 마지막이었다.

다른 부서에 인사를 마치고 조금 늦게 점심을 먹으러 가려다 일 층으로 향하는 엘리베이터에서 미후네와 마주쳤다. 점심시간의 엘리베이터는 혼잡했다. 코트를 입은 직원들이 하잘것없는 잡담을 나눴다.

재판 날 밤에 만난 이후, 미후네와 마주치는 일이 부자연스러울 정도로 줄어들었다.

"……실은 오늘까지 출근이라서요."

"아까 총무부에서 들었어요."

그동안 감사했습니다, 하고 인사하자 저야말로요, 하고 미후네는 단정한 웃음으로 답했다. 그날 밤은 마치 존재하지 않았다는 듯 아름답지만 서먹서먹한 표정이었다.

순식간에 문이 열리고 사람들이 밖으로 빠져나갔다.

"저기, 혹시 괜찮으시면 연락처를."

"그럼 업무용 메일로 보내둘게요. 지금 지갑밖에 안 들고 나와서요."

퇴근하기 전에는 보낼게요, 하며 롱코트를 입은 미후네는 한발 먼저 정면 현관으로 나갔다. 업무 시간이 끝날 때까지 기다려 봤지만 미후네에게서는 메일이 오지 않았다.

다치바나가 연맹을 퇴직한 다음 날, 뉴스 하나가 화제에 올랐다.

|| 오노세 아키라, 음악 교실 문제에 쓴소리.

미카사 음악 교실 후타코타마가와점은 도큐덴엔토시선의 후타코타마가와역에서 조금만 걸어가면 나온다. 격조 있는 외벽은 큰길에서도 눈에 잘 들어오고 일 층의 악기점은 도내

에서도 손꼽히는 크기를 자랑한다. 금관악기가 진열된 진열대를 따라 안쪽으로 나아가면 최상층의 콘서트홀까지 이어지는 엘리베이터가 있다.

엘리베이터를 타고 삼 층으로 올라가자마자 눈앞이 탁 트였다.

위쪽으로 뻥 뚫린 널찍한 로비에는 세련된 분위기의 라운지가 있었다. 적절한 온도로 유지되는 공간으로 나아가자 안내 데스크 직원이 고개를 들었다.

"재등록하신 다치바나 님이시죠? 첼로 상급반 개인 레슨을 신청하셨고요. 다시 만나서 반갑습니다. 이제 시간이 됐으니 계단을 올라가서 제일 안쪽 방으로 가세요."

호화 여객선의 내부를 연상시키는 커다란 계단을 올라 완만하게 휘어진 통로를 지나 금방 그 방에 다다랐다. 마침내 문 앞에 서자 긴장돼서 숨이 찼다. 아직 용서를 받지 못했으니 문전박대당할 가능성도 있었다.

문을 똑똑 두드리니 들어오세요, 하고 무뚝뚝한 대답이 들렸다.

등에 멘 커다란 악기가 어찌 될지 모르는 현실에 맞서는 다치바나를 지탱했다.

"재등록하신 분이군요. 성함은?"

아담한 방에는 의자 두 개가 마주 보도록 놓여 있었다. 안쪽 의자에 빈정대는 듯한 표정으로 떡하니 앉은 남자가 이쪽을 향해 턱을 들었다. 세 평도 안 되는 레슨실이 어전처럼 느껴졌다.

그 옆에는 황갈색 첼로가 한 대만 놓여 있었다.

"다치바나요. 다치바나 이쓰키."

"지금 개그하는 거야?"

"……원래부터 본명으로 등록했는데요."

그게 아니라 제임스 본드 개그냐고 물은 거야, 하고 아사바가 얼굴을 한껏 찌푸렸다.• 007을 본 적이 없어서요, 하고 다치바나가 중얼거리자 아직도 안 봤어? 하고 아사바는 허물없이 핀잔을 줬다.

문을 연 순간부터 아사바는 다치바나가 메고 온 악기를 신경 쓰는 눈치였다.

"그래서? 오늘은 대체 무슨 용건이지? 그쪽과는 아직 절찬리에 분쟁 중이라고 들었는데."

항소에 대비해서 또 녹음하게? 하고 농담 같지 않은 투로 말하고 팔짱을 꼭 꼈다. 오늘은 스파이 짓을 하러 온 게 아닌데요, 하고 다치바나가 부정하자 이제 와서 그런 말을 어떻게

• 007 시리즈의 주인공 제임스 본드는 처음 만난 사람과 통성명할 때 '본드요. 제임스 본드' 라고 말한다.

믿어? 하고 아사바는 건조한 웃음소리를 흘렸다.

"이제 그곳 직원이 아니니까 미카사를 탐색할 의도는 전혀 없습니다. 이직했거든요. 그러니까 뭐랄까, 일단 나름대로 책임은."

"……어, 그만뒀어?"

비비탄에 맞은 비둘기 같은 표정으로 아사바가 팔짱을 풀고 몸을 내밀었다.

그 호들갑스러운 반응 덕분에 다치바나는 입을 열기가 조금 편해졌다.

"그만뒀습니다. 그럭저럭 나쁘지 않은 조건으로 지금 직장에 들어갔어요. 그렇게 놀랄 이야기는……."

"안 놀라면 이상하지! 직장으로만 따지면 일본 저작권 연맹은 그야말로 꿈의 기업이잖아. 생애 임금은 생각해 봤어? 내가 보기에는 대형 사고를 친 거야. 아직 젊으니까 모를 수도 있겠지만, 이제 진지하게 생각해야 해. 인생 초반부에 함부로 설치다간 뒤에 가서 엄청 힘들다고."

"제 나름대로 진지하게 고민한 결과예요. 그리고 저도 그렇게 젊지는 않다고요."

죽을 때 후회하지 않도록 행동에 나선 겁니다, 하고 대답하자 아사바가 시선을 한번 돌렸다가 다시 돌아봤다.

검은색 첼로 케이스의 목 부분은 다치바나의 머리보다 높은 위치에 있었다.

"그런데 그건?"

"얼마 전에 드디어 샀어요. 예전에 선생님이 알려주신 악기점에서요."

그 후로 심리 상담도 받기 시작했고 첼로를 메고 밖을 돌아다녀도 괜찮을 것 같은 기분이 들어서요, 하고 띄엄띄엄 설명하자 아사바도 그 이야기에는 핀잔을 주지 않았다.

뉴스 기사에도 언급된 오노세의 블로그 글 제목은 다음과 같다.

> 음악 교실의 강사와 학생은 대체할 수 있는 관계인가, 아닌가?

"재등록하신 다치바나 씨, 첼로로 켜보고 싶은 곡은 있으십니까?"

이건 다른 분들께도 여쭤보는 질문입니다, 하고 일부러 책 읽는 듯한 말투로 아사바가 물었다. 등록했을 때처럼 재등록했을 때도 그런 질문을 하는 모양이다.

마음의 준비를 단단히 한 듯한 질문에 다치바나는 희미한 웃음을 지었다.

“바흐를 켜보고 싶습니다.”

언젠가 꼭 바흐의 「무반주 첼로 모음곡」 제1번부터 제6번까지 통달하고 싶다는 뜻을 확실하게 전하자 아사바는 의외라는 듯한 얼굴로 올려다봤다.

자신의 진심을 말로 전하려니 약간 쑥스러웠다.

“……그런 이야기는 처음 듣는데.”

“실은 내내 바흐를 배우고 싶었어요. 예전에 다닐 때도 악보는 가지고 있었지만, 혼자 연습해서는 전혀 늘지가 않더라고요.”

톱니바퀴가 살짝 맞물리듯 서서히 예전의 광경들이 되살아났다.

벌레의 날갯짓을 포착한 순간처럼. 또는 높이뛰기 선수가 풀쩍 뛰어오르는 모습에 매료된 순간처럼. 음악에는 인간의 마음을 무조건 뒤흔드는 힘이 있다.

“자, 중요한 질문이 하나 더 있는데요.”

다치바나 씨가 이 음악 교실을 선택한 이유는 뭔가요, 하고 아사바가 진지하게 물었다.

“자신만의 첼로를 장만했다는 것도, 바흐를 연주하고 싶다는 열의도 알겠어. 하지만 첼로 교실은 여기 말고도 있잖아. 나보다 우수한 강사도 얼마든지 찾을 수 있을 거야. 하물며 다치바나 씨에게 여기는 더할 나위 없이 복잡한 사정이 있는 곳이지. 연맹을 그만두면서까지 머리를 숙이고 들어올 이유가 없을 텐데?"

강사와 학생은 신뢰와 인연으로 고정된 관계다. 그건 결코 대체할 수 있는 것이 아니다.

오노세 아키라가 쓴 블로그 글은 이렇듯 미카사의 플루트 강사가 한 말로 시작된다.

"선생님의 선생님은 누구라고 하셨죠?"

"한스 선생님?"

"선생님의 스승님이 그분뿐이듯이, 제 스승님도 아사바 선생님뿐이라는 사실을 상상할 수 있으실까요……."

거창한 소리를 꺼내놓은 탓인지 그 후의 침묵이 아프게 다가왔다.

아사바가 미간을 찔룩했다.

"……상상은 무슨. 쓸데없이 입담만 늘었네."

언제까지 거기 서 있을 거야, 하고 야단치는 말에 다치바나는 얼른 첼로 케이스를 바닥에 내려놓았다. 재빨리 코트를 옷걸이에 걸고 벽돌색 첼로를 케이스에서 꺼내자 멋진데, 하며 아사바가 시선을 내렸다.

오랜만에 레슨실 의자에 앉으니 자연스레 허리가 쭉 펴졌다.

한순간 예전으로 되돌아간 것 같은 착각에 빠졌지만 그럴 리는 없었다.

시간은 앞으로 나아갈 뿐 역행은 용납지 않는다.

"가루이자와에서 열리는 콘서트에 나갈 거야."

"네?"

"작년 콩쿠르 때 꽤 이름난 사람의 눈에 띄어서, 나도 연주하게 됐지. 아직 한참 남았지만."

잡담은 이만하고 조현하자, 하고 아사바가 벽시계를 올려다봤다.

다치바나가 「무반주 첼로 모음곡」을 켜기 전에 아사바 오타로는 이렇게 말했다.

한번 무너진 신뢰를 금방 되찾을 수 있을 거라고는 생각하지 마.

"하지만 여기는 오는 사람을 막지 않는 미카사 음악 교실이야. 다치바나 씨의 정체가 뭐든, 첼로를 켜고 싶다면 가르쳐주지. 여기는 그런 곳이니까."

그리고 월말에 내가 가르치는 학생들의 모임이 있는데 말이야, 하며 손으로 쓴 전단지를 건네자 새로운 일정이 싹텄다.

다치바나가 시선을 악보로 돌리자 음표가 떨어지는 낙숫물처럼 뻗어 있었다.

## 참고문헌


- 『첼리스트의 이야기(チェリストの物語)』, 콜린 햄프턴(Colin Hampton)/ 슌주샤(春秋社)
- 『또 하나의 나와 만나는 음악 요법의 책(もう一人の自分と出会う音楽療法の本)』, 우치다 히로미(内田博美)/아크 출판기획(アルク出版企画)
- 『초심자를 위한 쉬운 첼로 입문(初心者のためのやさしいチェロ入門)』, 다카쓰 미쓰아키(鷹栖光昭), 마쓰다 도시키(升田俊樹)/도레미 악보 출판사(ドレミ楽譜出版社)
- 『무반주 첼로 모음곡 BWV 1007-1012』, 악보 BACH, J. S./베렌라이터 출판사
- 『첼로의 숲(チェロの森)』, 하세가와 요코(長谷川陽子)/시사통신 출판국(時事通信出版局)
- 『클래식 100가지 맛, 빈의 연주는 멋있다기보다 맛있다(クラシック100の味 ウィーンの演奏は上手いより美味い)』, 히라노 레이네(平野玲音)/ 사이류샤(彩流社)
- 『노란색은 헝가리색, 부다페스트 체류기(きいろはハンガリー色 ブダペスト滞在記)』, 세가와 지에코(瀬川知恵子)/신푸샤(新風舎)
- 『야쿠자 때때로 피아노(ヤクザときどきピアノ)』, 스즈키 도모히코(鈴木智彦)/CCC미디어하우스(CCCメディアハウス)

- 『악몽장애(悪夢障害)』, 니시다 마사키(西多昌規)/겐토샤신서(幻冬舎新書)
- 『스파이를 위한 핸드북(スパイのためのハンドブック)』, 볼프강 로츠(Wolfgang Lotz)/하야카와쇼보(早川書房)
- 『JASRAC개론-음악 저작권법과 관리(JASRAC概論―音楽著作権の法と管理)』, 몬야 노부오(紋谷暢男) 편집/니혼효론샤(日本評論社)
- 『쉽게 알 수 있는 음악 저작권 비즈니스 기초편 5th Edition(よくわかる音楽著作権ビジネス 基礎編 5th Edition)』, 안도 가즈히로(安藤和宏)/스바루샤(すばる舎)
- 『엔터테인먼트와 저작권 초보부터 실천까지 3, 음악 비즈니스의 저작권(제2판)(エンタテインメントと著作権 初歩から実践まで3 音楽ビジネスの著作権(第2版)』, 후쿠이 겐사쿠(福井健策) 편집/마에다 데쓰오(前田哲男), 다니구치 하지메(谷口元)/저작권 정보센터(著作権情報センター)
- 『저작권이란 무엇인가(著作権とは何か)』, 후쿠이 겐사쿠(福井健策)/슈에이샤신서(集英社新書)
- 『조사정보(調査情報)』 538호, 550호, 551호/TBS 미디어 종합 연구소(TBSメディア総合研究所)
- 『심해생물 대사전(深海生物大事典)』, 사토 다카코(佐藤孝子)/세이비도 출판(成美堂出版)
- 『심해생물이 '왜 그렇게 됐을까?'를 알 수 있는 책(深海生物の「なぜそうなった?」がわかる本)』, 기타무라 유이치(北村雄一)/슈와 시스템(秀和システム)
- 『거의 목숨을 건 상어 도감(ほぼ命がけサメ図鑑)』, 누마구치 아사코(沼口麻子)/고단샤(講談社)


그 외에도 많은 자료를 참고했습니다.

라부카를 위한 소나타

**1판 1쇄 인쇄** 2024년 5월 23일
**1판 1쇄 발행** 2024년 5월 30일

**지은이** 아단 미오
**옮긴이** 김은모

**발행인** 양원석 **편집장** 김건희
**디자인** 조윤주, 김미선 **영업마케팅** 조아라, 정다은, 이지원, 한혜원

**펴낸 곳** ㈜알에이치코리아
**주소** 서울시 금천구 가산디지털2로 53, 20층(가산동, 한라시그마밸리)
**편집문의** 02-6443-8902 **도서문의** 02-6443-8800
**홈페이지** http://rhk.co.kr
**등록** 2004년 1월 15일 제2-3726호

ISBN 978-89-255-7508-7 (03830)